Southern
Reach **1**

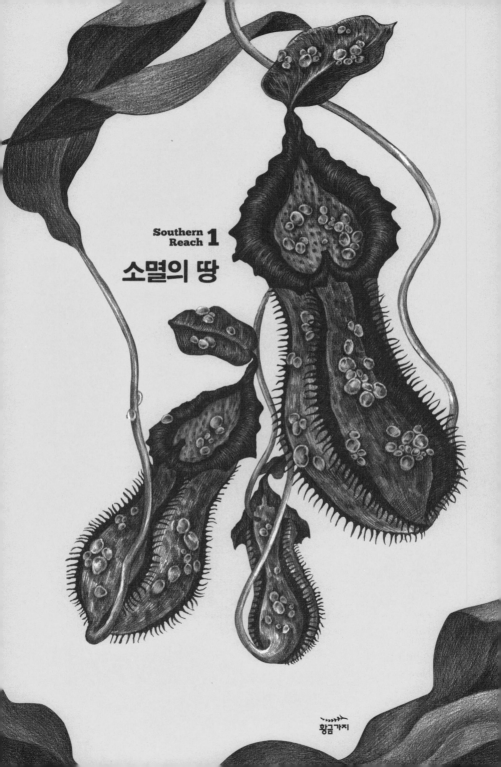

**Southern 1
Reach**

소멸의 땅

황금가지

THE SOUTHERN REACH TRILOGY #1: ANNIHILATION
by Jeff VanderMeer

Copyright © 2014 by VanderMeer Creative, Inc.

All rights reserved.

Korean Translation Copyright © Minumin 2017

Korean translation edition is published by arrangement with

Farrar, Straus and Giroux, LLC, New York through KCC.

이 책의 한국어 판 저작권은 KCC를 통해

Farrar, Straus and Giroux, LLC와 독점 계약한 ㈜민음인에 있습니다.

저작권법에 의해 한국 내에서 보호를 받는 저작물이므로 무단 전재와 무단 복제를 금합니다.

앤에게

차례

01: 시작

그 자리에 있을 리가 없는 탑이 땅속에 파묻혀 있었다. 검은 소나무 숲이 끝나고 늪지대가 펼쳐지는, 갯벌의 갈대와 바람에 뒤틀린 나무들이 보이기 시작하는 지점이었다. 자연적으로 발생한 수로들 너머로 바다가 펼쳐졌고, 해안을 따라 조금 더 내려가면 버려진 등대가 나왔다. 이 지역 전체는 설명하기 어려운 어떤 이유 때문에 수십 년째 버려진 상태였다. 지난 2년여 동안 X구역에 발을 디딘 인간은 우리 탐사대가 유일했다. 우리 이전의 탐사대가 남긴 장비는 대부분 녹슬어 있었고, 텐트와 가건물은 텅 빈 껍데기에 불과했다. 하지만 그런 적막한 풍경을 보면서도 그때는 우리 중 누구도, 다가올 위험을 예상하지 못하고 있었다.

우리 탐사대는 생물학자와 인류학자, 측량사 그리고 심리학자 이렇게 네 명이었다. 나는 그중에서 생물학자였다. 이번 탐사대는 모두 여성으로만 이루어져 있었는데, 여러 복잡한 변수들을 고려한 결과였다. 우리 중 가장 연장자인 심리학자가 탐사대의 지휘를 맡았다. 그녀는 우리가 경계를 가로지르는 동안 심리적인 안정을 유지할 수 있도록 최면을 걸었다. 경계를 통과하고 나서도 나흘간의 강행군을 거쳐서야 해안에 도착할 수 있었다.

우리의 임무는 단순했다. 베이스캠프를 거점으로 삼아 천천히 영역을 넓혀 가면서 X구역의 수수께끼에 대한 정부 차원의 조사를 이어 가는 것이었다.

탐사는 상황과 사정에 따라 며칠이나 몇 달, 심지어 몇 년까지 계속될 수도 있었다. 우리는 6개월 분량의 보급품을 지참했고, 베이스캠프에는 2년을 더 버틸 수 있는 물자가 존재했다. 필요할 경우 현지에서 먹을거리를 조달할 수 있다는 이야기도 들었다. 가져온 모든 식량은 훈제 상태거나 통조림 또는 병에 담겨 있었다. 우리가 지닌 가장 특이한 장비는 각자의 벨트 끝에 매달린 계측기였는데, 가운데에 유리로 덮인 구멍이 있는 작고 검은 금속 상자였다. 만약 유리 구멍이 붉은색으로 빛나면 30분 내에 '안전한 장소'로 피신해야 했다. 우리는 그 도구가 무엇을 측정하는지, 또 붉은색 빛을 왜 두려워해야 하는지에 대해서는 전혀 듣지 못했다. 시계와 나침반을 가지고 오는 일은 금지되었다.

베이스캠프에 도착한 우리는 낡고 망가진 장비들을 우리가 가져온 물건들로 교체하고 새로 텐트를 설치했다. 좀 더 시간이 지나서 X구역이 우리에게 별 영향을 미치지 않는다는 점이 확실해지면 가건물도 다시 지을 예정이었다. 지난 탐사대의 대원들은 한 명씩 차례차례 나오했다. 한참 지난 뒤에 가족에게 돌아왔으니 엄밀히 말해서 사라졌다고 할 수는 없었다. 그들은 단지 X구역에서 모습을 감춘 뒤, 알 수 없는 방법으로 경계 바깥의 세상에 다시 나타났다. 그리고 그 여정을 제대로 설명하지 못했다. 이런 **전이**(轉移)는 18개월 동안 간격을 두고 벌어졌으며, 이전의 어떤 탐사대도 경험한 바 없는 일이었다. 그 외에 다른 현상들 또한 '탐사의 조기 중단'을 초래할 수 있기 때문에, 먼저 이 장소에서 얼마나 버틸 수 있을지를 시험해야 했다.

주위 환경에 적응할 필요도 있었다. 베이스캠프 근처 숲속에서 흑곰이나 코요테와 마주치게 될지도 몰랐다. 개구리 울음소리에 정신이 팔리거나 해오라기가 나뭇가지에서 날아오르는 모습에 놀랐다가는, 이곳에 서식하는 적어도 여섯 종의 독사 중 한 마리를 밟을 수도 있었다. 습지와 시내에는 거대한 수생 파충류들이 도사리고 있어서 우리는 수질 시료를 채취할 때 너무 깊이 들어가지 않도록 주의했다. 하지만 우리 중 누구도 생태계의 이런 측면들에 대해 정말로 걱정하지는 않았다. 정작 우리를 불안하게 하는 요소들은 따로 있었다. 오래전에는 이 지역에도 마을들이 있었다. 거주민들이 살았던 흔적이 으스스하게 남아 있었다. 무너진 오두막과 움푹 꺼진 지붕들, 먼지가 잔뜩 낀 녹슨 수레바퀴, 한때 가축을 가둬 기르던 울타리였지만 이제는 숲의 일부가 되어 버린 장소들 같은.

　그보다 더 기분 나쁜 것은 해 질 무렵이면 들려오는 커다란 신음 소리였다. 바다 쪽에서 불어오는 바람과 육지의 기이한 고요함은 우리의 방향 감각을 둔하게 했고, 그래서 그 소리는 사이프러스 나무들이 자라는 검은 강으로 스며드는 것처럼 보였다. 강물은 너무 어둡고 물결조차 일지 않아, 마치 유리로 만든 거울처럼 우리들의 얼굴과 사이프러스 나무 밑동에 난 수염 같은 이끼들을 비췄다. 여기서 바다 쪽으로 보이는 풍경은 검은 물과 사이프러스 나무들의 회색 줄기들, 그리고 멈춰 있는 빗줄기 같은 이끼들뿐이었다. 그리고 들을 수 있는 소리는 낮은 신음뿐이었다. 그 효과는 직접 경험하지 않고는 결코 이해할 수 없다. 그 아름다움 또한 마찬가지다. 적막함 속에서 만나는 아름다움은 사람의 내면을 변화시킨다. 적막함에 사로잡히고 마는 것이다.

　앞서 적은 대로, 우리는 숲이 늪지로 변해 갯벌과 만나기 바로 직전 지점에서 탑을 발견했다. 베이스캠프에 도착하고 나서 나흘째에 벌어진 일이었다. 그때쯤 우리는 주위 환경에 상당히 익숙해져 있었다. 원래 그 위치에서 뭔가를 발견할 것이라고 기대하지는 않았다. 우리가 가져온 지도는 물론 이전 탐사대가 남긴, 습기로 얼룩지고 송진 가루가 묻어 있는 기록에도 나와 있지 않았다. 하지만 탑은 그 자리에 있었다. 우거진 수풀과 오솔길 왼쪽으로 드리운 이끼 덩굴에 반쯤 가려진 채. 전체적으로 둥근 형태였고, 시멘트와 조개껍질을 섞어 놓은 듯한 회색 돌로 이루어져 있었다. 지름은 대략 18미터 정도였고, 지상에서 20센티미터 정도 높이였다. 만든 이의 목적이나 정체를 짐작할 수 있는 흔적은 표면에서 전혀 찾아볼 수 없었다. 정북쪽으로 난 직사각형 입구 안쪽의 어둠 속에는 나선형으로 내려가는 계단이 보였다. 입구를 가리고 있는 거미줄과 잔해들 너머 아래쪽에서 차가운 바람이 불어왔다.

처음에는 오직 나만이 그것을 **탑**으로 여겼다. 분명히 지표면에서 아래쪽을 향해 뚫고 들어간 구조물인데 왜 탑이라는 단어가 떠올랐는지 모르겠다. 보통은 지하 저장고나 수몰된 건물이라고 생각했을 터였다. 그러나 계단을 보자마자 해안가의 등대가 떠올랐다. 그리고 갑자기 환영이 찾아왔다. 지난 탐사대의 대원들이 하나씩 하나씩 떠내려가는 모습, 그러고 나서 대지가 어떤 알 수 없는 방식으로 거대하고 균일하게 움직여 원래 자리를 지키고 있던 등대를 이 내륙의 땅 밑으로 묻어 버리는 장면이었다. 나는 우리들이 탑 바로 앞에 서 있는 동안 이 거대하면서도 상세한 환영을 보았다. 돌이켜 보면, 목적지에 도착한 이후 내가 처음으로 했던 비합리적인 생각이었다.

"이건 불가능해."

측량사가 자신의 지도를 노려보며 말했다. 그녀의 얼굴에 늦은 오후의 짙은 그림자가 드리워져 있어서 그 말이 더욱 의미심장하게 들렸다. 기울어진 태양은 우리더러 불가사의에 도전하려면 손전등을 사용하라고 말하는 듯했다. 나야 설사 어둠 속에서 일해야 한다고 한들 별 상관이 없었지만.

"하지만 분명 저기에 있는걸." 내가 말했다. "우리 모두가 집단 환각을 보고 있지 않다면 말이야."

"건축 양식을 파악하기 어려워." 인류학자가 말했다. "재료도 뭔지 잘 모르겠고. 이 지역에서 나는 재료 같지만 그렇다고 꼭 여기 건축물이라고 단정할 순 없어. 안에 들어가 보지 않고서는 이게 고대 유적인지, 현대의 건축물인지 아니면 그 사이의 어떤 것인지 알아낼 수 없을 거야. 솔직히 건축 연대를 알아맞히는 건 도저히 무리라고 봐."

이 발견을 상급자들에게 알릴 방법은 없었다. X구역으로 들어가는 탐사대는 불가역적인 오염을 피하기 위해, 외부와 접촉하려는 시도를 해서는 안 된다는 규칙이 있었다. 우리는 현대 기술을 반영한 장비는 거의 지참하지 않았다. 벨트에 매달린 이상하고 검은 상자를 제외하면 휴대폰이나 위성 전화, 컴퓨터, 캠코더, 그 밖의 어떤 복잡한 측정 도구도 없었다. 우리가 지닌 카메라는 암실에서 필름을 현상해야 하는 물건이었다. 다른 사람들은 특히 휴대폰이 없다는 점 때문에 실제 세계를 아주 멀게 느끼는 듯했지만, 난 원래부터 전화기 없이 지내는 편을 선호했다. 무기로는 나이프 몇 개와 골동품 권총들, 그리고 돌격소총 한 자루가 있었다. 마지막 물건은 현재의 보안 규정에 대한 마지못한 양보였다.

단순하지만 우리에겐 내가 지금 쓰고 있는 이것과 같은 기록을 남길 의무가 있었다. 매끄러운 흑백 표지의 일지는 방수 종이로 만들어졌고, 글을 쓰기 위한 파란 가로줄과 여백을 표시하는 빨간 세로줄이 있었다. 이 일지들은 우리가 가지고 돌아가거나, 아니면 다음번 탐사대가 발견하게 될 수도 있었다. 우리는 X구역에 대해 완전히 무지한 사람이라도 의미를 알 수 있도록 최대한 자세하게 적으라는 지시를 받았다. 또 일지의 내용은 서로 공유할 수 없었다. 너무 많은 정보를 공유할 경우 각자의 관찰이 왜곡될 수 있다는 우려 탓이었다. 하지만 나는 경험상 편향을 방지하려는 이런 시도가 얼마나 무의미한지 알고 있었다. 살아 숨 쉬는 그 무엇도 정말로 객관적일 수는 없었다. 설사 외부와 완전히 단절된 상태로, 오직 진실을 알고자 하는 자기희생적인 욕구에 사로잡혀 있다고 해도 말이다.

"난 이 발견 덕에 흥분되는데." 우리가 탑에 대해 더 이야기하기 전에 심리학자가 끼어들었다. "다른 사람들은 그렇지 않은가 봐?"

그녀는 이전에는 우리에게 그렇게 직접적인 질문을 한 적이 없었다. 훈련 도중에는 좀 더 "긴급 상황에 놓였을 때 얼마나 침착할 수 있을 것 같나?" 따위의 질문을 하는 편이었다. 그때 나는 그녀가 정해진 역할을 연기하는 형편없는 배우 같다고 느꼈다. 지휘자라는 입장 때문에 초조한 탓인지, 지금은 심지어 그런 느낌이 더 강해졌다.

"흥분되는 일이죠……. 예상 밖이기도 하고."

나는 대꾸하면서 그녀를 조롱하지 않으려고 애썼지만 약간 실패하고 말았다. 나는 커져 가는 불안감을 느끼고 놀랐는데, 내가 꿈이나 상상 속에서 기대했던 발견들에 비하면 이건 지루할 정도의 일이었기 때문이다. 경계를 건너기도 전에, 나는 머릿속에 온갖 것들을 그리고는 했다. 거대한 도시들, 특이한 동물들, 그리고 몸이 좋지 않았을 때 한번은 우리 캠프를 찢어발기기 위해 파도 속에서 솟아오르는 거대한 괴물도.

반면에 측량사는 그저 어깨를 으쓱해 보일 뿐 심리학자의 질문에 대답하지 않았다. 그리고 인류학자는 나에게 동의한다는 듯 고개를 끄덕였다. 아래로 이어지는 탑의 입구는 우리가 너무나 많은 것을 써 내려갈 수 있는 텅 빈 백지와도 같은 존재였다. 이 존재는 마치 가벼운 열병처럼 우리 모두를 압박했다.

내가 여기에 나머지 세 대원의 이름을 적지 않는 이유는 그게 중요하지 않기도 하지만, 나를 제외한 대원들 중에서 오직 측량사만이 다음 날 혹은 그다음 날까지 살아남았기 때문이다. 게다가 우리는 언제나 되도록 이름을 사용하지 말라는 강력한 권고를 받았다. 우리는 '개인적인 것들은 모두 버리고' 목적에만 집중해야 했다. 이름이란 우리가 떠나온 세상에 속하지, X구역에 들어선 우리라는 사람들에게 속한 무언가가 아니었다.

원래 우리 탐험대는 언어학자를 포함해 다섯 명으로 구성되어 있었다. 경계에 도달하기 위해 우리들은 한쪽 끝에 문이 있고 구석에

금속 의자 하나가 덩그러니 놓인 하얀 방에 각자 들어가야 했다. 의자 팔걸이에는 끈을 묶기 위한 구멍이 나 있었다. 그 사실이 무시하기 어려운 경계심을 불러일으켰지만 이때쯤 나는 X구역에 가기로 완전히 마음을 굳힌 상태였다. 이 방들을 포함해 전체 시설을 통제하는 주체는 X구역과 관련된 모든 사안을 다루는 비밀 정부 기관, 서던 리치(Southern Reach)였다.

우리는 그 방 안에서 끝도 없는 서류 낭독을 들으며 기다렸다. 천장의 통풍구에서 때로는 차갑고 때로는 뜨거운 바람이 불어왔다. 어느 시점에 심리학자가 우리를 따로따로 방문했지만, 그녀가 정확히 무슨 말을 했는지는 기억이 나지 않는다. 그리고 우리는 문 바깥의 긴 복도를 지나, 두 개의 출구와 이어진 중앙 집결 구역에 도착했다. 심리학자가 거기서 우리를 기다리고 있었는데, 언어학자의 모습은 보이지 않았다.

"언어학자는 생각을 바꿨어." 심리학자가 의아해하는 우리의 눈빛을 단호한 표정으로 마주하며 말했다. "여기 남기로 했지."

그 사실이 작은 충격으로 다가왔지만, 포기자가 다른 사람이 아니라서 안도하는 마음도 있었다. 그때까지는 우리 중에서 언어학자가 지닌 기술의 쓸모가 가장 덜하다고 여겼기 때문이었다.

잠시 후, 심리학자가 말했다.

"이제 머릿속을 비워."

우리가 경계를 무사히 건널 수 있도록 하기 위한 최면 과정이 시작될 거라는 의미였다. 우리 모두에게 최면을 걸고 나면, 심리학자는 자기 자신 또한 최면 상태에 빠뜨려야 했다. 설명을 듣기로는 경계를 지날 때 흔히 겪는 환각 현상을 예방하기 위한 조치라고 했다. 적어도 표면상의 이유는 그랬다. 난 그 말이 진실인지 더 이상 확신하지 못한다. 경계의 본질은 보안상의 이유로 우리에게조차 알려지지 않았다. 우리는 다만 맨눈으로는 경계를 파악할 수 없다는 정도만 알고 있었다.

내가 다른 두 대원들과 함께 '깨어났을' 때에는 어느새 모든 장비를 착용한 상태였다. 무거운 행군용 부츠와 18킬로그램의 배낭, 그리고 벨트에 매달린 수많은 추가 보급품의 무게가 느껴졌다. 우리 셋은 모두 휘청거렸고, 인류학자는 한쪽 무릎을 꿇었다. 심리학자는 참을성 있게 우리가 회복하기를 기다렸다.

"미안하군." 그녀가 말했다. "그래도 내가 할 수 있는 한 가장 원만한 각성 과정이었어."

측량사가 욕을 하며 심리학자를 노려봤다. 측량사의 과격한 성질은 어떤 측면에서는 그녀를 이 탐사대에 포함시킨 장점 중 하나였다. 인류학자는 언제나처럼 불평 없이 일어섰다. 그리고 나는 늘 그랬던 것처럼 다른 사람들을 관찰하느라 바쁜 나머지, 이 무례한 각성을 개인적으로 받아들일 여유가 없었다. 예를 들어 나는 인류학자가 한동안 계속 허우적거리면서 우리에게 사과하는 동안 심리학자의 입술에 걸려 있던, 거의 알아채기 어려울 정도로 희미한 미소를 포착했다. 그때는 그녀가 냉혹한 성격이라고 여겼지만, 한참 시간이 흐른 뒤 그게 내 오해였을지도 모른다는 생각이 들었다. 그녀의 쓴웃음은 오히려 고통, 혹은 자기 연민의 표출에 가까웠는지도 모른다.

우리는 자갈과 낙엽, 그리고 축축하게 젖은 솔잎으로 뒤덮인 오솔길 위에 있었다. 바닥에는 개미벌과 딱정벌레들이 분주하게 기어다녔다. 길 양쪽으로 비늘에 뒤덮인 커다란 소나무들이 늘어섰고, 날아가는 새들의 그림자가 그 사이로 드리웠다. 공기가 너무 신선해서 몇 초 동안 놀라움 때문에 숨을 쉬기 어려울 정도였다. 우리는 나무에 붉은 천 조각을 묶어 위치를 표시한 뒤, 앞을 향해 미지 속으로 걷기 시작했다. 만약 심리학자가 어떤 이유로든 정상적인 상태가 아니게 되어 임무가 끝날 때까지 우리를 이끌지 못할 경우면, 우리는 여기에 돌아와서 '추출'을 기다려야 했다. 아무도 어떤 식으로 추출이 이루어지는지 말해 주지 않았지만, 그 말은 우리 상급자들이 경계 안에 위치한 이 지점을 멀리서 지켜볼 수 있다는 것을 암시했다.

일단 경계에 도착하면 뒤를 돌아보지 말라는 주의 사항을 기억하고 있었지만, 나는 심리학자가 한눈을 파는 틈을 타서 시선을 어깨 너머로 던졌다. 그때 내가 정확히 뭘 봤는지 나도 모른다. 뭔가 흐릿하고 모호하고 뒤쪽 멀리 있는…… 어쩌면 문일 수도, 어쩌면 단지 눈의 착각에 불과할 수도 있었다. 마치 흔들리는 빛의 벽돌 같은 형상이 빠르게 사라지고 있었다.

나는 탐사에 필요한 지식과 자격을 갖추고 있었다. 사실 내가 자원한 이유는 전공과 큰 관련이 없지만, 아마 환경에 따른 생태계 변이를 전공한 생물학자라서 선발되었을 것이다. 이 특별한 장소는 이미 몇 차례의 커다란 환경 변화를 겪었고, 그 결과로 아주 복잡한 생태계가 자리 잡았다. 여기처럼 불과 10여 킬로미터 안에 숲과 늪지대, 갯벌에서 해안에 이르는 다양한 서식지가 분포하는 경우는 다른 지역에서 거의 찾아볼 수 없었다. 내가 X구역에 대해 들은 바에 따르면, 염분 섞인 담수에 적응한 해양 생물들이 갈대밭까지 수로를 헤엄쳐 올라와서 수달이나 사슴과 같은 환경을 공유한다고 했다. 농게들이 숭숭 구멍을 뚫어 놓은 해안을 따라 걸을 때면, 역시 새로운 서식 환경에 적응한 거대 파충류와 마주치지 않도록 주의해야 했다.

나는 더 이상 X구역에 인간이 살지 않는다는 점을 이해했고, 그 때문에 환경이 이처럼 원시적으로 변했다는 사실도 알았다. 하지만 계속해서 그런 지식을 잊어버리려고 애썼다. 대신에 이곳이 단지 야생동물 보호 구역이라고, 우리는 우연히 과학자들로 이루어진 여행객일 뿐이라고 생각하기로 했다. 이는 사실 합리적인 선택이었다. 우리는 여기서 정말로 무슨 일이 일어났는지, 또 일어나고 있는지 알지 못했다. 그래서 미리 접한 어떤 이론도 우리가 마주치는 증거에 대한 나의 분석에 영향을 미칠 수 있었다. 게다가 나로서는 나

스스로에게 무슨 거짓말을 하든 별 상관이 없었다. 바깥세상의 내 존재는 X구역에서만큼이나 희박했기 때문이다. 더 이상 나를 붙잡을 무엇도 남아 있지 않은 이상 여기로 올 수밖에 없었다. 나머지 대원들이 어떤 심정인지는 몰랐고 알고 싶지도 않았지만, 그들이 모두 최소한 어느 정도의 호기심을 가장한 태도를 취하고 있다는 생각이 들었다. 사실 호기심에는 두려움을 덜어 주는 효과가 있었다.

그날 밤 우리는 탑에 대해 이야기를 나눴다. 나 이외의 다른 세 사람은 그걸 동굴이라고 부르기를 고집했다. 조사 진행에 대한 책임은 각 개인에게 있었고, 심리학자는 대원들의 결정을 수렴하는 역할을 했다. 탐사대는 '유의미한 변수로 인한 가능성'을 높이기 위해, 구성원 각자에게 어느 정도 자율권을 준다는 방침을 가지고 있었다.

우리 각자가 보유한 기술의 맥락에도 이런 모호한 원칙이 반영되어 있었다. 예를 들어 모든 대원들이 기본적으로 사격과 생존 훈련을 받았지만, 화기 사용이나 의료 분야에서는 측량사가 나머지 우리보다 훨씬 더 경험이 풍부했다. 인류학자는 한때 건축가로 일했고, 몇 년 전 자신이 설계한 건물에서 벌어진 화재에서 살아남았다. 이 사실은 내가 그녀에 대해 알고 있는 거의 유일한 개인 정보였다. 우리는 심리학자에 대해 거의 몰랐지만, 아마 어떤 식으로든 관리자 역할을 했던 전력이 있을 거라고 짐작했다.

탑에 대한 논의는 어떤 면에서 보자면 서로의 의견이 일치하지 않을 경우 해야 할 타협의 한계를 시험할 수 있는 첫 번째 기회였다.

"동굴에 초점을 맞춰야 한다고 생각하지 않아." 인류학자가 말했다. "우선 더 멀리까지 탐색한 다음 여기로 돌아오자고. 등대를 비롯해서 다른 것들을 먼저 조사하고 정보를 수집한 후에 말이야."

예상은 했지만 인류학자는 보다 편하고 안전한 쪽을 선택하는 경향이 있는 듯했다. 선견지명이 있었다고나 할까. 지도부터 만든다는 생각은 내게 불필요한 일의 반복처럼 보이기도 했다. 그러나 기존의 그 어떤 지도에도 탑의 존재에 대해 암시조차 없었다는 점이 마음에 걸렸다.

그러자 측량사가 말했다.

"이 경우에는 저 동굴이 위험하지 않은지 우선 확인해야 한다고 봐. 더 멀리 나아가기 전에. 안 그러면 등 뒤에 적을 둔 셈이나 마찬가지잖아."

그녀는 군인 출신이었고, 나는 벌써 그 경험의 가치를 알아볼 수 있었다. 사실 나는 측량사가 성격상 언제나 더 멀리까지 탐험하는 편에 서리라 생각했었기에 그녀의 의견이 더욱 무게 있게 들렸다.

"사실 난 어서 여기 생태를 탐사해 보고 싶어." 내가 말했다. "하지만 저 '동굴'…… 혹은 탑……인지가 어떤 지도에도 기록되어 있지 않다는 건 뭔가 의미심장해 보이네. 우리 지도에는 의도적으로 빠졌을 수도 있고……. 그럼 그건 어떤 메시지겠지……. 안 그러면 지난 탐사대가 왔을 때는 저게 여기에 없었다는 얘기가 되잖아."

측량사는 편을 들어 줘서 고맙다는 눈빛을 보냈지만, 내 의견은 그녀의 편을 드는 일과는 무관했다. 수직으로 아래를 향한 탑이라는 개념은 아찔한 현기증과 그 구조에 대한 매혹을 동시에 불러일으켰다. 나는 내가 어떤 부분을 두려워하고 어떤 부분을 갈망하는지 알지 못했다. 원래부터 앵무조개 껍질의 내부처럼 미지의 공간을 내포하고 있는 듯한 자연적인 패턴들로부터 눈을 떼지 못하곤 했다.

심리학자가 모든 의견을 고려해 보겠다는 듯 고개를 끄덕이더니 물었다.

"아직 여기를 벗어나고 싶다는 감각을 느낀 사람은 없고?"

할 법한 질문이지만 그럼에도 불구하고 어쩐지 거슬렸다.

우리 셋 모두 고개를 저었다.

"당신은 어때요?" 측량사가 되물었다. "의견이 뭡니까?"

심리학자가 씩 웃었다. 어딘지 모르게 이상해 보이는 웃음이었다. 하지만 그녀도 우리들 중 누군가에게 자신의 반응을 관찰하는 임무가 주어졌으리라 예상했을 터였다. 어쩌면 생물학자인 나나 인류학자가 아니라, 사물의 외적 부분에 대한 전문가인 측량사가 그 임무를 맡았을 가능성을 재미있게 느꼈을 수도 있었다.

"내가 지금 이 순간에 엄청난 불편함을 느끼고 있다는 점은 인정해야겠어. 하지만 그게 이 주변의 전체적인 환경 때문인지, 아니면 저 동굴 때문인지 모르겠군. 개인적으로는 동굴부터 확인하고 싶어."

탑이야.

"그럼 3대 1이네요."

인류학자가 말했다. 결론이 나서 한결 마음을 놓은 듯했다.

측량사는 그저 어깨를 으쓱할 뿐이었다.

어쩌면 호기심에 대한 내 생각이 틀렸을지도 몰랐다. 측량사는 그 무엇에도 호기심을 느끼지 못하는 것처럼 보였다.

"지루해?" 내가 물었다.

"지루함에 적응하려고 애쓰는 중이야."

측량사는 내가 모두에게 그 질문을 하기라도 한 양, 대원들에게 그렇게 말했다.

우리는 공동 천막에 모여 이 이야기를 나누었다. 주위가 어두워지기 시작하더니 곧 밤이 되고 어디선가 이상하고 구슬픈 울음소리가 들려왔다. 우리는 자연적인 현상이라는 사실을 충분히 알면서도 어떤 한기를 느꼈다. 그리고 그 소리가 해산하라는 신호라도 되는 것처럼, 우리는 개인 텐트로 돌아가 생각에 잠겼다. 나는 한동안 침대에 누워서 탑을 동굴이라고, 심지어 구멍이라고 생각해 보려고 애썼지만 소용이 없었다. 대신에 한 가지 의문점만 계속해서 떠올랐다. *그 안에는 대체 무엇이 있을까?*

경계로부터 해안 가까이의 베이스캠프까지 걸어오는 동안, 우리는 딱히 비일상적인 사건을 경험하지 못했다. 새들은 바깥세상과 마찬가지로 노래했다. 사슴이 달아나며 하얀 꼬리로 녹색 덤불에 느낌표를 찍었다. 너구리들은 자기 일로 바빠서 우리를 무시했다. 그리고 우리는 너무나 오랜 기간 준비와 훈련을 위해 갇혀 있다 풀려난 탓인지 거의 아찔한 해방감을 느끼고 있었다. 우리가 그 복도에, 전이를 위한 공간에 있는 동안에는 그 무엇도 우리와 접촉할 수 없었다. 우리는 과거의 우리도, 그렇다고 해서 목적지에 도착한 다음의 우리도 아닌 상태였다.

캠프에 도착하기 전날, 우리 앞쪽의 오솔길에 거대한 멧돼지가 나타나면서 이런 분위기는 잠시 흐려졌다. 처음에는 너무 멀리 있어서 쌍안경으로도 간신히 알아볼 정도였다. 하지만 야생 멧돼지들은 눈이 나쁜 대신 엄청난 후각을 지니고 있었다. 놈은 90미터 거리부터 우리를 향해 돌진하기 시작했다. 마치 우레처럼. 하지만 우리에게는 아직 대처 방안을 생각할 시간이 있었다. 우리는 긴 나이프를 뽑아 들었고 측량사는 돌격소총을 꺼냈다. 총알은 300킬로그램이 넘는 돼지를 멈출 수도, 그러지 못할 수도 있었다. 멧돼지로부터 주의를 돌린 채로 배낭에서 권총이 담긴 상자를 꺼내서 3중으로 된 안전장치를 풀 엄두는 아무도 내지 않았다.

우리들이 집중하거나 침착할 수 있도록 심리학자가 최면 암시를 걸 시간적 여유는 없었다. 그녀는 멧돼지가 돌진해 오는 동안 우리에게 "가까이 가지 마! 놈이 너희를 건드리게 하지 마!"라고 외칠 뿐이었다. 인류학자는 동요한 데다 이렇게 지연되는 긴급 상황이라는 부조리한 상황에 어이가 없었는지 성마른 웃음을 터뜨렸다. 측량사만이 즉각적인 행동에 나서서 한쪽 무릎을 꿇고 사격 자세를 취했다. 우리가 받은 명령에는 '살해당할 위협에 처했을 때에만 무기를 사용하라'는 퍽이나 도움이 되는 지시 사항도 있었다.

나는 다가오는 멧돼지의 얼굴이 점점 더 기이해지는 모습을 쌍안경으로 지켜봤다. 극도의 고통과 싸우는 것처럼 왠지 모르게 일그러진 표정이었다. 그 주둥이나 길고 커다란 머리통에 실제로 특이한 점은 전혀 없었다. 그럼에도 불구하고 놈의 성찰하는 듯한 시선, 그리고 누군가 보이지 않는 고삐를 당기기라도 한듯 갑자기 왼쪽으로 머리를 돌리는 방식으로부터 곁에 어떤 **존재**가 있는 것 같은 놀랍도록 선명한 인상을 받았다. 진짜인지 확신할 수 없는 불꽃 같은 것이 멧돼지의 눈동자 속에서 번쩍였다. 나는 쌍안경을 쥔 내 손이 떨리는 탓에 잘못 봤다고 생각했다.

멧돼지를 잠식하고 있는 무언가가, 우리를 향해 돌진하고자 하는 그 짐승의 욕구도 잠식했다. 멧돼지는 내가 고뇌라고밖에 표현할 수 없는 감정이 실린 소리를 내며 왼쪽으로 방향을 틀어 곧 덤불 속으로 사라졌다. 우리가 그 지점에 이르렀을 때에는 엉망으로 헤집어진 수풀만 남아 있을 뿐이었다.

몇 시간 동안, 내가 본 것에 대한 설명을 찾기 위해 골똘히 생각에 잠겼다. 신경계를 조종하는 기생충 같은 합리적이고 생물학적인 이유를 모색해 보았다. 그러나 오래지 않아서 멧돼지는 우리가 경계에서 오는 동안 지나친 다른 모든 것들과 마찬가지로 내 관심의 무대에서 퇴장했다. 나는 다시 다가올 미래를 응시하기 시작했다.

탑을 발견한 다음 날, 우리는 아침 일찍 일어나 식사를 마치고 불을 껐다. 새벽 공기는 계절에 어울리게 차갑고 상쾌했다. 측량사가 무기 상자를 열더니 우리에게 권총을 한 자루씩 나눠 줬다. 그녀 자신은 계속해서 돌격소총을 들고 있었다. 그 무기는 총신 아래 전술 조명이 달렸다는 이점이 있었다. 우리는 무기 상자를 이렇게 일찍 열게 되리라 예상하지 못했다. 누구도 불평은 없었지만, 새로운 긴장감이 느껴졌다. 우리 모두는 X구역으로 온 두 번째 탐사대가 총으로 자살했고, 세 번째 탐사대는 서로를 쏴 죽였다는 사실을 알고 있었다. 뒤이어 보낸 몇 차례의 탐사대에서 사상자가 0이 되고 나서야 상부는 다시 화기 지참을 허락했다. 우리는 열두 번째 탐사대였다.

그리고 우리는 다 함께 탑으로 돌아갔다. 이끼와 나뭇잎 사이로 비치는 햇빛이 입구의 평평한 표면 위에 얼룩덜룩한 무늬를 그리고 있었다. 여전히 수수하고 전혀 불길한 구석이 없었지만…… 그래도 거기에 서서 탑의 입구를 바라보고 있으려면 의지력이 필요했다. 나는 인류학자가 자신의 검은 상자를 들여다보고, 붉은 빛이 반짝이지 않는다는 데 안도하는 것을 눈치챘다. 만약 상자의 구멍이 붉은색으로 빛나면, 우리는 더 이상의 탑 탐사를 중지하고 다른 목표들로 옮겨 가야 했다. 막연한 두려움에도 불구하고, 나는 그러고 싶지 않았다.

"얼마나 깊을 것 같아?" 인류학자가 물었다.

"기억 안 나나? 여기선 계측기가 말하는 수치에 기댈 수밖에 없다는 걸." 심리학자가 살짝 찡그리며 대답했다. "계측기는 거짓말을 하지 않아. 이 구조물은 지름이 18.7미터야. 높이는 지표로부터 20센티미터이고. 나선형 계단이 정북쪽 혹은 그 가까운 방향에 나 있는 걸로 보이네. 어쩌면 그 사실에서 이 구조물이 만들어진 방법을 알아낼 수 있을지도 몰라. 재질은 금속이나 벽돌이 아니라 패각암이고, 우리가 아는 사실은 여기까지야. 지도에 나와 있지 않았던 걸 보면 숨겨져 있던 입구가 폭풍 때문에 드러난 모양이야."

난 심리학자가 계측기에 품은 신뢰나 지도에 탑이 없었던 사실을 합리화하려는 시도를 거의…… 귀엽다고 느꼈다. 어쩌면 단지 우리를 안심시키려고 하는 말일지도 모르지만, 내 눈에는 그보다 스스로를 안심시키기 위한 노력으로 보였다. 우리를 이끌어야 하는, 그리고 아마 우리보다 더 많이 아는 심리학자의 입장은 분명히 어렵고 외로울 터였다.

"이 동굴이 딱 180센티미터 깊이여서, 금방 다시 나와 지도를 계속 작성할 수 있으면 좋겠는데."

측량사가 애써 쾌활한 척 말했지만, 곧 우리 모두 그녀가 말한

180센티미터 깊이*'가 무덤의 깊이를 의미한다는 사실을 떠올렸다. 무거운 침묵이 우리 위로 내려앉았다.

"왠지 난 이게 **탑**이라는 생각이 계속 들어." 내가 털어놓았다. "도저히 이게 동굴로 보이지 않아."

탑 안으로 진입하기 전에 그 점을 구분하는 일이 중요하게 느껴졌다. 설사 이 말 때문에 내 정신 상태에 대한 동료들의 평가가 달라진다 해도. 땅속으로 파고든 탑의 이미지가 내 눈에 선했다. 그 꼭대기에 서 있다는 생각 때문에 조금 현기증을 느꼈다.

세 사람 모두 나를 응시했다. 마치 내가 해 질 녘에 들렸던 그 기이한 울음소리라도 되는 듯한 눈길이었다. 잠시 후 심리학자가 마지못해 말했다.

"그렇게 생각하는 쪽이 더 편하다면, 별로 해로울 이유는 없을 것 같군."

침묵이 다시 나무 그늘 아래 있는 우리에게 찾아왔다. 딱정벌레 한 마리가 나선을 그리며 가지 위로 날아오르자, 티끌 같은 먼지들이 그 궤적을 표시했다. 난 우리들이 이제야 진정으로 X구역에 들어왔다는 사실을 실감하고 있다는 생각이 들었다.

"내가 먼저 내려가서 밑에 뭐가 있는지 볼게."

마침내 측량사가 말했다. 우리는 기꺼이 그녀의 제안에 따랐다.

---

* 6피트 아래(six-feet under)

나선형 계단은 몹시 가팔랐고 발 디딜 곳도 좁아서, 측량사는 뒷걸음질로 탑을 내려가야 했다. 우리는 그녀가 계단을 내려가는 동안 막대기로 입구의 거미줄을 걷어 냈다. 측량사는 등에 무기를 매단 채 불안정한 자세로 우리를 올려다봤다. 그녀는 머리를 뒤로 묶고 있었는데, 그 때문에 얼굴이 더 딱딱하고 핼쑥해 보였다. 측량사를 멈추게 하고 다른 방법을 찾아야 할까? 그럴지도 모르지만, 우리 중 누구도 나서려 하지 않았다.

측량사는 우리를 가늠하는 듯한 억지웃음을 지어 보인 다음, 얼굴이 더 이상 보이지 않을 때까지 아래로 내려갔다. 나는 그녀가 남긴 빈 공간에서 마치 실제와 반대되는 일이 벌어진 것 같은 충격을 받았다. 어둠 속에서 갑자기 얼굴이 떠오르기라도 한 것처럼 말이다. 내가 헉하고 숨을 들이켜자 심리학자가 나를 바라봤다. 인류학자는 계단 아래쪽을 살피느라 너무 바빠서 내게 신경 쓸 겨를이 없었다.

"아래쪽은 어때?"

심리학자가 측량사를 향해 외쳤다. 이제 막 내려가기 시작했는데, 무슨 특별한 점이 있을까?

측량사가 내 생각에 동의하기라도 하듯 날카로운 끙 소리로 대답했다. 그녀가 좁은 계단에서 고투를 벌이는 소리가 들렸다. 잠시 침묵, 다시 움직이는 소리, 그리고 또 침묵. 뒤이어 들려온 소리는 어쩐지 박자가 달라서, 순간적으로 그 소리를 내는 존재가 측량사가 아닌 다른 존재일 수도 있다는 공포심이 들었다.

하지만 그때 측량사가 우리를 향해 외쳤다.

"이 층까지는 이상 무!"

이 층이라. 내 안의 뭔가는 **탑**이라는 내 생각이 아직 틀렸다고 입증되지 않았다는 흥분을 느꼈다.

측량사의 말은 나와 인류학자더러 내려오라고 하는 신호였다. 심리학자는 남아서 우리를 기다릴 예정이었다.

"자, 이제 가."

심리학자는 마치 학교 수업이 끝났다고 말하는 교사처럼 무미건조한 말투로 명령했다.

분명히 파악하기 어려운 어떤 감정이 밀려들었고, 잠시 동안 내 시야에 검은 점들이 떠다녔다. 나는 인류학자를 따라 거미줄과 말라붙은 곤충 껍데기 따위를 헤치며 너무 열심히 내려가다가 그녀를 넘어뜨릴 뻔했다. 내가 지상에서 마지막으로 본 장면은 살짝 찌푸린 얼굴로 나를 내려다보는 심리학자와 그녀 뒤의 나무들, 그리고 계단 아래의 어둠과 대비되어 더욱 환하게 보이는 하늘의 푸른색이었다.

아래쪽으로 내려가자, 그림자들이 벽을 가로질러 일렁거렸다. 온도가 낮아졌고 부드러운 계단이 우리 발소리를 삼켰다. 지표면으로부터 대략 6미터 아래에서 커다란 공터가 나타났다. 천장까지 높이가 2.5미터 정도였는데, 말인즉슨 우리 위로 족히 3.5미터 두께의 돌이 존재한다는 의미였다. 측량사가 돌격소총에 달린 전술조명으로 주위를 비췄다. 그녀는 우리를 등진 채로 아무런 장식도 없는 어두운 흰색 벽을 살피고 있었다. 벽의 몇몇 갈라진 부분들은 시간의 경과나 갑작스러운 충격의 흔적일 터였다. 공터는 위쪽에 드러난 부분과 둘레가 일치하는 원형이었다. 이 점은 우리가 땅속에 묻혀 있는 입체적인 구조물 안에 있다는 내 생각을 뒷받침했다.

"계속 아래로 이어지고 있어."

측량사가 그렇게 말하면서 우리가 내려온 쪽과 정확히 반대쪽에 위치한 방향을 총으로 가리켰다. 거기에는 둥근 아치형 입구 너머로, 아래를 향한 계단을 암시하는 짙은 어둠이 자리 잡고 있었다. 이게 정말 탑이라면, 이 장소는 층계참 혹은 첨탑의 일부에 해당할 터였다. 측량사가 아치형 입구를 향해 걸어가기 시작했을 때 나는 여전히 손전등으로 벽을 살피는 일에 몰두해 있었다. 아무것도 없는 텅 빈 벽의 공백이 내 마음을 사로잡았다. 이 장소를 누가 만들었는지 상상해 보려고 했지만 결국 실패하고 말았다.

베이스캠프에 도착한 첫날 저녁에 봤던 등대의 모습이 떠올랐다. 우리는 그 의문의 건축물을 틀림없이 등대라고 생각했다. 지도상의 그 위치에 등대가 표시되어 있었고, 등대라면 어떻게 **생겨야 하는지** 모두가 즉시 알아볼 수 있었기 때문이다. 사실 측량사와 인류학자는 둘 다 등대를 보고 일종의 **안도감**을 표현했다. 등대가 지도와 현실에 모두 존재한다는 사실이 그들을 안심시키고 진정시켰다. 우리가 등대의 목적과 기능에 익숙하다는 점 때문에 더더욱 그러했다.

하지만 이 탑에 대해서, 우리는 전혀 아는 바가 없었다. 전체적인 외형조차 직관적으로 파악하기 어려웠다. 이 구조물의 목적에 대해서도 전혀 몰랐다. 그리고 우리가 안에 들어온 이후에도, 탑은 **여전히** 무엇 하나 단서를 드러내지 않았다. 심리학자가 탑의 '꼭대기' 부분을 측정한 수치를 말할 수 있을지는 모르지만, 더 큰 맥락을 이해하지 못하는 이상 아무런 의미도 없는 짓이었다. 맥락도 없이 수치에만 매달리는 것은 어리석었다.

"안쪽 벽도 정확히 원형이야. 이 건물이 정밀한 공법으로 지어졌을지도 모른다는 뜻이지."

인류학자가 말했다. *건물이라.* 이미 그녀도 이곳이 동굴이라는 생각을 버리고 있었다.

나를 억누르고 있던 어떤 힘으로부터 마침내 풀려난 것처럼, 내 모든 생각들이 갑자기 입을 통해 쏟아져 나왔다.

"하지만 이 건물은 뭘 하는 곳이지? 그리고 어째서 지도 위에 없는 걸까? 앞선 탐사대의 누군가가 이걸 만들고 나서 그 사실을 숨겼을 수도 있을까?"

나는 대답을 기대하지 않고 계속해서 질문들을 던졌다. 딱히 위협적인 요소가 나타난 건 아니지만 잠깐 동안의 침묵이라도 제거해야 한다는 기분을 느꼈기 때문이다. 마치 주위의 텅 빈 벽들이 정적을 먹고 사는 것 같았고, 조심하지 않으면 우리가 하는 말들 사이의 빈 공간에서 뭔가가 나타날 듯했다. 내가 이런 불안감을 표현하면 아마 심리학자가 걱정할 터였다. 하지만 사실 나는 우리 중 누구보다 고독에 익숙했다. 그럼에도 불구하고 그 순간에는 좀처럼 마음을 놓을 수가 없었다.

나는 측량사가 숨을 들이켜는 소리에 질문 세례를 멈췄다. 인류학자는 눈에 띄게 안도하는 기색이었다.

"저길 봐!"

측량사가 총신의 전술조명을 아치형 입구로 향하며 말했다. 우리는 서둘러 측량사에게 다가가서 그녀가 조명을 향한 곳에 우리가 가진 손전등으로 빛을 더하며 살펴보았다.

정말로 계단이 아래를 향하고 있었다. 위쪽보다 좀 더 경사가 완만했고 단이 넓었지만 여전히 같은 재료로 만들어진 계단이었다. 처음에 나는 어깨 높이, 그러니까 대략 150센티미터 정도로 벽에 붙어 있는 것들이 어둑한 빛을 발하는 덩굴이 아닐까 하고 생각했다. 우스꽝스럽게도 문득 남편과 함께 살던 집의 욕실에 붙어 있던 꽃무늬 벽지가 떠올랐다. 하지만 좀 더 자세히 보자 그 '덩굴'들은 일종의 필기체로 쓴 글자였고, 벽면에서 15센티미터 정도 솟아올라 있었다.

"불을 계속 비춰 봐."

난 그렇게 말하면서 동료들을 비집고 몇 걸음 앞으로 나아갔다. 머리로 피가 쏠리는 기분이었고, 귓가에 천둥이 치는 것처럼 혼란스러웠다. 그 몇 걸음을 나아가기 위해서는 대단한 의지가 필요했다. 내가 생물학자이며, 글자들이 기이하게도 유기물처럼 보인다는 사실 외에 어떤 충동이 나를 그렇게 나서도록 내몰았는지 설명하기 어려웠다. 언어학자가 이 자리에 있었다면, 아마 그녀를 앞세웠을 터였다.

"뭔지는 몰라도, 함부로 만지지 마." 인류학자가 경고했다.

난 고개를 끄덕였지만, 이미 이 발견에 마음이 사로잡힌 상태였다. 만약 벽의 글자들을 만져보고 싶은 충동이 들었다면 내 자신을 억제하기 어려웠을 것이다.

가까이 다가갔을 때, 글이 쓰인 언어를 이해할 수 있다는 사실에 내가 놀랐던가? 분명히 그랬다. 그 사실이 나를 고양감과 공포심이 뒤섞인 어떤 희한한 감정으로 채웠던가? 그랬다. 나는 내 안에서 고개를 쳐드는 수천 가지의 새로운 질문들을 억누르려 애썼다. 그 순간의 중요성을 인식하며, 할 수 있는 한 차분한 목소리로 글의 첫머리를 크게 읽었다.

"*죄인의 손에서 비롯한 목 조르는 과실이 놓인 곳에서 나는 죽은 자의 씨앗을 낳아 어둠 속에 모여든 벌레들과 함께 나누리라……*"

그다음 부분부터는 어둠에 묻혀 보이지 않았다.

"글? 그게 글이라고?" 인류학자가 말했다.

그래, 글이었다.

"뭘로 만들어져 있지?"

측량사가 물었다. 저게 뭘로 만들어졌냐고?

글을 비추던 조명이 흔들리고 떨렸다. '목 조르는 과실이 놓인 곳'

이라고 적힌 부분이 마치 그 의미에 대한 논쟁을 벌이듯 빛과 그림자 속을 번갈아 오갔다.

"잠깐만 기다려 봐. 더 자세히 살펴봐야 알겠어."

그런가? 그래, 더 자세히 살펴볼 필요가 있었다.

뭘로 만들어져 있지?

난 마땅히 그런 의문부터 가졌어야 하지만 그러지 못했다. 언어적인 의미를 파악하려는 생각에만 매달려, 물리적인 표본을 채집해야 한다는 생각조차 하지 못하고 있었다. 하지만 그 질문을 듣자 얼마나 안도감이 들었는지! 그 질문이 글을 계속 읽어 나가려는, 거기에 적혀 있는 모든 내용을 다 읽을 때까지 계속해서 더 깊은 어둠 속으로 내려가려는 충동을 떨쳐 버리는 데 도움이 됐기 때문이다. 이미 글의 첫 구절은 내 머릿속에 예상치 못한 방식으로 침투해 뿌리를 내리고 있었다.

한 걸음 더 가까이 다가가서 '목 조르는 과실이 놓인 곳'이라고 적혀 있는 부분을 응시했다. 필기체로 쓰인 글자들은 비전문가의 눈에는 초록색 이끼로 보일 터였다. 하지만 나는 녀석들이 일종의 균류나 진핵생물이라는 사실을 알아볼 수 있었다. 구불구불한 줄기들이 서로 얽힌 채 벽으로부터 솟아나 있었다. 글자에서는 꿀이 썩는 듯한 달착지근한 냄새가 풍겼다. 마치 숲을 축소해 놓은 듯한 형상이 거의 알아볼 수 없을 정도로, 부드러운 조류 속의 해초처럼 **흔들리고** 있었다.

이 작은 생태계 안에는 또 다른 녀석들도 존재했다. 녹색 균사 속에 반쯤 숨어 있는, 작고 반투명한 손처럼 생긴 생물들이었다. 이 '손'의 손가락에 해당하는 부분은 금빛 결절로 덮여 있었다. 나는 좀 더 가까이 몸을 기울였다. 바보처럼, 몇 달 동안 생존 훈련을 받지도 않았고 아예 생물학 따위는 공부해 본 적도 없는 사람처럼. 그 단어들을 꼭 읽어야 한다는 생각에 온통 홀린 사람처럼.

나는 운이 나빴다. 아니면 운이 좋았던 걸까? 내 움직임 때문에 공기의 흐름이 바뀌자, 글자 하나의 결절이 터지듯 열리며 황금빛 포자들을 쏟아 냈다. 황급히 뒤로 물러섰지만, 썩은 꿀 냄새가 날카롭게 퍼지며 코 안쪽으로 뭔가가 들어오는 것을 느꼈다.

불안한 마음에 뒤로 더 물러나며, 측량사가 했던 욕 중 가장 심한 축에 속하는 몇 마디를 중얼거렸다. 물론 머릿속으로만. 나는 선천적으로 감추는 일에 능했다. 내가 포자에 오염된 사실이 동료들에게 알려질 경우 심리학자가 어떻게 반응할지 벌써부터 상상이 갔다.

"일종의 균류야." 나는 목소리를 가다듬기 위해 크게 숨을 들이쉰 후 말했다. "글자들은 균류의 자실체(子實體)로 이루어져 있어."

정말 그런지 누가 알 수 있을까? 다만 정답에 가장 가까운 짐작일 뿐이었다.

내 목소리는 내 생각보다 더 차분하게 들렸던 모양이다. 동료들의 반응에 주저함이 없었기 때문이다. 내 얼굴에 포자가 날아드는 장면을 그들이 본 것 같지는 않았다. 포자들은 너무 작고 하찮았다.

죽은 자의 씨앗들을 낳으리라.

"글자가? 균류로 이루어져 있다고?"

측량사가 바보처럼 내 말을 따라했다.

"이런 방식으로 쓰인 인간의 언어에 대한 기록은 없어." 인류학자가 말했다. "이런 방식으로 의사소통을 하는 동물이 있을까?"

나는 웃을 수밖에 없었다.

"아니, 이런 방식으로 의사소통을 하는 동물은 없어."

설사 있더라도 나는 그 이름을 기억해 낼 수 없었고, 앞으로도 절대 해내지 못할 터였다.

"농담하는 거야? 이거 농담이지, 응?"

측량사가 말했다. 그녀는 내가 틀렸다는 사실을 증명하기 위해 당장이라도 내려올 기세였지만, 그 자리에서 움직이지 않았다.

"자실체가." 나는 거의 무아지경에 가까운 상태로 대답했다. "글자를 이루고 있어."

나는 다시 차분해졌다. 이와 상충되게 나를 덮친 숨이 막히는 듯한, 혹은 숨을 쉬고 싶지 않은 듯한 감각은 분명 심리적인 것이었지 육체적인 현상은 아니었다. 난 어떤 신체적 변화도 느끼지 못했고, 어떤 면에서는 그 점이 중요하지도 않았다. 어차피 캠프로 돌아가도 이렇게 알려진 바 없는 뭔가에 대한 해독제가 존재할 리 없었기 때문이다.

무엇보다, 내가 처리해야 하는 정보들이 나를 안정시켰다. 글자들은 내가 모르는 종(種)들이 공생하는 자실체로 이루어져 있었다. 또한 글자에서 포자가 날린다는 사실은 우리가 탑을 아래로 더 내려갈수록, 공기 중에 잠재적 오염 물질이 더 많아진다는 점을 의미했다. 이런 정보를 동료들에게 알려서 경계심만 더 강화할 필요가 있을까? 나는 다소 이기적으로, 아니라고 결정했다. 동료들이 적절한 장비를 갖추고 돌아올 때까지는 그들이 직접적으로 오염에 노출되지 않도록 하는 일이 더 중요했다. 다른 어떤 판단을 내리기에는 환경적이거나 생물학적인 자료가 너무 부족했다.

나는 계단 위쪽으로 다시 올라갔다. 측량사와 인류학자는 기대에 찬 얼굴로 내가 뭔가 더 말하기를 기다렸다. 인류학자가 특히 더 흥분한 상태였다. 그녀의 시선은 어느 한곳에 머물지 못하고 끊임없이 여기저기를 옮겨 다녔다. 어쩌면 그녀를 위해 뭔가 허구의 정보를 알려 줄 수도 있었다. 하지만 벽에 쓰인 글에 대해 이런 현상이 불가능하다는 말 외에 뭐라고 더 할 수 있을까? 차라리 그 글이 **미지의** 언어로 쓰여 있었다면 더 나았을지도 모른다. 어떤 면에서는 그 편이 우리가 풀어야 할 수수께끼가 더 적었을 테니까.

"밖으로 나가야 해." 내가 말했다.

그것이 최선의 행동이라고 생각했기 때문이 아니라, 포자가 내게 미치는 영향을 장기적으로 관찰하기 전까지는 가능한 동료들이 노출되는 것을 막고 싶었기 때문이다. 나는 또 여기에 더 오래 머물렀다가는 계단으로 돌아가 글귀를 계속 읽고 싶은 충동을 느끼리라는 사실을 알았다. 정말로 그런 일이 벌어진다면 동료들이 나를 저지하려 들 테고, 그때 내가 무슨 짓을 저지를지 나도 몰랐다.

다행히 동료들은 논쟁을 벌이려 들지 않았다. 다시 올라가는 동안, 나는 폐쇄된 공간에 있는데도 불구하고 한순간 현기증을 느꼈다. 그리고 일종의 공포심이 찾아왔다. 벽들이 갑자기 살아 있는 듯 보였고, 우리가 어떤 괴물의 식도 속을 돌아다니는 것 같은 기분이 들었다.

심리학자에게 우리가 본 바를 이야기하고 벽에 쓰여 있던 글의 일부를 암송하자, 그녀는 기이할 정도로 주의 깊은 태도를 보이며 가만히 귀를 기울였다. 그러더니 직접 글귀를 보러 내려가기로 결정했다. 나는 그녀에게 경고를 해야 할지 망설이다가 결국 이렇게 말했다.

"계단 위에서만 관찰해요. 독이 있을지도 모르니까. 다음에 올 때는 호흡 마스크를 쓰는 편이 좋겠어요."

적어도 그 장비는 지난 탐사대가 남긴 봉인된 상자 속에 있는 것을 확인했다.

"마비에 대한 준비는 되어 있나?"

심리학자가 나를 똑바로 응시하며 이상한 운율이 들어간 말을 했다. 난 일종의 가려움을 느꼈지만 아무런 말이나 행동도 하지 않았다. 다른 동료들은 그녀가 내게 무슨 말을 했다는 사실조차 모르는 것처럼 보였다. 나중에서야 나는 심리학자가 오직 나만을 겨냥한 최면 암시를 걸고자 했다는 사실을 알았다.

　내 반응은 최면에 걸린 상태의 범위 안에 있었던 모양이다. 심리학자가 불안해하는 우리를 위에 남겨 두고 밑으로 내려갔기 때문이다. 그녀가 돌아오지 않는다면 우리는 어떻게 해야 할까? 그런 생각을 하는 중에 불현듯 글귀에 대한 소유욕이 느껴졌다. 심리학자가 나처럼 글귀를 더 읽고자 하는 욕구를 느끼고, 그에 따라 행동하지는 않을까 초조해졌다. 나는 뜻을 알 수 없는 그 글귀들에 어떤 의미가 있기를 바랐다. 그럼 해석을 통해 의혹을 떨치고 평정을 되찾을 수 있을 테니까. 그런 생각들을 하다 보니 주의가 분산되어 포자가 내 몸에 미칠지도 모르는 영향에 대해 잠시 잊어버릴 수 있었다.

　다행히 심리학자를 기다리는 동안, 다른 두 사람도 별로 이야기를 하고 싶어 하지 않았다. 15분이 지나자 심리학자가 어색한 걸음으로 계단을 올라왔고, 빛에 적응하기 위해 눈을 깜빡였다.

　"흥미롭군." 그녀는 우리를 둘러보며 담담하게 말하더니, 옷에 묻은 거미줄을 털어냈다. "저런 건 처음 봐."

　그리고 뭔가 말을 더 이어 갈 듯하다가 곧 입을 다물었다.

　심리학자의 말은 거의 멍청한 소리에 가까웠다. 아마 나만 그런 생각을 하지는 않은 모양이었다.

　"흥미롭다고요?" 인류학자가 말했다. "인류 역사상 그 누구도 저런 걸 본 적이 없을 거예요. *단 한 번도.* 그런데 고작 한다는 말이 **홍**

미롭다?"

그녀는 한바탕 히스테리를 부리기 직전처럼 굴었다. 반면에 측량사는 마치 두 사람이 외계인이라도 되는 것처럼 쳐다볼 뿐이었다.

"내가 진정시켜 줘야 하나?"

심리학자가 말했다. 그녀의 강철 같은 어조에 인류학자는 알아들을 수 없는 말을 중얼거리며 시선을 땅으로 떨어뜨렸다.

나는 두 사람 사이의 침묵 속으로 걸어 들어가 내 제안을 말했다.

"우리는 생각할 시간이 필요해요. 이제 뭘 어떻게 해야 할지 생각할 시간 말이에요."

내가 포자를 들이켠 사실을 고백해야 할 만큼 심각한 영향이 있을지 알아볼 시간이 필요하다는 뜻이기도 했다.

"어쩌면 아무리 많은 시간을 할애한들 충분하지 않을지도 몰라."

측량사가 말했다.

나는 우리들 중에서 그녀가 방금 본 것의 의미를 가장 잘 파악하고 있다는 생각이 들었다. 우리가 지금 일종의 악몽 속을 살고 있을지도 모른다는. 하지만 심리학자는 측량사의 말을 무시하고 내 편을 들었다.

"맞아, 우리에겐 시간이 필요해. 오늘 남은 시간 동안은 원래 여기에 온 목적을 수행하면서 보내도록 하지."

그래서 우리는 캠프로 돌아와 점심을 먹고 난 뒤 '일반적인 일들'에 집중했다. 나는 내 몸에 어떤 변화가 있는지 주의 깊게 살폈다. 너무 춥거나 혹은 너무 더운가? 무릎에 느껴지는 통증은 예전 부상이야외 활동으로 도졌기 때문인가, 아니면 뭔가 새로운 원인 탓인가? 심지어 검은 상자도 확인했지만 불빛은 잠잠했다. 급격한 변화는 전혀 없었고, 우리는 각종 표본과 시료를 챙겨서 캠프 근처로 흩어졌다. 너무 멀리 가면 탑의 영향력 안에 들어가기라도 할 것처럼, 모두 가까운 거리에 머물렀다. 나는 서서히 긴장을 풀고, 포자가 아무런 영향도 미치지 않았다고 나 자신에게 말했다. 물론 경우에 따라서는 잠복기가 몇 달 혹은 몇 년일 수도 있다는 사실은 알고 있었다. 다만 적어도 다음 며칠 동안은 내가 안전하리라고 생각했던 것 같다.

측량사는 전임자들이 남긴 지도에 세부 사항이나 미묘한 차이를 기록하는 일에 전념했다. 인류학자는 400미터 정도 떨어져 있는 오두막의 잔해를 조사하러 가 버렸다. 심리학자는 자신의 텐트 안에서 일지를 쓰는 중이었다. 아마 자신이 멍청이들만 데리고 왔다고 적거나 그저 우리가 아침에 한 발견의 모든 순간을 기록하고 있을지도 몰랐다.

나로 말하자면 30분 동안 커다란 나뭇잎 뒤에 붙어 있는 작은 붉은눈청개구리를 관찰했고, 다음 한 시간 동안은 이런 저지대에서 발견될 리 없는 무지갯빛 검은실잠자리의 뒤를 쫓았다. 나머지 시간에는 소나무를 조사하고 쌍안경으로 해안과 등대를 관찰했다. 난 산에 오르기를 좋아했다. 바라보고 있으면 마음이 차분해지는 바다도 좋아했다. 주위 공기는 너무나 신선해서, 현대에 들어선 이후 언제나 오염된 상태로 자멸해 가는 바깥세상과는 전혀 달랐다. 바깥세상에서 나는 언제나 내가 하는 일을 인류 자신의 과오로부터 인류를 구하고자 하는 헛된 시도처럼 느끼곤 했다.

X구역에 서식하는 생물군의 풍부함은 휘파람새와 딱따구리부터 가마우지와 따오기에 이르는 조류의 다양성에 잘 나타나 있었다. 해수 소택지를 살핀 보람이 있게도 수달 한 쌍이 1분 정도 자태를 드러냈다. 어느 순간 수달이 위쪽을 쳐다봤고, 난 녀석들이 내가 관찰하고 있다는 사실을 알고 있는 듯한 기이한 인상을 받았다. 내가 야생에 나가면 종종 느끼곤 하는, 눈에 보이는 것이 전부가 아니라는 느낌이었다. 나는 과학적 객관성을 해칠 수도 있는 이런 기분을 몰아내려고 애썼다. 등대와 가까운 곳에서 갈대 속에 몸을 숨긴 채 움직이는 뭔가 육중한 생물도 있었다. 그게 뭔지 알아내고 싶었지만, 잠시 후 갈대가 흔들리기를 멈추는 바람에 흔적을 놓치고 말았다. 아마 멧돼지일 거라고 생각했는데, 녀석들은 수영을 잘할 뿐 아니라 잡식성인 만큼 서식 환경도 다양했기 때문이었다.

해 질 녘 무렵 이렇게 바쁜 일과는 우리들의 신경을 차분하게 진정시키는 데 그럭저럭 도움이 되었다. 우리는 긴장이 다소 풀려서 저녁을 먹을 때에는 심지어 농담까지 주고받았다.

"네가 무슨 생각을 하는지 알았으면 좋겠어."

인류학자가 내게 그렇게 털어놓자 나는 대답했다.

"아니, 그렇지 않을걸."

그러자 다들 웃음을 터뜨려서 나는 놀라고 말았다. 나는 동료들의 생각이나 개인적인 이야기, 문제를 알고 싶지 않았다. 그들이라고 왜 나에 대해 알고 싶어 하겠는가?

하지만 설사 오래가지 못할 것이라고 해도, 동지애가 싹트기 시작한 것이 싫지는 않았다. 심리학자는 우리에게 각각 맥주 두어 잔을 허락했다. 알코올 덕에 기분이 풀린 나는 임무를 마친 뒤에도 서로 연락하자는 말까지 꺼냈다. 그때쯤 나는 포자로 인한 육체적이거나 정신적인 변화에 대해 걱정하기를 그만뒀으며, 측량사와 내가 예상보다 죽이 잘 맞는다는 사실을 깨달았다. 아직도 인류학자는 별로 좋아하지 않았지만, 순전히 임무 때문이지 개인적인 이유는 아니었다. 나는 개인적으로 현장 임무에는 운동선수 같은 부류가 더 잘 맞는다는 생각을 가지고 있었다. 인류학자는 내 기준으로 볼 때 강인한 정신력을 지녔다고 보기 어려웠다. 하지만 이런 임무에 지원했다는 자체가 뭔가를 의미하기는 했다.

해가 저물고 우리가 모닥불 주위에 앉아 있을 때, 늪지 방향에서 짐승의 울음소리가 들려왔다. 처음에 우리는 술기운에 허세로 그 소리를 흉내 냈다. 탑에 비하면 늪의 짐승은 이제 오랜 친구처럼 느껴졌다. 우리는 언젠가 녀석의 사진을 찍고, 행태를 기록하고, 이름표를 붙인 다음 생물학적 분류 체계를 파악할 자신이 있었다. 녀석은 탑과 달리 과학적 방식으로 파악할 수 있는 대상이었다. 하지만 짐승의 울음소리에서 마치 우리가 놀리고 있다는 것을 알기라도 하듯 강렬한 분노가 느껴지자, 우리는 흉내 내기를 멈췄다. 모두가 신경질적인 웃음소리를 냈고, 심리학자는 이를 우리가 다음 날을 준비할 때가 되었다는 신호로 받아들였다.

"내일 동굴로 돌아가서 더 깊이 들어가 보지. 물론 필요한 준비를 갖추고 나서. 아까 말이 나왔던 호흡 마스크를 쓰고 말이야. 벽에 적힌 글귀를 기록한 다음 그게 얼마나 오래됐는지 파악할 만한 단서를 얻었으면 좋겠군. 어쩌면 그 동굴이 얼마나 깊이 이어져 있는지에 대한 단서도. 오후에는 여기로 돌아와서 일반적인 조사를 계속하자고. 동굴이 X구역에 존재하는 까닭을 알아낼 때까지 이런 일과를 반복할 거야."

동굴이 아니라 탑이야. 심리학자는 마치 낡은 쇼핑센터를 조사하자고 이야기하는 듯한 말투였다. 강조하는 부분이라든가…… 더구나 어쩐지 목소리에서 미리 연습한 티가 느껴졌다.

그러다 그녀가 갑자기 일어나서 두 단어를 말했다.

"지배력 강화."

그 즉시 측량사와 인류학자의 몸에서 힘이 빠지고, 눈동자에 초점이 없어졌다. 나는 놀랐지만 두 사람을 흉내 내면서 심리학자가 눈치채지 못하기를 바랐다. 우리는 심리학자가 그 말을 하면 최면 상태에 빠지도록 세뇌당한 것이 분명했다.

조금 전보다 더 단호한 태도로 심리학자가 말했다.

"너희들은 동굴에 대해 몇몇 선택지를 논의한 기억을 유지할 거야. 결국에는 무엇이 최선인지 내게 동의했다고 생각할 테고, 또 그 점에 대해 아주 확신을 느낄 거야. 언제든 이 결정에 대해 생각할 때마다 아주 차분해질 테고, 동굴 안에 들어가서도 어떤 일이 벌어지든 훈련받은 내용에 따라 계속 차분한 상태로 반응할 거야. 너희들은 대가를 위해 과도한 위험을 무릅쓰지 않을 거야.

너희들은 계속해서 돌과 패각암으로 만들어진 구조물을 보게 될 거야. 동료를 완전히 신뢰하고 계속적인 동지애를 느낄 거야. 그 구조물에서 나와 언제든 새가 날아가는 모습을 보면, 너희들이 **옳은 일**을 하고 있으며 **옳은 장소**에 있다는 강한 확신을 느낄 거야. 이제 내가 손가락을 튕기면, 너희들은 이 대화를 기억하지 못하지만 내 지시를 따를 거야. 아주 피곤할 테고 내일을 위해 텐트로 돌아가서 푹 자고 싶어질 거야. 어떤 악몽도 꾸지 않을 거야."

그녀가 말하는 동안 나는 똑바로 앞을 보고 있다가, 손가락을 튕기는 소리가 들리자 다른 두 사람처럼 깨어나는 시늉을 했다. 그리고 심리학자가 나를 의심할 이유가 전혀 없다고 믿으며 동료들과 함께 텐트로 돌아갔다.

이제 내게는 탑 이외에도 해석해야 할 정보가 생겼다. 우리는 심리학자의 역할이 스트레스 상황에서 우리의 정신적 균형과 안정을 유지하는 것이라는 이야기를 들었고, 거기에는 최면 암시도 포함되어 있었다. 나는 그녀가 그 역할을 수행한다고 해서 비난할 생각은 없었다. 하지만 이렇게 적나라하게 그 장면을 목격하니 불편한 기분이 들었다. 최면 암시를 받을지도 모른다고 생각만 하는 것과, 관찰자로서 그 과정을 경험하는 것은 전혀 달랐다. 그녀는 우리에게 어떤 수준까지 통제력을 행사할 수 있을까? 우리가 탑을 계속해서 돌과 패각암으로 만들어진 구조물로 볼 거라는 말은 대체 무슨 의미일까?

그보다 중요한 점은 포자가 내게 미친 영향 한 가지를 짐작할 수 있게 되었다는 것이었다. 나는 이제 심리학자의 최면 암시에 면역이 생겼다. 심리학자 입장에서 보자면 내가 일종의 음모자가 된 셈이었다. 아무리 심리학자가 우호적인 의도를 가졌다고 해도, 내가 최면에 면역이라는 사실을 그녀에게 고백할까 생각할 때마다 불안감이 엄습했다. 특히 그것이 우리가 받았던 훈련 과정에 숨겨져 있을지도 모르는 그 어떤 작용에 내가 점점 덜 영향을 받게 된다는 사실을 의미한다면.

이제 나는 하나가 아니라 두 가지 비밀을 숨기고 있었다. 이는 내가 서서히, 하지만 돌이킬 수 없이 탐사대와 그 목적으로부터 분리되고 있다는 의미였다.

분리. 어떤 형태이든 이 임무에서는 드문 일이 아니었다. 나는 훈련 도중 열한 번째 탐사대의 귀환 후 면담을 기록한 비디오를 봤을 때 이 점을 이해했다. 탐사 대원들은 모두 자신이 원래 살던 곳으로 돌아왔다는 사실이 확인되고 나서 격리된 상태로 취조를 받았다. 대부분의 경우 사랑하는 사람이 기이하거나 소름 끼치는 형태로 돌아온 것을 발견한 가족들이 기관에 연락했기 때문에 충분히 합리적인 조치였다. 이 귀환자들이 기록한 모든 서류는 상부가 연구와 조사를 위해 압수했다. 우리들은 이 정보들도 열람할 수 있었다.

면담 영상들은 매우 짧았고, 여덟 명의 탐사 대원들은 모두 같은 이야기를 되풀이했다. 그들은 X구역에 있는 동안 어떤 비정상적인 경험도 하지 않았고, 어떤 비정상적인 현상도 발견하지 못했으며, 어떤 비정상적인 내부 갈등도 없었다. 하지만 일정한 시간이 흐르자, 그들은 모두 집으로 돌아가고 싶다는 강렬한 욕구를 느꼈고 그래서 돌아왔다. 그들 중 누구도 어떻게 경계를 가로질러 돌아올 수 있었는지, 또 왜 상부에 보고하는 대신 바로 집으로 갔는지 설명하지 못했다. 한 명씩 차례로, 그저 자신의 일지를 남겨 둔 채 탐사대를 떠났다. 그리고 집으로 돌아왔다. 어떻게인가.

면담 내내 그들의 표정은 친근했고 시선에는 흔들림이 없었다. 말투는 약간 생기가 없었는데, 이는 그들이 돌아온 이후 줄곧 보였던 차분한 태도, 거의 꿈을 꾸는 듯한 모습과 잘 어울렸다. 심지어 탐사대의 군사 전문가 역할이었던 원래 상당히 활달하고 다혈질이던 작고 다부진 남자조차 마찬가지였다.

그들이 작성한 자료들은 X구역 안의 풍경에 대한 묘사 혹은 간단한 기록이었다. 동물들을 그린 만화나 동료 대원의 캐리커처도 있었다. 그들 모두가 어느 시점에는 등대를 그리거나 등대에 대해 기술했다. 자료의 숨은 의미를 찾는 일은 우리 주위에 존재하는 자연 세계의 숨은 의미를 찾는 일과 마찬가지였다. 그 존재 여부는 단지 보는 사람의 생각에 달려 있었다.

그 당시 나는 망각을 좇고 있었다. 그리고 그 대원들의 낯설고 텅 빈 얼굴에서, 심지어 고통스러울 정도로 친숙한 한 얼굴에서도, 일종의 상냥한 탈출구를 발견했다. 죽음이 아닌 죽음이었다.

02: 통합

아침에 나는 부쩍 감각이 예민해진 상태로 일어났다. 심지어 소나무의 거친 갈색 껍데기나 딱따구리의 날갯짓조차 사소하지만 새롭게 느껴질 정도였다. 베이스캠프까지 나흘 동안 강행군을 하느라 누적된 피로도 씻은 듯이 사라졌다. 포자의 작용 때문일까 아니면 단지 푹 자서 그런 걸까? 너무 상쾌한 기분이라 크게 신경 쓰지 않았다.

하지만 좋은 기분은 끔찍한 소식을 만나 곧 사그라졌다. 인류학자가 사라졌다. 텐트에는 소지품도 남아 있지 않았다. 내가 보기에 더 나쁜 점은 심리학자가 밤새 잠을 설친 듯한 얼굴로 떨고 있다는 사실이었다. 그녀는 평소와 달리 헝클어진 머리에 찌푸린 표정을 하고 있었다. 나는 심리학자의 부츠 옆쪽에 흙이 묻어 있는 것을 알아차렸다. 그녀는 마치 부상이라도 입은 듯 오른쪽 옆구리를 감싸고 있었다.

"인류학자는 어디 있죠?"

내가 한발 물러나서 상황을 파악하려고 하는 동안 측량사가 물었다. *인류학자를 어떻게 했죠?* 내가 입 밖으로 꺼내지 않은 질문이지만, 나 스스로도 그게 부당하다는 사실을 알았다. 심리학자는 이전과 다를 바가 없었다. 심리학자가 부리는 마술의 비밀을 알았다고 해서 그녀를 위협이라고 단정할 수는 없었다.

심리학자는 이상할 정도로 단호한 걸음걸이로 혼란에 빠진 우리에게 다가왔다.

"어제 밤늦게 인류학자와 이야기를 나눴어. 그 친구는 그…… 구조물…… 안에서 본 것 때문에 탐사를 더 이상 계속할 수 없을 만큼 불안해하더군. 그래서 추출을 기다릴 생각으로 경계를 향해 돌아갔어. 상부가 우리 상황을 알 수 있도록 부분적인 보고서를 지참하고 말이야."

부적절한 순간에도 슬쩍 미소를 짓는 심리학자의 습관이 나로 하여금 그녀의 뺨을 때리고 싶게 만들었다.

"하지만 장비를 놔두고 갔는데. 총도." 측량사가 말했다.

"우리가 쓸 수 있도록 필요한 것만 챙겨간 거겠지. 총도 여분으로 남겨 두고."

"우리에게 총이 더 필요하다고 생각해요?"

나는 정말로 궁금해서 심리학자에게 물었다. 어떤 면에서 내게는 심리학자가 탑만큼이나 매혹적이었다. 그녀의 동기, 그녀의 이유 같은 것들이. 왜 지금 최면에 기대지 않을까? 아마 우리가 받은 세뇌에도 불구하고 어떤 경우에는 암시에 걸리지 않거나, 자꾸 반복하면 효과가 약해지기 때문일지도 몰랐다. 혹은 지난밤에 벌어진 일 이후 그녀에게 최면을 시도할 만한 체력이 남아 있지 않을 수도 있었다.

"앞으로 뭐가 필요할지 정확히 알 수는 없어." 심리학자가 말했다. "하지만 제 역할을 할 수 없다면, 인류학자가 필요하지 않다는 점은 분명하지."

측량사와 나는 심리학자를 노려봤다. 측량사는 팔짱을 낀 채였다. 우리는 갑작스러운 정신적 스트레스나 기능 장애에 대비해서 동료들을 면밀히 관찰하도록 훈련을 받았다. 측량사도 아마 나와 같은 생각을 하고 있을 터였다. 우리는 인류학자가 사라진 이유에 대한 심리학자의 설명을 받아들이거나 거부할 수 있었다. 거부한다면 심리학자가 거짓말을 한다고 선언하는 셈이며, 곧 그녀의 권위에 저항하는 것이었다. 그리고 우리가 심리학자의 이야기를 확인하기 위해 왔던 길로 돌아가 인류학자를 쫓아간다 해도…… 우리가 의지력을 발휘해서 다시 베이스캠프로 올 수 있을까?

"우리는 계획대로 계속하면 돼." 심리학자가 말했다. "조사를 계속하는 거야. 그…… 탑에 대해서."

이 상황에서 **탑**이라는 단어를 일부러 쓰는 건 내 충성심을 얻으려는 노골적인 회유책처럼 느껴졌다.

측량사는 마치 지난밤 심리학자가 걸어 놓은 암시와 싸우기라도 하듯 망설이고 있었다. 나는 다른 관점에서 이 점을 경계했다. 탑을 조사하기 전에는 X구역을 떠날 생각이 없었다. 적어도 그 결심만은 확고했다. 그런 까닭에 탐사대의 또 다른 일원을 이렇게 빨리 잃어버리고 심리학자와 단둘이 남게 되는 상황을 참을 수 없었다. 그녀에 대해서도, 그리고 포자가 내게 미칠 영향에 대해서도 확신하지 못하는 상태에서 말이다.

"그 말이 옳아요." 내가 말했다. "우리는 임무를 계속해야죠. 인류학자가 없어도 가능할 거예요."

하지만 나는 인류학자에 대한 문제를 나중에 다시 꺼낼 거라는 의미가 담긴 눈빛을 측량사에게 보냈다.

측량사는 마지못해 고개를 끄덕이며 시선을 돌렸다.

심리학자는 안도 때문인지 아니면 피로 때문인지, 큰 소리로 한숨을 쉬었다.

"그럼 이제 해결됐군."

그녀는 아침식사를 만들기 위해 측량사의 옆을 지나쳐 갔다. 전에는 항상 인류학자가 아침을 준비했다.

탑에 도착하자 상황은 다시 한 번 바뀌었다. 측량사와 나는 하루 종일 내려가 있어도 충분할 만큼의 물과 식량을 준비했다. 우리 둘 다 무기를 지참하고, 내 경우에는 너무 늦었지만 포자를 대비한 호흡 마스크와 전등이 달린 안전모를 썼다.

그러나 심리학자는 원형 탑 바로 주변 풀밭에서 우리를 살짝 올려다보는 위치에 서서 말했다.

"난 여기 남아서 경계를 서겠어."

"뭘 경계한다는 거죠?"

내가 믿지 못하겠다는 말투로 물었다. 심리학자가 내 시야를 벗어나는 일이 반갑지 않았다. 난 그녀가 함께 위험을 무릅쓰기를 바랐지, 그 위치가 암시하는 권력과 함께 탑 꼭대기에 서 있기를 바라지 않았다.

측량사도 나와 같은 의견이었다. 그녀는 높은 수준의 스트레스를 암시하는 억눌린 목소리로 말했다.

"우리 모두 함께 가요. 셋이 더 안전하니까."

"하지만 누군가는 입구를 지키고 있을 필요가 있어."

심리학자가 권총에 탄창을 밀어 넣으며 말했다. 날카롭게 긁는 듯한 소리가 내 생각보다 더 크게 울렸다.

측량사는 손가락이 하얗게 변하는 게 눈에 띌 만큼 단단히 소총을 움켜쥐었다.

"당신도 우리랑 함께 내려가야 합니다."

"모두가 내려가는 **위험을 무릅쓸 수야** 없지."

심리학자의 그 어조에서 나는 최면 암시를 눈치챘다.

총을 쥔 측량사의 손이 느슨해졌다. 한순간 그녀의 눈빛이 흐릿하게 변했다.

"그 말이 맞습니다." 측량사가 말했다. "정말로 합리적인 의견이에요."

짜릿한 공포가 내 등줄기를 타고 흘렀다. 이제 2대 1이었다.

나는 잠시 이 상황에 대해 생각해 보았다. 정면으로 나를 응시하는 심리학자의 눈길을 보며 필사적으로 머리를 굴렸다. 다소 피해망상적이고 악몽 같은 예상들이 떠올랐다. 돌아와 보니 입구가 막혀 있거나, 나오자마자 심리학자가 우리를 공격하는 일 같은. 하지만 그녀가 마음만 먹었다면 자고 있는 동안 우리를 죽일 수도 있었다.

"그래, 같이 내려갈 필요는 없어요." 내가 말했다. "여기서도 중요한 역할이 있으니까."

그리고 나와 측량사는 심리학자가 주의 깊게 지켜보는 가운데 아래로 내려갔다.

벽에 쓰인 글자들과 다시 마주치기 전에, 내가 나선형 계단을 내려가면서 처음으로 알아차린 변화는…… 탑이 **숨을 쉬고** 있다는 점이었다. 탑은 **호흡을** 했고, 벽을 만져 보자 심장 박동이 느껴졌다……. 그리고 벽은 돌이 아니라 **살아 있는 조직**으로 만들어져 있었다. 여전히 아무런 장식이나 문양도 없는 벽이었지만 어제와 달리 희미한 빛을 발했다. 내가 혼란에 빠져 벽 옆에 주저앉자, 측량사가 다가와 나를 일으켜 세웠다. 나는 몸을 떨며 겨우 일어섰다. 그 엄청난 경악의 순간을 언어로 전달할 수 있을지 모르겠다. 탑은 일종의 살아 있는 생물체였다. 우리는 뭔가의 내장 속으로 들어가고 있었다.

"무슨 일이야?" 측량사가 마스크 때문에 웅얼거리는 목소리로 내게 물었다. "왜 그러는 거야?"

나는 그녀의 손을 잡고 벽에 손바닥을 가져다 대게 했다.

"이거 봐!"

측량사가 손을 뿌리치려 했지만, 나는 계속 눌렀다.

"느껴져?" 내가 가차 없는 말투로 물었다. "느껴지냐고?"

"**뭐가** 느껴지냐는 거야? 무슨 소리를 하는 거야?"

측량사는 겁에 질려 있었다. 그녀가 볼 때에는 내가 비정상적으로 행동하고 있을 터였다.

그래도 나는 굽히지 않았다.

"떨림이 느껴져? 박동 같은 것 말이야."

나는 내 손을 측량사의 손에서 떼고 한 걸음 물러섰다.

측량사는 길고 싶은 숨을 들이쉬더니 벽에 손을 대고 가만히 기다렸다.

"아니. 어쩌면…… 아니. 아니야, 아무것도 느껴지지 않아."

"벽은 어때? 뭘로 만들어져 있지?"

"당연히 돌이지."

내 헬멧에 달린 전등 불빛에 비친 그녀의 얼굴은 텅 빈 듯한 느낌이었다. 커다랗게 뜬 눈 주위에는 어둠뿐이었고, 마스크 때문에 코와 입이 없는 것처럼 보였다.

나는 크게 한숨을 쉬었다. 그녀에게 전부 털어놓고 싶었다. 내가 오염되었고, 심리학자가 우리 생각보다 우리에게 훨씬 더 강력한 최면을 걸고 있었다고. 벽이 살아 있는 조직으로 이루어져 있다고. 하지만 나는 그렇게 하지 않았다. 대신에 나는 내 남편의 입버릇처럼 '내가 싼 똥을 치우기로' 했다. 어차피 측량사는 내가 보고 듣는 것들을 느낄 수 없었고, 우리는 전진해야 했다. 내 힘으로는 그녀의 눈을 뜨게 할 수 없었다.

"잊어버려." 내가 말했다. "내가 잠깐 정신이 나갔었나 봐."

"다시 올라가야 돼. 넌 패닉 상태야."

우리 모두는 X구역에 있는 동안 환각을 보게 될지도 모른다는 이야기를 들었다. 측량사는 내게 그런 일이 일어났다고 생각하고 있는 게 분명했다.

나는 벨트에 매달린 검은 상자를 들어 올렸다.

"아냐. 이게 빛나고 있지 않잖아. 우린 괜찮아."

농담이었다. 형편없는 농담이지만, 그래도 농담이었다.

"넌 환각을 봤어."

측량사는 내가 발뺌하도록 내버려 두지 않았다.

네가 보지 못하는 거야. 난 속으로 생각했다.

"어쩌면." 내가 인정했다. "하지만 그것도 중요하지 않아? 그것도 우리 임무의 일부 아닌가? 그런 걸 보고하는 일? 내가 보고 네가 보지 못하는 뭔가가 중요할 수도 있어."

측량사가 잠시 내가 한 말을 생각했다.

"지금 기분은 좀 어때?"

"괜찮아." 난 거짓말을 했다. "이제 아무것도 안 보여."

또 거짓말을 했다. 가슴 속에서는 심장이 덫에 걸린 짐승처럼 발버둥 쳤다. 측량사는 이제 벽이 발하는 하얀 빛에 둘러싸여 있는 것처럼 보였다. 아무것도 희미해지지 않았다. 아무것도 사라지지 않고 있었다.

"그럼 전진하지. 하지만 또 뭔가 이상한 걸 보면 내게 말한다고 약속해."

난 그 말에 거의 웃음을 터뜨릴 뻔했다. *이상한 거?* 기원을 알 수 없는 작은 생물들의 군락으로 벽에 쓰인 이상한 글자 같은?

"약속할게. 너도 뭘 보게 되면 나한테 말해 줘."

나는 측량사에게 그녀 자신에게도 같은 일이 벌어질 수 있다는 점을 주지시킨 뒤 몸을 돌렸다.

"그냥 내 몸에 다시는 손댈 생각 마. 안 그러면 내가 널 다치게 할지도 몰라."

난 동의하는 의미로 고개를 끄덕였다. 측량사는 내가 그녀보다 육체적으로 강인하다는 사실이 마음에 들지 않는 듯했다.

우리는 그렇게 미심쩍은 협정을 맺고서 계단을 타고 탑의 식도 속으로 내려갔다. 어둠 속에서는 내가 아직 완전히 이해할 수 없는 아름다움과 생물학적 다양성이 소름 끼치는 향연을 펼치고 있었다. 하지만 나는 생물학자의 길을 걷기 시작했을 때부터 지금까지 항상 그랬듯이, 이해하기 위한 시도를 포기하지 않았다.

나의 학문적인 출발점, 즉 사람들이 내게 왜 생물학자가 됐냐고 물을 때마다 항상 떠오르는 장소는 어린 시절에 살던 임대 주택의 버려진 수영장이었다. 예민한 성격의 어머니는 어느 정도 이름을 알린 화가였지만 가벼운 알코올 중독 증세가 있었고, 언제나 새로운 후원자를 찾기 위해 애썼다. 반면에 아버지는 부자가 되기 위해 허황된 계획을 세웠다가 허사로 만드는 일을 전문으로 하는, 안 팔리는 회계사였다. 두 분 모두 한 가지 일에 시간과 노력을 쏟을 만한 능력이 없었다. 때로 나는 어떤 가정에 태어났다기보다 그냥 놓아진 듯한 느낌을 받았다.

콩팥처럼 생긴 수영장은 제법 작았지만 부모님 중 누구도 그곳을 청소하려는 의지가 없었다. 그래서 우리가 이사를 오고 얼마 지나지 않아, 수영장 가장자리에 잡초가 자라고 들꽃을 비롯한 식물이 우거졌다. 수영장을 둘러싼 울타리는 다이아몬드형 철망이 보이지 않을 정도로 덤불로 뒤덮였다. 거기를 빙 도는 타일 바닥의 갈라진 틈을 이끼가 차지했다. 비가 내릴 때마다 물이 불어나면서 수면에는 점점 더 많은 조류(藻類)가 생겨났다. 잠자리들이 끊임없이 그 위를 순찰했고, 황소개구리들이 이사를 오고 나서는 언제나 점처럼 까만 올챙이들이 눈에 띄었다. 소금쟁이와 물방개도 수영장의 주민이었다. 집 안에 110리터짜리 수조가 있었는데, 마침 부모님이 없애고 싶어 하던 차에 내가 그 수조 속 물고기들을 수영장에 풀어 버렸다. 충격을 견딘 몇 마리가 적응에 성공하자, 개구리와 곤충들에 이어 왜가리 같은 새들이 나타나기 시작했다. 어느 때부터인지 작은 거북이들도 보였지만 나는 녀석들이 대체 어디서 왔는지 알 수 없었다.

이사한 지 몇 달도 되지 않아서 수영장은 하나의 생태계를 이루었다. 나는 끼익대는 나무 문을 천천히 열고 들어가 구석진 자리에 있는 잔디 의자에 앉아서 이 생태계를 관찰하곤 했다. 익사할지도 모른다는 공포가 강하게 자주 들었지만, 그래도 난 언제나 물가에 있는 것을 좋아했다.

집 안에서는 부모님이 속세의 따분하고 골치 아픈 일들과 고투를 벌였고, 때로는 언성을 높이기도 했다. 하지만 나는 언제든 수영장의 작은 세계로 쉽사리 도피할 수 있었다.

부모님은 수영장에 죽치고 있는 나의 내성적인 성격을 두고 무의미한 잔소리를 해 댔다. 그런 잔소리를 통해 그들이 나를 책임지고 있다는 사실을 확인할 수 있다는 듯이. 나는 친구가 거의(혹은 하나도) 없었고, 부모님은 끊임없이 그 점을 내게 상기시켰다. 부모님은 내가 노력하지 않는다고 하면서 아르바이트로 돈이라도 벌어 보라고 했다. 하지만 내가 몇 번인가 주저하며 불량배 무리가 나를 괴롭히려 들어서 개미귀신처럼 학교 뒤쪽 버려진 공사장에서 숨어 지낸다고 이야기했을 때, 부모님은 답을 가지고 있지 않았다. 내가 어느 날 점심시간에 내게 안녕이라고 인사하는 동급생의 얼굴을 '아무 이유 없이' 주먹으로 때렸을 때에도 마찬가지였다.

그래서 우리는 점점 더 서로의 삶에 관여하지 않게 되었다. 어린 시절의 나는 생물학자인 척하는 일을 가장 좋아했다. 그리고 흉내를 내다 보면, 종종 그 본질에 조금은 가까워지기도 하는 법이다. 나는 수영장을 관찰한 내용을 몇 권의 일지에 적었다. 서로 다른 종의 개구리를 구분했고, 어느 시기가 되면 올챙이에 다리가 생겨 폴짝거리기 시작할지 알았다. 딱정벌레와 잠자리는 개체를 분간하거나 생태를 파악하기 더 어려웠지만, 그래도 녀석들을 이해하기 위해 열심히 노력했다. 생물이나 생태학에 대한 책들은 피했다. 나 스스로 정보를 찾아내고 싶었기 때문이다.

나는 이 작은 지상 낙원에 대한 관찰 놀이를 (외동아이이자 고독을 즐기는 데는 전문가로서) 영원히 계속할 수도 있었다. 심지어 방수 카메라에 방수 조명을 달아 만든 기계 장치를 수면 아래로 가라앉혀서 버튼에 연결한 긴 와이어를 이용해 사진을 촬영할 계획까지 세웠다. 하지만 그 장치가 정말로 작동했을지 여부는 확인할 수가 없었다. 우리 가족의 형편이 어려워져 집세를 감당하기 힘들게 되었기 때문이다. 우리가 새로 이사한 작은 아파트는 어머니의 그림으로 가득했는데, 내게는 죄다 벽지나 다를 바가 없었다. 내 삶의 큰 트라우마 중 하나는 그 수영장에 대한 우려였다. 새로운 집주인들이 그곳의 아름다움을, 그 상태 그대로 내버려 둬야 할 필요성을 알 수 있을까? 혹은 그들이 수영장을 원래 목적대로 사용하기 위해 그 작은 세계를 파괴하고 학살을 저지를까?

나는 결코 알 수 없었다. 수영장의 풍요로운 환경을 잊지 못하면서도 차마 돌아가서 볼 수가 없었다. 내가 할 수 있는 일은 다만 앞을 향해 나아가면서, 수영장의 주민들을 관찰하며 배운 바를 적용하는 것뿐이었다. 좋든 싫든 나는 결코 뒤를 돌아보는 성격이 아니었다. 연구 프로젝트 자금이 바닥나거나 연구하던 지역이 갑자기 개발되는 경우에도, 나는 결코 돌아보지 않았다. 부활을 기대할 수 없는 확고한 죽음처럼, 너무 긴밀하기 때문에 깨지고 나면 다시는 회복될 수 없는 강렬한 단절감을 경험하는 유대가 있는 법이다.

탑을 내려가는 동안, 나는 실로 오랜만에 어릴 적 경험했던 발견의 흥분을 다시 느꼈다. 하지만 그와 동시에 갑자기 찾아올 단절을 계속 기다리고 있었다.

죄인의 손에서 비롯한 목 조르는 과실이 놓인 곳에서 나는 죽은 자의 씨앗을 낳아 어둠 속에 모여든 벌레들과 함께 나누리라……

탑의 계단들은 마치 어떤 알 수 없는 짐승의 송곳니처럼 희끄무레한 색으로 빛났다. 우리는 선택의 여지가 없었기에 계속해서 아래로 내려갔다. 때때로 내가 측량사처럼 진실을 볼 수 없었으면 하고 바랐다. 이제는 심리학자가 왜 우리를 보호했는지 알 수 있었다. 그리고 그녀 자신은 어떻게 견뎠을지 궁금했다. 왜냐하면 아무도 그녀를 보호해 주지 않았기 때문이다……. 그 무엇으로부터도.

처음에는 '그저' 글자들뿐이었고 그것으로 충분했다. 글자는 왼쪽 벽에 일정한 높이로 이어졌는데, 나는 한동안 그 내용을 기록하려고 하다가 곧 그만뒀다. 너무 많았을 뿐 아니라 일관성도 없어서, 그 의미를 따라가다 보면 속임수에 넘어갈 듯했다. 측량사와 나는 글자의 물리적인 특징만을 기록하기로 즉시 합의했다. 이 끝도 없이 이어지는 문장 전체를 사진기에 담는 일은 언젠가 별도의 임무로 수행해야 할 터였다.

……나는 죽은 자의 씨앗들을 낳아 어둠 속에 모여든 벌레들과 함께 나누리라, 그리고 그 생명의 힘으로 세상을 둘러싸는 벌레들과 함께하는 동안 다른 세상들의 어두운 방에서는 존재했던 적도 존재할 수도 없는 형상들이 본 적도 보인 적도 없는 몇몇의 조급함으로 몸부림치리라……

글의 내용이 주는 불길함을 무시하는 데서 비롯한 불편함이 손에 만져질 듯했다. 그 불길함은 우리 **둘 다** 보고 있는 대상의 생물학적 실체를 파악하려고 애쓰는 동안, 우리가 말하는 문장에도 영향을 미쳤다. 심리학자는 우리가 글자 하나하나를 조사하여 그 글이 어떻게 쓰였는지 알아내고 싶어 하거나, 아니면 벽의 물리적 실체만이라도 가리기를 바라지 않을까. 어느 쪽이든 벅찬 일이었다.

그 밖에도 어둠 속으로 내려가면서 우리가 함께 경험할 수 있는 부분들이 있었다. 공기는 점점 더 차갑고 축축해졌으며, 온도가 낮아지자 희석한 꿀처럼 달콤한 냄새가 났다. 또 둘 다 글자들 사이에 살고 있는 작은 손 모양의 생물들을 볼 수 있었다. 천장은 우리 예상보다 높았고, 헬멧에 달린 전등을 비추자 마치 달팽이가 기어간 자국처럼 반짝거리며 소용돌이치는 흔적이 보였다. 천장 곳곳에는 이끼와 지의류로 이루어진 작은 다발들이 점처럼 자리했고, 동굴새우를 닮은 반투명한 생물들이 엄청난 다리 힘으로 거꾸로 매달려 돌아다녔다.

반면에 오직 나만 볼 수 있는 광경들도 있었다. 벽은 탑이 숨을 쉴 때마다 미세하게 오르내렸고, 그에 따라 글자들의 색이 마치 오징어의 발광 효과처럼 시시각각 바뀌었다. 또, 지금 쓰인 글자에서 10센티미터 정도 위나 아래에 똑같이 필기체로 쓰인 **이전 글자**들의 흔적이 존재했다. 이러한 글자의 층들은 마치 워터마크처럼 보였다. 벽에 생긴 단순한 자국에 지나지 않는 이 흔적들은 옅은 초록색, 때로는 보라색을 띠며 그저 이 자리에 글자가 있었을 가능성만을 보여주었다. 대부분 지금 글자와 같은 내용 같았지만, 일부는 아니었다.

측량사가 살아 있는 글자들 중 일부를 사진으로 촬영하는 동안,

나는 그 아래 희미하게 남겨진 글자 자국을 읽었다. 선들이 중간중간 끊기거나 겹쳐져 있어서 제대로 읽기가 어려웠고, 자주 글자나 구절을 놓치곤 했다. 벽 속으로 사라진 그런 흔적들의 숫자는 이 과정이 제법 오래 계속되어 왔다는 점을 암시했다. 그러나 각각의 '주기'가 얼마나 되는지 전혀 모르기 때문에, 나는 대략적으로도 그 기간을 짐작할 수 없었다.

벽에 쓰인 글에는 또 다른 요소도 존재했다. 나는 측량사가 그것을 알아볼 수 있는지 확신할 수 없어서 한번 시험해 보기로 했다.

"이거 알아보겠어?"

처음에는 패턴이 있다는 걸 인식하지도 못했지만, 자세히 보면 지워진 글자들을 뒤덮고 있는 연속적인 격자무늬 자국을 가리키며 내가 말했다. 마치 꼬리에 꼬리를 물고 있는 전갈 무리와도 같은 모양이었다. 어쩌면 이런 무늬 자체가 일종의 언어일지도 모르고, 어쩌면 그냥 장식에 불과할 수도 있었다.

다행히 측량사도 그 무늬를 볼 수 있었다.

"글쎄, 잘 모르겠는데. 하지만 난 전문가가 아니니까."

나는 짜증을 느꼈다. 측량사를 향해서는 아니었다. 나도 그녀와 마찬가지로 이 과제에 적합한 두뇌를 가지고 있지 못했다. 우리에게는 언어학자가 필요했다. 내가 이 격자무늬를 몇 년 동안 들여다본다고 해도 나올 수 있는 가장 독창적인 생각은 단단한 산호의 날카로운 가지를 닮았다는 정도일 터였다. 측량사에게는 커다란 강의 수

많은 지류들처럼 보일지도 몰랐다.

그래도 마침내, 나는 희미해진 글자들 중 한 부분을 재구성할 수 있었다. *세상에 악이 존재하거늘 내가 어찌 쉬겠는가…… 신의 사랑은 인내의 한계를 아는 자 위에 빛나고, 용서를 허락한다…… 위대한 존재에게 봉사하도록 선택된 자들에게.* 뚜렷한 글자들이 일종의 어둡고 불가해한 설교라면, 이 희미해진 문구들은 같은 내용을 보다 친근한 투로 온화하게 풀어 놓은 듯했다.

혹시 이 장소를 우리보다 앞서 방문했던 누군가, 어쩌면 이전 탐사대의 대원들이 적었을까? 만약 그랬다면 무슨 목적으로? 그리고 얼마나 오랜 기간에 걸쳐?

하지만 그런 질문들은 나중에 지상으로 올라가서 해도 늦지 않았다. 나는 이런 글귀들을 보면서 드는 생각으로부터 나 자신을 떼어 놓기 위해 로봇처럼 기계적으로 사진을 찍었다. 측량사는 내가 텅 빈 벽을 촬영하거나, 글자를 사진의 중심에 놓지 않는다고 생각할 터였다. 문장은 계속 이어졌고, 뒤로 갈수록 더 불길했다. *한밤중에 빛나는 태양 아래 검은 물속에서 과실이 여물고 그 황금빛 어둠이 벌어져 열리면 치명적인 연약함의 계시가 이 땅에 드러나리라……*

문장의 단어들이 어째서인지 내게 패배감을 안겼다. 나는 계속 나아가면서 건성으로 표본을 채취했다. 내가 핀셋으로 유리병에 집어넣는 이 파편들이…… 내게 무슨 말을 해 줄 수 있을까? 그리 많은 내용은 아닐 것이라고 느꼈다. 현미경으로 들여다본다고 해서 진실이 보이는 건 아니었다. 얼마 지나자 벽에서 들리는 심장 고동 소리가 너무 커져서, 나는 측량사가 주의를 다른 곳으로 돌린 사이에 걸음을 멈추고 귀마개를 꽂았다. 마스크를 뒤집어쓰고 각자 다른 이유에서 귀가 반쯤 먼 채로, 우리는 계속해서 계단을 내려갔다.

변화를 감지하는 사람은 측량사가 아니라 나였어야 했다. 하지만 아래로 한 시간쯤 내려가던 중에 측량사가 문득 걸음을 멈췄다.

"벽의 글자들이…… 더 신선해지고 있는 것 같지 않아?"

"신선해진다고?"

"더 최근에 쓰인 것 같다는 말이야."

잠시 측량사를 바라보기만 했다. 나는 상황에 점차 익숙해지는 중이었고, 객관적인 관찰자를 연기하기 위해 최선을 다하고 있었다. 하지만 어렵게 얻어낸 그 모든 거리감이 한순간에 사라지고 말았다.

"불을 꺼 볼래?" 내가 그렇게 제안하며 전등을 껐다.

측량사는 잠시 망설였다. 조금 전에 내가 보여 줬던 충동적인 모습 때문에, 그녀가 나를 다시 신뢰하려면 어느 정도 시간이 걸릴 터였다. 지금은 우리 스스로를 어둠 속에 내던지자는 내 제안을 불안하게 생각하는 것이 당연했다. 하지만 그녀는 내 말에 따랐다. 사실 내가 일부러 총을 총집에 넣어 둔 채여서, 언제든 그녀가 어깨에 멘 돌격소총을 잡기만 하면 쉽게 나를 처치할 수 있기 때문이기도 했다. 그런 폭력적인 장면을 예상하는 일은 합리적이지 않았지만, 마치 누군가가 외부에서 내 머릿속에 쑤셔 넣기라도 한 듯 너무 쉽게 떠올랐다.

어둠 속에서 탑의 심장 고동 소리는 여전히 내 고막을 찔러 댔고, 글자들은 벽이 호흡하듯 떨릴 때마다 함께 흔들렸다. 나는 정말로 글자들이 위쪽에서 본 것보다 더 생생하고, 밝은색으로 환하게 빛난다는 사실을 깨달았다. 만년필로 쓴 글자라면 좀 더 눈에 잘 보이는 차이였을 것이다. *새로 쓰인 글자의 축축하고 미끄러운 반짝거림.*

그 불가사의한 장소에 선 채 나는 측량사보다 선수를 쳐서 다음과 같이 말했다.

"우리보다 아래쪽에서 뭔가가 이 글을 쓰고 있어. 아래쪽에서, 뭔가가 지금도 이 글을 쓰는 중이야."

우리가 탐색하고 있는 유기체는 그 안에 또 다른 유기체를 품고 있을지도 몰랐다. 녀석은 다른 유기체들을 이용해 벽에다 글을 썼다. 내 어린 시절의 풍성한 수영장이 단순하고 일차원적으로 여겨질 정도였다.

우리는 다시 불을 켰다. 나는 측량사의 눈빛에서 공포와 동시에 기이한 결의를 발견했다. 그녀가 내게서 무엇을 보았는지는 알 수 없었다.

"왜 뭔가라고 표현했지?" 측량사가 물었다.

난 질문을 이해하지 못했다.

"왜 '누군가'가 아니라 '뭔가'라고 한 거야? 어째서 '누군가'일 리는 없는 거지?"

난 그저 어깨를 으쓱했다.

"총을 뽑아."

측량사의 목소리에 묻어나는 희미한 혐오감은 보다 깊은 어떤 감정을 감추고 있었다.

난 아무래도 상관없었지만, 측량사가 시키는 대로 했다. 하지만 총을 들고 있자니 뭔가 이상하고 어설프게 느껴졌다. 마치 이 도구가 우리가 마주칠지도 모르는 상대에 대한 잘못된 대응처럼 느껴졌다.

지금까지는 내가 앞장섰지만, 이제는 우리의 역할 그리고 탐사의 성격도 달라져 있었다. 우리는 여태까지 해 오던 절차를 바꿨다. 벽의 글을 기록하고 표본을 채취하는 일을 그만두고 훨씬 더 빠르게 걸었다. 그리고 눈앞에 놓인 어둠을 파악하기 위해 주의를 집중했다. 우리는 누군가 엿듣기라도 하듯, 속삭이는 목소리로 이야기했다. 내가 먼저 걷는 동안 측량사가 뒤에서 엄호했고, 모퉁이에 도착하면 순서를 바꿔 그녀가 앞장서고 내가 뒤따랐다. 우리는 결코 돌아가자는 말을 하지 않았다. 입구에서 기다리고 있는 심리학자에 대한 걱정도 멀리 달아났다. 아래쪽에 뭔가 답이 있다는 사실을 알게 되자 불안한 활기가 감돌았다. 그것은 살아 있고, 숨을 쉬는 답이었다.

최소한 측량사 역시 그런 식으로 생각했을 수도 있다. 그녀는 벽의 고동을 듣거나 느낄 수 없었다. 하지만 나 역시 글을 쓰는 존재를 머릿속에 그릴 수 없었다. 내가 떠올릴 수 있는 것은 베이스캠프로 오는 길에 지났던 경계에서 내가 노려봤던 대상뿐이었다. 흐릿하고 하얀, 텅 빈 형체. 다만 나는 우리가 쫓는 존재가 사람일 리는 없다고 확신했다.

어째서? 아주 훌륭한 이유가 있었다. 측량사도 20분쯤 내려가다 마침내 그 점을 깨달았다.

"바닥에 뭔가 있어." 그녀가 말했다.

측량사의 말대로 바닥에 뭔가가 있었다. 실은 한참 전부터 계단은 어떤 잔여물로 뒤덮인 채였다. 측량사도 볼 수 있는지 확신할 수 없는 상태에서 그녀를 불안하게 하고 싶지 않았기 때문에, 일부러 멈춰서 살펴보지 않았다. 잔여물은 왼쪽 벽에서부터 오른쪽 벽과 60센티미터 떨어진 지점까지 뒤덮고 있었다. 즉, 2.5미터 내외 정도 되는 너비였다.

"내가 한번 볼게."

나는 측량사의 떨리는 손가락을 무시하며 말했다. 무릎을 꿇고 돌아앉아서 우리가 지나온 계단에 헬멧의 전등을 비추었다. 측량사도 몇 걸음 올라와서 내 어깨 너머로 시선을 던졌다. 잔여물은 은은한 금빛이었고, 말라붙은 피처럼 보이는 붉은 가루가 뒤섞여 있었다. 나는 펜으로 잔여물을 찍었다.

"약간 끈적거려. 점액질이야. 계단 위에 1센티미터 조금 넘는 높이로 쌓여 있어."

전체적으로는 뭔가가 계단을 **미끄러져** 내려간 듯한 인상이었다.

"저 자국들은 뭐지?"

측량사가 다시 뭔가를 가리키며 물었다. 그녀는 속삭이고 있었는데, 내게는 소용없는 짓처럼 느껴졌다. 측량사의 목소리는 떨리고 있었다. 그러나 이상하게도 그녀가 더 겁에 질릴 때마다 나는 더 차분해지는 듯했다.

나는 잠시 측량사가 가리킨 자국을 조사했다. 미끄러지거나, 혹은 **끌려간** 흔적이었다. 어느 쪽이든 잔여물에 많은 증거를 남길 만큼 천천히 이루어진 일이었다. 자국은 전체적으로 계란형이었고, 15센티미터 너비에 30센티미터 정도 길이였다. 그런 자국 여섯 개가 계단 위에 두 줄로 흩어져 있었고, 그 안에 남아 있는 쓸린 듯한 흔적은 마치 섬모가 지나간 자리와 닮아 있었다. 이 자국들의 대략 25센티미터 바깥쪽을 두 개의 줄이 둘러싸고 있었다. 불규칙한 두 개의 원들은 거의 치맛단과 같은 형태로 굽이쳤다. 그리고 '치맛단' 너머로는 더 큰 '파도'의 희미한 징후가 보였다. 마치 자국을 남긴 중앙의 뭔가로부터 어떤 힘이 방사된 것처럼. 간조 때 파도가 빠져나가며 모래 위에 남기는 흔적과도 유사했다. 단지 목탄화를 그릴 때처럼 뭔가가 일부러 그 선들을 흐리고 불분명하게 만들었다는 점을 제외하고.

이 발견은 나를 매혹시켰다. 나는 그 흔적과 섬모 자국에서 눈을 뗄 수 없었다. 그리고 특정한 형태의 생물이라면, 이동식 카메라가 언제나 수평을 유지하는 것처럼 계단의 기울기도 보정할 수 있으리라 상상했다.

"전에 이런 걸 본 적 있어?" 측량사가 물었다.

"아니." 내가 비꼬는 말투처럼 들리지 않도록 노력하며 대답했다. "아니, 한 번도 없어."

어떤 삼엽충, 달팽이 그리고 지렁이들은 훨씬 단순하지만 이와 유사한 흔적을 남겼다. 하지만 나는 바깥세상의 그 누구도 이렇게 크고 복잡한 흔적을 본 적은 없을 거라고 확신했다.

"그럼 **저건?**"

측량사가 조금 더 위쪽의 계단을 가리켰다.

전등을 비추자 부츠 자국이 보였다.

"우리 발자국이잖아."

방금 본 광경과 비교하면 너무나 일상적이고 지루한 흔적이었다.

측량사가 고개를 흔들자 헬멧에 달린 전등의 불빛도 따라서 좌우로 움직였다.

"아니야, 봐."

그녀는 내 발자국과 자신의 발자국을 가리켰다. 계단 위의 발자국은 어느 쪽과도 달랐고, 위쪽을 향하고 있었다.

"그렇군." 내가 말했다. "저건 누군가 다른 사람의 발자국이야. 최근에 여기로 내려왔던."

측량사가 욕설을 내뱉기 시작했다.

그때만 해도 우리는 더 많은 발자국을 발견하게 되리라 생각하지 못했다.

상부에서 우리에게 보여 준 기록에 따르면, 첫 번째 탐사대는 X 구역에서 오염되지 않은 자연을 제외하고는 어떤 특이 사항도 보고하지 않았다. 그러나 두 번째와 세 번째 탐사대가 돌아오지 않았고 행방도 알 수 없자, 탐사는 한동안 중단되었다. 다시 탐사대를 보내기 시작했을 때에는 적어도 위험성을 완전히 인지하고 있는 자원자들 중에서 신중하게 대원을 선발했다. 그리고 어떤 탐사대는 다른 탐사대보다 더 성공적이었지만, 어떤 탐사대는 그렇지 못했다.

11차 탐사대는 특히 어려운 경우였다. 그리고 여태까지 밝히지 않았지만, 나 개인적으로도 11차 탐사대로 인한 어려움을 겪었다.

내 남편은 11차 탐사대에 의료 요원으로 참여했다. 그는 언제나 응급실이나 외과에서 일하기를 선호했다. 그는 자신의 일을 '현장의 초진 간호사'라고 표현했다. 원래 응급 구조대에서 일하던 남편은 해군 시절 함께 복무했던 동료의 제안으로 탐사대에 들어갔다. 물론 남편도 처음에는 망설였지만 시간이 지나면서 확신을 가지게 되었다. 그 이전부터 결혼 생활에 여러 가지 문제가 있기는 했지만, 우리는 특히 탐사대에 관한 일로 많이 싸웠다.

내 남편의 일이 특별히 알아내기 어려운 정보가 아니라는 점은 알고 있다. 하지만 나는 이 기록을 읽는 사람들이 나를 객관적이고 신뢰할 수 있는 관찰자로 여기기를 바랐다. 탐사의 목적과 무관한 개인적인 이유로 X구역에 들어오기를 자청한 사람으로 생각되고 싶지는 않았다. 사실 내가 남편의 일 때문에 탐사대에 지원했다고 보기는 어렵다.

하지만 X구역이 남편을 통해 내게 영향을 미친 것은 사실이다. 그가 경계를 향해 출발하고 1년쯤 지난 어느 날 밤, 홀로 침대에 누워 있던 나는 부엌에서 인기척을 들었다. 나는 온 집 안의 불을 다 켜고, 야구 방망이로 무장한 채 침실을 나섰다. 그리고 냉장고 옆에서 탐사대 복장을 한 남편을 발견했다. 그는 턱과 목을 타고 흘러내릴 때까지 정신없이 우유를 들이켜는 중이었다. 그리고 냉장고에 남아 있던 음식들을 게걸스럽게 먹어 치웠다.

그 광경에 나는 할 말을 잃었다. 환영이라도 보듯이 남편을 쳐다볼 수밖에 없었다. 만약 내가 움직이거나 뭐라고 말이라도 하면, 한순간에 사라져 버릴 것만 같았다.

우리는 거실로 갔다. 남편은 소파에 그리고 나는 맞은편 의자에 앉았다. 나는 갑자기 나타난 남편으로부터 좀 떨어져 있을 필요가 있었다. 남편은 자신이 어떻게 X구역을 떠났는지, 그리고 어떻게 집으로 돌아왔는지 전혀 기억하지 못했다. 탐사 자체에 대해서도 희미한 기억만을 떠올릴 뿐이었다. 내가 무슨 일이 일어났는지 물었을 때, 그리고 자신의 기억 상실이 부자연스럽다는 사실을 깨달았을 때 잠시 당황하긴 했지만 그에게는 전체적으로 기이한 차분함이 감돌았다. 남편은 또 X구역으로 떠나는 문제를 두고 논쟁하기 시작하기 전부터 우리의 결혼 생활에 존재하던 문제들도 기억하지 못하는 것처럼 보였다. 과거에 그는 내가 거리감을 둔다고 미묘하게 혹은 미묘하지 않게 비난하곤 했었다. 이제는 남편이 그런 거리감을 내게 두고 있었다.

나는 그 상황을 오래 참아내지 못했다. 그래서 남편의 옷을 벗기고, 샤워를 하게 시킨 다음 침대로 데려가 사랑을 나눴다. 내가 기억하는 남자, 나와는 정반대로 외향적이고 충동적이며 언제나 남들에게 도움이 되고자 했던 사람의 파편을 회수하려 노력했다. 남편은 열정적으로 항해 취미를 즐겼고, 1년에 2주는 친구들과 해안으로 가서 보트를 몰곤 했다. 더 이상 그에게서 그런 사람의 모습을 찾아볼 수 없었다.

남편은 내 안에 있는 내내, 마치 짙은 안개 너머로 나를 보는 듯한 표정을 지었다. 그래도 그런 행위가 잠시 동안은 도움이 되었다. 덕분에 나는 그를 좀 더 현실적인 존재로 느끼는 것처럼 연기할 수 있었으니까.

하지만 잠시뿐이었다. 나는 남편을 24시간 정도만 내 삶에 되찾았다. 다음 날 저녁이 되자 기관에서 그를 데려갔고, 나는 길고 복잡한 보안 절차를 거치고 나서야 그를 면회할 수 있는 처지가 되었다. 기관은 격리된 시설에서 남편을 시험하며 기억 상실을 치료하려고 노력했지만 실패했다. 내가 면회를 가면 남편은 오랜 친구(그의 존재를 확인해 줄 일종의 닻)처럼 나를 맞이하곤 했지만 결코 부부나 연인처럼 굴지는 않았다. 난 내가 알던 남자의 아주 희미한 흔적이라도 남아 있기를 기대하며 그를 방문했다. 하지만 결코 그런 흔적을 찾아내지는 못했다. 심지어 자신이 치료가 불가능한 전신 종양에 걸렸다는 이야기를 들었을 때조차, 남편은 살짝 어리둥절한 표정으로 나를 쳐다볼 뿐이었다.

남편은 6개월 뒤 죽었다. 그 6개월 내내, 나는 한 번도 남편을 닮은 가면 뒤에서 한때 내가 속속들이 알던 사람을 발견하지 못했다. 남편과의 개인적인 교류를 통해서나, 그와 마찬가지로 암에 걸려 죽었던 다른 탐사대원들의 인터뷰 영상을 통해서도.

X구역에서 무슨 일이 있었든, 남편은 돌아오지 못했다. 진정한 의미에서는 그러지 못했다.

그 어느 때보다 더 깊이 어둠 속으로 내려가면서, 나는 남편도 이런 경험을 했을지 자문했다. 나는 내 감염이 어떤 변화를 일으켰는지 알지 못했다. 나는 남편과 같은 경험을 하고 있을까, 아니면 그는 완전히 다른 일을 겪었을까? 만약 나와 유사한 경우였다면, 남편의 반응은 어떻게 달랐을까? 그리고 그 차이는 다음에 일어날 일들을 어떻게 바꿨을까?

점액질의 길은 점점 두꺼워지고 색도 더 강렬해져서 마치 어떤 기괴하고 성대한 연회로 우리를 초대하는 황금 카펫처럼 보였다.

"이만 돌아갈까?" 때때로 측량사나 내가 그렇게 말하곤 했다.

그러면 나머지 한 사람이 이렇게 대답했다.

"다음 모퉁이까지만, 조금만 더 가 보고 나서 돌아가자."

그것은 취약한 신뢰 관계에 대한 일종의 시험이었다. 우리의 두려움과 나란히 걷고 있는 호기심과 매혹에 대한 시험이기도 했다. 계속 무지하게 남기를 원하는지, 위험을 감수하고 진실을 발견하기를 원하는지 여부를 가리는 시험이었다. 끈적한 점액질로 덮인 길을 조심스레 걸으며 간신히 계속 움직일수록 수렁에 빠지는 느낌이었다. 부츠에서 느껴지는 감각도 결국에는 관성처럼 느껴지게 되리라. 우리가 멀리까지 계속 나아간다면.

그때 앞서 모퉁이를 돌았던 측량사가 내 쪽으로 뒷걸음질 치며 부딪혀 왔다. 그러면서 나를 몇 걸음 밀쳤지만 나는 그냥 내버려 두었다.

"저 아래 뭔가가 있어." 그녀가 내 귀에 대고 속삭였다. "사람이나 뭔가의 시체 같아."

나는 사람이 곧 시체일 수도 있다는 사실을 지적하지 않았다.

"그게 벽에 글을 쓰고 있어?"

"아니, 벽면에 **기대고 앉아** 있어. 나도 얼핏 봤을 뿐이야."

마스크 안쪽에서 측량사의 호흡이 거칠고 빨라졌다.

"남자야, 여자야?"

"사람인 것 **같았어**." 측량사가 내 질문을 무시한 채 말했다. "사람인 것 같았어. 그런 것 같았어."

시체는 문제가 아니었다. 아무리 많은 훈련을 받았어도 괴물과 마주치는 상황을 대비했을 리 없었다.

하지만 우리는 이 새로운 수수께끼를 일단 조사하지 않고서는 되돌아 나갈 수 없었다. 그럴 수는 없었다. 나는 측량사의 어깨를 잡고 나를 보게 했다.

"그게 벽에 기대고 앉아 있는 사람 같다고 했지? 그럼 그게 뭐든 우리가 쫓고 있던 대상은 **아니야**. 아마 그 **다른 부츠 자국**의 주인이겠지. 너도 알잖아. 뭔지 확인만 하고 바로 돌아가자. 우리가 뭘 발견하든 여기서 돌아가는 거야. 약속할게."

측량사가 고개를 끄덕였다. 여기가 끝이고 더 이상 내려가지 않는다는 생각이 그녀를 진정시킨 듯했다. *이 일만 처리하고 나면 다시 햇빛을 볼 수 있을 거야.*

다시 아래로 내려가기 시작했다. 초조함 때문인지 계단이 더 미끄럽게 느껴졌다. 우리는 오른쪽의 텅 빈 벽을 짚고 간신히 균형을 유지했다. 탑은 숨을 멈춘 채 조용했고, 심장 박동이 갑자기 훨씬 더 느리고 멀게 느껴졌다. 내 머릿속에서 피가 혈관을 달리는 소리만 크게 들려왔다.

나는 모퉁이를 돌자마자 뭔가 형체를 발견하고 헬멧의 전등을 그쪽으로 향했다. 1초만 더 망설였어도 그럴 용기를 내지 못했을 것이다. 그것은 인류학자의 시체였다. 왼쪽 벽에 기대앉아서 두 손을 무릎 위에 올리고, 머리는 기도하듯 숙인 채였다. 입에서는 초록색의 뭔가가 흘러나오고 있었다. 옷차림은 기이하게 흐릿하고 알아보기 어려웠는데, 희미한 금빛이 그녀의 시체를 감돌고 있어서였다. 나는 측량사가 그 빛을 볼 수 없을 거라고 생각했다. 어느 쪽이든, 인류학자가 살아 있을 가능성은 없었다. 생각할 수 있는 건 한 가지뿐이었다. *심리학자가 우리에게 거짓말을 했어.* 갑자기 위에서 입구를 지키고 있는 그녀의 존재감이 참을 수 없는 방식으로 나를 짓눌렀다.

나는 측량사에게 손바닥을 내밀어 멈추라고 신호한 뒤, 아래쪽 어둠 속으로 불빛을 향한 채 앞으로 걸어갔다. 그리고 시체로부터 한참 아래까지 계단에 아무것도 없다는 사실을 확인하고 나서 서둘러 다시 올라왔다.

"내가 시체를 살펴볼 동안 주위를 경계해 줘."

아래쪽에서 **뭔가가** 천천히 움직이는 듯한 희미한 소리를 들었다고는 측량사에게 굳이 말하지 않았다.

"**정말** 시체야?"

측량사가 물었다. 어쩌면 그녀는 훨씬 더 기이한 뭔가를 기대했을지도 모른다. 어쩌면 그 형체가 그저 자는 중이라고 생각했을 수도 있었다.

"인류학자야."

내 말을 듣는 순간 측량사의 어깨가 긴장으로 굳는 모습이 보였다. 그녀는 더 이상 말하지 않고, 서둘러 내 옆을 지나가 시체 바로 너머에서 어둠 속을 향해 돌격소총을 겨냥하고 섰다.

나는 천천히 인류학자의 시체 옆에 무릎을 꿇었다. 얼굴은 거의 남아 있지 않았고, 피부 전체에 불에 탄 듯한 자국들이 보였다. 누군가 무자비한 힘으로 한 번에 비틀어 연 것처럼 보이는 부서진 턱에서는 녹색 가루가 흘러나와서 그녀의 가슴 언저리에 무더기로 쌓여 있었다. 무릎 위에 놓인 두 손은 손바닥을 위로 향하고 있었는데, 얇은 섬유 같은 것과 불탄 자국만 더욱 보일 뿐 피부가 전혀 남아 있지 않았다. 두 다리는 반쯤 녹아서 서로 엉겨 붙었고, 부츠 한쪽이 벽 가까이 팽개쳐져 있었다. 나머지 한쪽은 사라지고 없었다. 시체 주위에는 내가 가지고 있는 것과 같은 표본 채취용 튜브들이 흩어져 있었다. 인류학자의 검은 상자는 시체로부터 몇 보 떨어진 위치에 부서진 채로 놓여 있었다.

"무슨 일이 일어난 거지?"

경계를 서는 내내 신경질적으로 내 쪽을 곁눈질하던 측량사가 마침내 그렇게 물었다. 마치 무슨 일이 일어났든 그게 아직 끝나지 않은 것처럼. 인류학자가 소름 끼치는 모습으로 되살아나기를 기대하기라도 하는 것처럼.

나는 대답하지 않았다. 내가 할 수 있는 말은 단 한 문장뿐이었다. *모르겠어.* 무지 혹은 무능에 대한 고백. 어쩌면 둘 다일지도 몰랐다.

인류학자 위쪽의 벽에 전등을 비춰 보았다. 벽에 쓰인 글이 몇 보거리 정도 불규칙하게 튀어 오르다 뚝 떨어지더니, 이내 평정을 되찾았다.

……심연의 그림자는 해골 속에서 피어난 무시무시한 꽃의 꽃잎처럼 어떤 인간도 견딜 수 없을 만큼 그 정신을 확장시키리라……

"아무래도 인류학자가 벽에 글을 쓰는 존재를 방해한 것 같아."

"그리고 그게 그녀에게 저런 짓을 했다고?"

측량사는 뭔가 다른 설명을 찾기 위해 내게 애원하고 있었다.

달리 설명할 거리가 없으니 그 질문에는 대답하지 않았다. 대신 측량사가 지켜보는 동안 다시 관찰에 들어갔다.

나는 생물학자지 탐정이 아니지만, 지금은 탐정처럼 생각해야 할 때였다. 그래서 시체 주변 모든 방향의 지면을 살피며 내 자신과 측량사의 부츠 자국부터 확인했다. 우리 발자국 때문에 원래 흔적이 어질러져 있었지만, 그래도 여전히 알아볼 수 있는 정도였다. 먼저 **그것**(측량사의 바람과 무관하게, 나는 놈이 인간이라고 생각할 수 없었다.)은 분명 광분한 상태였다. 부드럽게 미끄러진 자국 대신 소용돌이치는 점액 잔여물이 남아 있었고, 내 생각에 '발'이라고 여겨지는 자국들은 길게 늘어났다 줄어드는 갑작스러운 변화를 보였다. 그리고 소용돌이 위에는 부츠 자국들도 있었다. 나는 증거를 훼손하지 않으려고 주의하며 인류학자의 한쪽 부츠를 가져왔다. 비교해 보자 소용돌이 한가운데 위치한 부츠 자국은 확실히 인류학자의 것이었다. 오른쪽 벽에는 그녀가 벽에 바짝 붙어 있었던 흔적들이 부분적으로 남아 있었다.

인류학자가 벽에 글을 쓰는 생물을 관찰하기 위해 어둠 속에서 몸을 웅크리고 살금살금 움직이는 장면이 내 머릿속에 떠올랐다. 시체 주위에 흩어진 반짝이는 유리 튜브들은 그녀가 표본을 채취하려 했다는 점을 보여 줬다. 하지만 얼마나 정신 나간 짓인가! 인류학자가 그런 위험을 무릅쓸 만큼 용감하거나 충동적이라는 인상을 한 번도 받아 본 적이 없었다. 나는 잠시 그 자리에 서 있다가 측량사에게 손짓한 뒤 계단 위쪽으로 올라갔다. 자기 위치를 고수하고 있는 측량사는 훨씬 더 고통스러워했다. 차라리 뭔가 쏠 대상이 있다면 나았을 터였다. 우리는 오직 우리 상상 속에서 만들어 낸 적과 대치하고 있었다.

열두 계단쯤 올라가, 여전히 인류학자의 시체가 보이는 위치에서 나는 서로 마주 보는 두 쌍의 부츠 자국을 발견했다. 한 쌍은 인류학자의 것이었다. 나머지 한 쌍은 나도 측량사도 아니었다.

이제야 아귀가 맞아 들어갔다. 모든 것을 머릿속에 그릴 수 있었다. 한밤중에 심리학자가 인류학자를 깨우고 최면을 걸어서 여기까지 데리고 내려왔다. 심리학자는 최면 상태인 인류학자에게 자살 행위나 다름없는 명령을 내렸고, 인류학자는 명령에 따라 벽에 글을 쓰고 있는 생물에게 다가가 표본을 채취하려 했다. 그리고 그러다가 아마도 끔찍한 고통 속에서 죽음을 당했다. 그런 다음 심리학자는 도망쳤다. 당연한 일이지만, 나는 도로 내려가는 동안 그 아래로 심리학자의 부츠 자국을 발견할 수 없었다.

내가 인류학자에게 느끼는 감정은 동정심일까 아니면 동질감일까? 그녀는 나약했고, 덫에 걸려 선택권이 없는 상태였다.

측량사가 불안한 표정으로 내게 물었다.

"뭘 발견했지?"

"누군가 인류학자와 함께 있었어."

나는 측량사에게 내 가설을 설명했다.

"하지만 심리학자가 왜 그런 짓을 했겠어?" 그녀가 내게 물었다. "어차피 아침에 다 같이 여기 오려고 했는데."

"그건 나도 몰라. 하지만 그 사람은 우리 모두에게 최면을 걸어. 그리고 그 목적은 우리의 평정 상태를 유지하기 위해서만이 아니야. 어쩌면 이번 탐사에는 우리가 알고 있는 것과 다른 목적이 있을지도 몰라."

"최면술." 측량사는 그 단어에 아무런 의미도 없다는 듯 말했다. "네가 그걸 어떻게 알지? 어떻게 알 수 있다는 거야?"

그녀는 나에게, 혹은 내 가설에 분개하고 있었다. 어느 쪽인지는 몰라도 그 이유는 이해할 수 있었다.

"어째서인지 몰라도 내가 최면의 영향을 받지 않게 되어서야. 심리학자는 오늘 우리가 내려오기 전에 네게 최면을 걸었어. 네가 확신을 가지고 명령을 따르게 했지. 난 그녀가 그러는 걸 봤어."

내가 어떻게 최면에 영향을 받지 않게 되었는지 측량사에게 털어

놓고 싶었지만, 그랬다간 실수를 저지르는 것일 터였다.

"그런데 **기만히** 있었다고? 그 말이 사실이라고 해도 말이야."

최소한 측량사는 나를 믿는다는 가능성을 고려하고 있었다. 어쩌면 이 사건이 남긴 흔적과 그로 인한 혼란이 그녀에게 영향을 미쳤는지도 몰랐다.

"내가 최면에 걸리지 않는다는 사실을 심리학자에게 들키고 싶지 않았어."

그리고 난 이 아래로 내려오기를 **원했다.**

측량사는 잠시 동안 서서 생각에 잠겼다.

"날 믿지 않아도 좋아. 하지만 우리는 만반의 대비를 갖추고 위로 올라가야 돼. 심리학자가 무슨 계획을 세우고 있는지 모르는 이상, 그 사람을 막거나 어쩌면 죽여야 할 수도 있어."

"심리학자가 왜 무슨 계획을 세운다는 거야?"

측량사가 물었다. 정말로 그 가능성을 무시하는 건지, 아니면 두려움 때문에 퉁명스럽게 말하는 건지 알 수 없었다.

"왜냐하면 그 사람은 우리와 다른 명령을 받은 게 틀림없으니까."

난 마치 어린아이에게 설명하듯 말했다.

측량사는 대답하지 않았고, 나는 이를 그녀가 내 생각에 동의하고 있다는 표시로 받아들였다.

"내가 먼저 올라갈게. 난 최면에 걸리지 않으니까. 그리고 너도 이걸 사용하면 최면에 저항할 수 있을 거야."

나는 측량사에게 내 여분의 귀마개를 건넸다.

측량사는 주저하며 귀마개를 받았다.

"아니." 그녀가 말했다. "우린 같이 올라갈 거야, 동시에."

"그건 현명하지 않아."

"상관없어. 날 두고 너 혼자 올라가진 못해. 어둠 속에 앉아서 네가 모든 걸 다 처리할 때까지 기다릴 생각은 없다고."

난 그 말에 대해 잠시 생각해 본 다음 말했다.

"좋아. 하지만 심리학자가 네게 최면을 걸기 시작한다면, 난 그 사람을 막을 거야."

적어도 막으려고 노력은 할 것이다.

"네 말이 맞는다면." 측량사가 대답했다. "네가 진실을 말하고 있다면."

"난 진실을 말하고 있어."

측량사는 내 말을 무시하고 물었다.

"시체는?"

동의했다는 뜻일까? 그러기를 바랐다. 어쩌면 올라가는 길에 측량사가 날 무장해제시키려고 시도할 수도 있었다. 어쩌면 심리학자가 이미 이런 상황에 대비한 최면을 그녀에게 걸어 뒀을 수도 있었다.

"인류학자는 여기에 남겨 둬야겠어. 시체 무게를 감당할 수도 없고, 어떤 오염이 있는지도 모르는데 가지고 올라갈 수는 없어."

측량사가 고개를 끄덕였다. 그녀는 적어도 감상적이지는 않았다. 시체에는 더 이상 인류학자의 아무것도 남아 있지 않았고, 우리 둘 다 그 점을 잘 알았다. 나는 인류학자의 마지막 순간을, 그녀가 강제로 수행해야 했던 임무에 나섰을 때 틀림없이 느꼈을 공포에 대해서 생각하지 않으려고 애썼다. *그녀는 무엇을 봤을까? 죽기 전에 그녀는 무엇을 보고 있었을까?*

돌아가기 전에 나는 인류학자 옆에 흩어져 있는 유리 튜브 중 하나를 집었다. 거기에는 어두운 금빛으로 빛나는 두꺼운 살점 같은 표본이 담겨 있었다. 그녀는 최후를 맞이하기 직전에 결국 뭔가를 해냈던 모양이다.

위로 올라가는 동안, 나는 다른 생각을 하려고 노력했다. 내가 받았던 훈련을 되새기고 또 되새기면서 단서를 찾았다. 우리가 발견한 것들과 이어질 수 있는 어떤 정보의 편린이라도 찾기 위해서였다. 하지만 훈련 내내 유용한 이야기라고는 들은 적이 없는데도 이상하게 여긴 적이 없다는 사실에 스스로 놀라기만 할 뿐이었다. 훈련은 언제나 우리 각자의 지식과 능력을 강조했다. 그리고 돌이켜 보면 언제나 우리가 겁에 질리거나 압도당하지 않도록 배려하는 척, 모호한 설명으로 진실을 오도하려는 의도가 숨어 있었다.

지도는 그런 오도의 한 형태였다. 지도란 원래 어떤 대상은 강조하고 어떤 대상은 보이지 않게 하는 방법이지 않은가? 우리는 줄곧 지도의 세부 사항을 기억하기 위해 애썼다. 아직도 우리가 이름을 모르는 교관은 6개월 동안이나 베이스캠프와 등대의 상대적인 위치며 폐허가 된 마을들 사이의 거리, 우리가 탐사해야 할 해안선의 총 길이 따위를 우리에게 가르쳤다. 거의 언제나 베이스캠프가 아닌 **등대**가 기준이었다. 우리는 지도의 관점에 너무 익숙해진 나머지, 그 안에 담긴 내용들에 대해 **왜**는커녕 **무엇**이라는 의문조차 가지지 않았다.

왜 해안의 이 구간인가? 등대 안에는 **무엇**이 있을까? **왜** 베이스캠프는 등대에서 멀고 탑에 가까운(물론 지도상에 탑은 표시되어 있지 않았다. 당연한 일이지만.) 숲속에 자리 잡고 있을까? 그리고 베이스캠프가 원래부터 그 자리에 있었을까? 지도 너머에는 **무엇이** 있을까? 이제 나는 우리가 생각보다 강한 최면에 걸려 있었다는 사실을 알았고, 그래서 지도에 집중한 일 자체가 숨겨진 단서일 수도 있다는 점을 깨달았다. 우리가 질문을 하지 않았다면, 그 이유는 질문을 하지 않도록 세뇌를 당했기 때문이다. 그리고 등대는 상징적으로나 실제적으로나, 최면을 발동하도록 잠재의식에 심어진 방아쇠였다. 또 그게 무엇이든 X구역을 만들어 낸 원인이 퍼져 나간 진원지일 수도 있었다.

내가 X구역의 생태에 대해 받았던 브리핑도 유사하게 초점이 편중되어 있었다. 나는 대부분의 시간을 생태계의 자연적 변화를 조사하기 위한 준비를 하면서 보냈고, 내가 발견하리라 예상되는 동물군과 식물군에 대한 정보를 습득했다. 그러면서 나는 균류와 지의류에 대해 새삼스러운 관심을 가지게 되었는데, 벽에 쓰인 글을 고려할 때 어쩌면 그것이야말로 그 모든 준비의 진정한 목적일 수도 있었다. 지도가 진실로부터 우리의 눈을 돌리기 위한 장치였던 반면, 생태 조사를 위한 준비는 나를 진정으로 준비시키기 위한 과정이었다. 물론 내가 피해망상에 사로잡힌 걸지도 모른다. 하지만 그렇지 않다면 기관이 탑에 대해 알고 있다는 의미였다. 아마 오래전부터 알고 있었을 터였다.

거기서부터 의심이 자라났다. 기관이 우리에게 시켰던 생존 훈련과 무기 훈련은 너무 혹독해서 저녁에는 개인실로 가자마자 곯아떨어졌다. 다 같이 훈련을 받았던 몇 번도 안 되는 시간에조차 우리는 서로 떨어져 있었다. 두 달째부터 우리는 서로를 이름으로 부르지도, 불리지도 않았다. 뿐만 아니라 X구역에 존재하는 대상에 대해서도 보통명사로만 지칭했다. 어쩌면 이 또한 구체적인 세부 사항을 알아야만 할 수 있는 질문들로부터 우리의 주의를 돌리기 위해서일지도 몰랐다. 예를 들어 여섯 종의 독사가 서식한다는 식의 쓸데없는 정보가 아니라 **제대로 된** 세부 사항 말이다. 물론 비약이지만, 나는 아무리 허무맹랑한 가설이라 해도 배제할 만한 기분이 아니었다.

경계를 넘기로 했을 무렵 우린 모든 것을 알고 있었다……. 그리고 아무것도 몰랐다.

우리가 탑에서 나와 햇빛에 눈을 깜빡이며 마스크를 벗고 신선한 공기를 들이마실 때까지도 심리학자의 모습은 보이지 않았다. 우리는 거의 모든 시나리오에 대처할 준비를 하고 있었지만, 심리학자의 부재는 시나리오에 없었다. 그래서 우리는 맑고 푸른 하늘 아래, 키 큰 나무들이 드리운 그림자 아래에서 잠시 어찌할 바를 모르고 서 있었다. 귀마개를 뺀 나는 탑의 박동 소리가 전혀 들리지 않는다는 사실을 깨달았다. 아래에서 본 광경들이 이토록 일상적인 세계와 공존한다는 점이 당황스럽게 느껴졌다. 심해에서 너무 빨리 수면으로 올라왔을 때와 비슷한 기분이었다. 이 경우 우리에게 잠수병의 통증을 선사하는 원인은 우리가 저 아래에서 봤던 것들의 기억이었다. 우리는 심리학자가 근처에 숨어 있다고 확신한 채, 반쯤은 그녀를 찾아서 설명을 듣기를 바라며 주위를 살폈다. 병적으로 거의 한 시간 동안이나 탑 주변의 같은 지역을 뒤지고 또 뒤졌다.

마침내 나는 진실을 더 이상 부정할 수 없게 되었다.

"심리학자는 가 버렸어."

"베이스캠프로 돌아갔을지도 몰라." 측량사가 말했다.

"이게 심리학자가 유죄라는 증거라는 생각 안 들어?"

측량사가 풀 위에 침을 뱉더니 나를 빤히 쳐다봤다.

"아니, 안 들어. 무슨 일이 생겼을 수도 있어. 캠프로 돌아가야만 했을지도 모르지."

"너도 시체를 봤잖아. 부츠 자국도 봤고."

측량사가 소총을 들어 가리켰다.

"그냥 캠프로 빨리 돌아가자."

그녀가 나를 배신하려는 것인지 아니면 그저 신중할 뿐인지 전혀 속내를 알 수 없었다. 측량사는 지상으로 올라오자 과감하고 대범한 태도를 되찾았다. 내겐 그녀가 불안정했을 때가 더 나은 것 같았다.

하지만 베이스캠프에 돌아오자, 측량사의 결의는 다시 흔들렸다. 심리학자는 거기에 없었다. 단지 없었을 뿐 아니라, 우리 보급품의 절반과 대부분의 무기를 가져갔다. 가져가지 않았다면 어딘가 묻어 버렸을지도 몰랐다. 어쨌든 우리는 심리학자가 살아 있다는 사실을 알 수 있었다.

이 글을 읽는 당신은 그때 나와 측량사가 느낀 기분을 이해해야 한다. 우리는 과학자들이고, 자연 현상과 인간 행동을 관찰하는 훈련을 받아 왔다. 바꿔 말하면 이해할 수 없는 대상과 마주치도록 훈련을 받지는 않았다. 평범하지 않은 상황에서는, 적이라고 생각되는 사람의 존재조차 위안이 될 때가 있는 법이다. 이제 우리는 전례 없는 뭔가를 목격하기 직전이었다. 임무를 시작한 지 1주일도 되지 않아서 언어학자는 물론이고 인류학자와 심리학자까지 잃어버렸다.

"좋아, 항복이야." 측량사가 그렇게 말하며 소총을 내던지고 내가 뒤지고 있던 인류학자의 텐트 앞에 놓인 의자에 주저앉았다. "이제 네 말을 믿지 않을 수 없군. 다른 선택의 여지가 없으니까. 더 나은 가설이 생각나지 않아. 그래서, 이제 우린 어쩌지?"

인류학자의 텐트 안에는 여전히 아무런 단서도 없었다. 그녀에게 벌어진 일에 대한 공포가 여전히 나를 짓눌렀다. 자신의 죽음을 향해 강제로 걸어가야 하다니. 내 짐작이 옳다면 심리학자는 살인자였다. 인류학자를 직접 죽인 것이 뭐든 간에 심리학자에게 훨씬 더 책임이 있었다.

내가 대답하지 않자 측량사가 좀 더 강한 어조로 되물었다.

"그러니까 빌어먹을, 이제 우린 어쩌냐고?"

텐트에서 나오며 내가 말했다.

"가져온 표본을 조사하고 사진을 현상한 다음 살펴봐야지. 그리고 내일은 아마 탑으로 돌아가야겠지."

측량사가 할 말을 잃고 거칠게 웃었다. 한순간 그녀의 얼굴은 거의 조각조각 나눠지기 직전처럼 보였다. 아마 최면술의 여파와 싸우는 긴장감 때문이었을 것이다. 마침내 그녀가 내뱉었다.

"아니, 난 다시 거기로 내려가지 않을 거야. 그리고 그건 탑이 아니라 **동굴**이야."

"그럼 어쩌고 싶은데?"

측량사는 마치 어떤 심리적인 둑이 무너진 듯이 단호한 말투로 빠르게 쏟아냈다.

"경계로 돌아가서 추출을 기다리는 거지. 더 이상 임무를 계속할 수 있는 자원도 없는 데다, 심리학자가 우리 눈에 보이지 않는 곳에서 뭔가를 꾸미고 있다는 네 말이 옳다면 그것만으로도 임무를 중단할 이유가 충분해. 설사 그렇지 않다 해도 뭔가가 그녀를 공격해서 죽거나 다치게 했다면 그건 그것대로 이 망할 곳에서 빠져나가야 할 또 다른 이유가 돼."

그녀는 우리에게 허락된 몇 안 되는 사치품 중 하나인 담배를 꺼내 불을 붙였다. 그리고 코로 길게 연기를 두 번 내뿜었다.

"난 돌아갈 준비가 안 됐어." 내가 말했다. "아직은 아니야."

여태까지 벌어진 일에도 불구하고, 난 아직 그럴 준비 근처에도 가지 못했다.

"정말로 여기에 남고 싶은가 보구나, 그렇지?" 측량사가 말했다. 사실 그 말은 질문이 아니었다. 그녀의 목소리에는 일종의 동정심과 경멸감이 묻어났다. "얼마나 더 계속할 수 있다고 생각해? 알려 주지. 내가 참여했던 그 아무리 비관적인 상황을 가정한 군사 훈련도 이보다는 성공 가능성이 높았어."

그 말이 옳을지도 모른다. 하지만 측량사는 이미 공포심에 사로잡혀 있었다. 나는 심리학자가 썼던 지연 전술을 흉내 내기로 했다.

"일단 우리가 가지고 돌아온 걸 살펴보자. 그런 다음에 어떻게 할지 정해도 늦지 않을 거야. 넌 내일 언제라도 경계를 향해 돌아갈 수 있어."

측량사는 담배를 한 모금 더 빨아들이더니 잠시 생각에 잠겼다. 경계는 여전히 나흘 거리에 있었다.

"알겠어." 그녀가 조금 수그러든 목소리로 말했다.

나는 귀환이 그렇게 간단하지 않을 거라는 생각을 굳이 입 밖으로 꺼내지 않았다. 측량사는 막연한 감각에만 의존해서 경계를 가로질러야 할 테고, 그 결과 내 남편처럼 인격과 개성을 잃어버릴지도 몰랐다. 하지만 나는 그녀로 하여금 탈출구가 없는 듯한 기분을 느끼게 하고 싶지 않았다.

나머지 오후 동안 내 텐트 바깥에 놓인 탁자에서 현미경으로 표본을 조사했다. 측량사는 자기 텐트를 암실로 꾸미고 사진을 현상했는데, 디지털 업로드에 익숙한 사람에게는 짜증스러운 작업이었다. 사진이 현상되기를 기다리는 사이에 그녀는 지난 탐사대가 베이스캠프에 남겨 둔 지도와 기록을 뒤졌다.

표본들은 왜 우스운지 이해하지 못하는 농담과도 같았다. 벽에 쓰인 글자들을 이루는 생물의 세포들은 흔치 않은 구조지만 그래도 이해할 수 있는 범위 내에 있었다. 혹은 이 세포들이 어떤 종류의 부생 영양 유기체를 흉내 내고 있다면 엄청난 사건일 수도 있었다. 나는 글자 뒤에 위치한 벽의 표본을 채취해야 한다고 머릿속에 메모했다. 이 섬유들이 얼마나 깊이 뿌리를 내리고 있을지 몰랐다. 어쩌면 벽 밑에 진짜 줄기가 숨어 있고, 이것들은 단지 말단에 지나지 않을 수도 있었다.

손 모양 조직의 표본들은 어떤 해석도 거부했다. 표본은 세포를 찾아볼 수 없는, 안에 기포가 든 호박색 덩어리일 뿐이었다. 나는 이를 표본이 오염되었거나, 이 유기체가 빠르게 부패한다는 증거로 여겼다. 또 다른 생각은 시험해 보기에는 너무 늦게 찾아왔다. 그 유기체의 포자를 흡수한 내가 표본에 어떤 반응을 야기하고 있을지도 모른다는 가설이었다. 접촉이 일어난 이후로 내 신체나 정신에 일어난 변화를 진단할 만한 시설이나 기구가 없었다.

그리고 인류학자의 유리 튜브에 들어 있던 표본이 있었다. 나는 분명한 의도를 가지고 그 표본들을 마지막까지 남겨 두었다. 나는 측량사를 불러서 박편을 올린 슬라이드를 건네준 다음, 현미경으로 관찰한 결과를 적도록 시켰다.

"왜?" 그녀가 물었다. "왜 나보고 하라는 거지?"

난 주저했다.

"가설이지만…… 난 오염되었을 수도 있어."

단단하게 굳은 표정과 꽉 다문 턱.

"왜 나는 제쳐 두고 너만 오염됐으리란 가설을 생각하는 건데?"

난 어깨를 움츠렸다.

"특별한 이유는 없어. 하지만 내가 벽에 쓰인 글자를 최초로 발견했으니까."

측량사는 내가 말도 안 되는 소리를 한다는 양 쳐다보더니 거칠게 웃었다.

"우리는 그 지점에서 훨씬 더 아래까지 내려갔어. 우리가 쓰고 있던 마스크가 정말로 우리를 안전하게 보호했을까? 그게 뭐든, 거기서 일어나는 일로부터?"

그녀의 말은 틀렸다. 적어도 난 그녀가 틀렸다고 생각했다. 하지만 난 굳이 정정하지 않았다. 사람들은 너무 많은 이유에서 데이터를 단순화하거나 경시하곤 했다.

다른 할 말은 남아 있지 않았다. 인류학자를 죽인 정체 모를 것으로부터 채취한 표본을 내가 들여다보는 동안, 측량사는 자기 할 일로 돌아갔다. 처음에 나는 내가 무엇을 보고 있는지 깨닫지 못했다. 너무나 예상외였기 때문이다. 표본은 뇌세포였고 그냥 아무 동물의 것이 아니었다. 약간의 변형이 있기는 했지만 분명히 인간의 뇌세포였다. 그때 난 표본이 오염되었을지도 모른다고 생각했는데, 그렇다면 원인은 내가 아니었다. 측량사가 관찰한 결과 역시 내가 본 것과 완벽하게 동일했고, 다시 보게 시켰을 때에도 마찬가지였다.

나는 현미경을 계속 들여다보다가, 마치 내가 표본을 제대로 보지 못하는 것처럼 고개를 들었다가 다시 눈을 가져갔다. 그런 다음에는 자리를 잡고 앉아서 표본이 일련의 구불구불한 선과 원의 집합에 지나지 않게 될 때까지 계속 응시했다. 정말로 인간일까? 인간인 **척하는** 것은 아닐까? 어느 정도는 변형된 부분이 있었다. 그리고 인류학자가 대체 어떻게 표본을 채취했을까? 그냥 주걱을 들고 **그것**에게 걸어가서 '미안하지만 네 뇌 조직을 좀 가져가도 될까?' 하고 물었을까? 아니, 표본은 바깥쪽에서, 그러니까 표면에서 채취했을 수밖에 없었다. 즉 뇌세포일 리는 없다는 의미였고, 절대로 인간이 아니라는 뜻이었다. 나는 다시 길을 잃고 표류했다.

그때 측량사가 성큼성큼 걸어오더니, 내 탁자에 현상한 사진들을 던졌다.

"헛수고야." 그녀가 말했다.

벽의 글자를 찍은 사진들은 전부 어둠 속에서 빛나는 초점 나간 색들의 폭동에 가까웠다. 글자들 외에 다른 대상을 찍은 사진들은 모두 순수한 어둠뿐이었다. 나는 아마 느리지만 꾸준한 벽의 호흡과, 그로 인해 발생하는 일종의 열 또는 다른 왜곡 요인 때문이리라 짐작했다. 그리고 내가 벽의 표본을 채취하지 않았다는 생각이 다시 찾아왔다. 나는 글자들이 유기체라는 사실을 인식했다. 하지만 벽 또한 마찬가지라는 사실을 알면서도, 여전히 **벽**을 비활성적인 구조물의 일부로 여겼다. 그렇다면 샘플을 채취할 이유가 뭐겠는가?

"그러니까." 내가 뱉은 욕설을 잘못 해석하며 측량사가 말했다. "표본에서는 뭘 좀 찾아냈어?"

"아니, 아무것도." 내가 여전히 사진들을 노려보며 말했다. "지도와 기록은 어때?"

측량사가 콧방귀를 뀌었다.

"빌어먹을 뭣도 없어. 아무것도. 전부 등대에 집착하고 있다는 점을 빼면. 등대를 지켜보고, 등대를 향해 가고, 빌어먹을 등대 안에 살고."

"그럼 우리에겐 아무것도 없군."

측량사가 내 말을 무시하고 물었다.

"그럼 이제 뭘 하지?"

그녀는 그 질문을 하기 싫은 게 분명했다.

"저녁 먹자. 심리학자가 수풀 속에 숨어 있지 않다는 걸 확실히 하기 위해 주위를 잠깐 순찰한 다음, 내일 뭘 할지 생각하자고."

"내일 뭘 안 할지 알려 줘? 우리는 그 동굴로 안 돌아갈 거야."

"탑이야."

그녀가 날 노려봤다.

논쟁을 벌여 봤자 소용없는 일이었다.

황혼 무렵에 모닥불 옆에서 저녁을 먹고 있으려니, 소택지 평원 너머에서 익숙한 울음소리가 들려왔다. 나는 음식에 집중하느라 그 소리를 거의 듣지 못했다. 이유는 알 수 없지만 입맛이 너무 좋았다. 나는 측량사가 당황해서 쳐다볼 정도로 게걸스럽게 음식을 해치웠다. 우리는 서로 할 말이 없거나 아주 적었다. 대화는 계획을 의미할 테고, 내가 무엇을 계획하든 그것이 그녀를 기쁘게 할 리가 없었다.

바람이 불더니 비가 내리기 시작했다. 나는 빗방울 하나하나가 마치 액체로 이루어진 다이아몬드와 같은 완벽한 다면체 모양으로 어둠 속에서도 빛을 굴절시키며 떨어지는 모습을 볼 수 있었고, 바다의 냄새를 맡으며 넘실대는 파도를 그려 볼 수 있었다. 살아 숨 쉬는 듯한 바람이 나의 모든 모공으로 들어오며 소택지 갈대의 흙냄새를 풍겼다. 나는 탑 안에서 내게 일어난 일을 무시하려 애썼다. 하지만 너무도 예리하고 민감하게 변해 버린 감각은 내가 하루 전만 해도 전혀 다른 사람이었다는 사실을 상기시켰다.

측량사와 번갈아 보초를 섰다. 잠을 자느라 심리학자가 우리 모르게 숨어들도록 내버려 두는 것은 무모한 짓이었다. 심리학자는 캠프 주변 모든 함정들의 위치를 알았고, 우리는 그것들을 해체하고 다시 설치할 시간적인 여유가 없었다. 나는 믿음의 표시로 측량사가 첫 번째 보초를 서게 했다.

한밤중에 측량사가 교대를 하러 나를 깨우러 왔다. 나는 천둥소리 때문에 이미 깨어 있었다. 측량사는 투덜거리며 침대로 갔다. 그녀가 나를 믿고 있을지 의심스러웠다. 하지만 오늘 같은 하루를 보내고 난 뒤라면, 눕자마자 곯아떨어질 게 뻔했다.

비가 다시 세차게 내리기 시작했다. 특별히 우리가 바람에 휩쓸려 날아갈까 걱정하진 않았다. 우리 텐트들은 군용 물품이었고, 허리케인이 아닌 이상 충분히 버텨 낼 수 있었다. 하지만 어차피 깨어 있어야 한다면 폭풍을 직접 경험하고 싶었다. 그래서 나는 세차게 쏟아지는 비와 거칠게 부는 바람 속으로 걸어 나갔다. 측량사가 텐트 안에서 코를 고는 소리까지 들을 수 있었다. 아마 그녀는 더 나쁜 날씨 속에서도 야영했던 적이 있을 터였다. 캠프 가장자리에서 빛나는 흐릿한 비상 조명이 텐트의 그림자를 드리웠다. 어둠조차 내게는 더욱 생생하게, 마치 나를 둘러싼 물리적 실체처럼 느껴졌다. 나는 그 어둠이 사악한 존재라고 단언할 수 없었다.

그 순간 나는 훈련 이전의 내 삶, 내가 떠나온 세계가 전부 꿈인 듯 느꼈다. 그것들 중 무엇도 더 이상 상관없었다. 오직 이 장소, 이 순간만이 내게 의미를 가졌다. 심리학자가 내게 최면을 걸었기 때문은 아니었다. 나는 강렬한 감정에 사로잡혀, 나무들 사이의 좁은 틈으로 해안 쪽을 바라봤다. 거기에는 더 거대한 어둠이 모여 있었고, 구름과 바다가 밤에 녹아들었다. 그리고 그 너머 어딘가에는, 또 다른 경계가 있을 터였다.

그리고 그 어둠 속에서 나는 깜빡거리는 오렌지색 불빛을 보았다. 너무 멀리 있는 너무 작은 빛이었다. 나는 그 빛의 정체를 궁금해하다가 마침내 등대의 존재를 떠올렸다. 내가 지켜보는 동안 불빛은 살짝 왼쪽으로 이동한 다음 꺼졌다가, 몇 분 후 훨씬 높은 곳에서 다시 나타났다. 그리고 다시 영영 꺼져 버렸다. 잠시 기다렸지만 불빛은 다시 켜지지 않았다. 어째서인지 불빛이 오래 꺼져 있을수록 나는 불안해졌다. 이 이상한 곳에서 빛이(어떤 종류의 빛이든) 문명의 표시라도 되는 것처럼.

남편이 열한 번째 탐사에서 돌아오고 나서 그와 보냈던 마지막 날에도 폭풍이 몰아쳤다. 마치 꿈처럼 느껴지는, 생생하면서도 기이하고 동시에 친숙한 날이었다. 비정상적인 차분함 속에서 나는 남편이 떠나기 전보다 오히려 더 평온한 일상을 보냈다.

　그가 탐사를 떠나기 직전 몇 주 동안 우리는 격렬하게 다퉜다. 나는 남편을 벽에 밀어붙이고 그에게 물건을 던졌다. 이제는 아마 최면술의 효과라고 짐작이 가는, 남편의 확고한 결심을 깨뜨릴 수 있는 짓이라면 무엇이든 하려 했다.

　"당신, 떠나면 돌아오지 못할지도 몰라. 그리고 설사 돌아온다고 해도 내가 기다리고 있을 거라고 생각하지는 마."

　남편은 내 말에 화난 표정을 짓더니, 웃음을 터뜨렸다.

　"언제는 날 기다렸다는 것처럼 말하는군. 혹시 지금도 날 기다리고 있는 거야?"

　그때쯤 남편은 이미 마음을 정했고, 탐사를 막는 어떤 장애물도 그저 농담거리로 취급하려 들었다. 최면술에 걸렸든 그렇지 않든 완전히 그다운 태도였다. 남편은 뭔가를 결심하고 나면 결과가 어찌되든 끝까지 밀어붙이는 성격이었다. 그는 충동적인 결정에 헌신했고, 대의를 위해서라는 목적이 있을 때에는 더더욱 그랬다. 파병을 두 번이나 가면서 해군에 복무했던 것도 그런 이유였다.

우리의 부부 관계는 한동안 위태로웠는데, 부분적으로는 남편이 사교적인 성격인 반면 나는 고독을 선호했기 때문이었다. 한때는 이런 차이가 우리 사이를 더 견고하게 했지만 더 이상은 아니었다. 나는 남편의 잘생긴 외모뿐 아니라 자신감 넘치고 외향적이며 사교적인 성격을 **흠모**했다. 나는 남편의 그런 면이 내 성격에 건강한 균형추가 되어 줄 거라고 생각했다. 남편은 유머 감각도 훌륭했다. 사람들로 붐비는 동네 공원에서 처음 만났을 때, 그는 우리가 범인을 찾아 나선 한 쌍의 탐정인 것처럼 행동해서 과묵한 내 입을 열리게 했다. 우리는 함께 주위를 바삐 오가는 사람들의 삶에 대한 이야기를 지어냈고, 이런 놀이는 점차 서로의 삶에 대한 고백으로 이어졌다.

처음에 나의 방어적인 태도나 홀로 있기를 좋아하는 성격은 그에게 수수께끼처럼 보였을 것이다. 심지어 우리가 상당히 가까워지고 나서조차. 남편은 언젠가 나라는 퍼즐을 풀고 내 마음을 열게 만들 수 있다고, 그래서 평소 내가 보여 주는 모습이 아니라 진정한 나 자신을 드러내는 날이 올 거라고 기대했던 모양이다. 우리가 싸우던 중 한번은, 곧 후회하며 번복하긴 했지만, 그가 그런 속내를 내비친 적이 있었다. 내가 자기를 계속 밀어내기 때문에 탐사에 '자원'할 수밖에 없었다는 식으로 말이다. 나는 남편이 오해하지 않도록 딱 잘라서 말했다. 당신이 생각하는 진정한 나 자신 따위는 존재하지 않는다, 나는 겉으로 보이는 그대로의 사람이며 그 점은 앞으로도 결코 변하지 않을 거라고.

우리의 관계 초기에, 나는 남편과 함께 침대에 누워서 어린 시절의 수영장에 대해 이야기한 적이 있었다. 그때는 우리가 침대에서 대화를 나누는 일이 잦았다. 남편은 내 이야기에 사로잡혔고, 어쩌면 더 흥미로운 비밀이 숨겨져 있을 거라고 기대했다. 그는 내 우울한 유년기는 제쳐 두고 수영장 그 자체에 완전히 집중했다.

"나라면 거기에 배를 띄웠을 거야."

"틀림없이 개구리들이 좋아라 올라탔겠네." 내가 대답했다. "근사하고 행복한 광경이겠어."

"아니지, 한쪽 구석에 당신이 음울한 표정으로 쳐다보고 있었을 테니까. 아주 음울한 표정으로."

"난 경박한 당신 모습을 보고 거북이들이 당신 배에 구멍을 내기를 바랐을걸."

"구멍이 나면 난 배를 더 튼튼하게 고쳤을 거야. 그리고 모두에게 개구리와 대화하는 음울한 여자아이에 대한 이야기를 들려줬겠지."

개구리에게 말을 걸었던 적은 한 번도 없었다. 나는 동물을 의인화하는 사람들을 경멸했다.

"그래서, 우리가 어릴 때 만나서 서로를 싫어했다면 뭐가 달라졌을까?"

"아니, 어쨌거나 난 당신을 좋아했을 거야." 남편이 씩 웃으며 말했다. "당신한테 푹 빠져서 어디까지라도 따라갔겠지. 망설임 없이."

그때는 그렇게 이상한 대화조차 즐거웠다. 우리는 성격이 정반대라서 오히려 마음이 잘 통했고, 그래서 우리 관계가 더 돈독해진다고 생각했다. 하지만 이런 차이는 우리가 결혼하고 나서도 줄어들지 않았고, 시간이 지나면서 친숙하고 우울한 방식으로 우리 관계를 파괴했다.

하지만 여태까지 이야기한 것들 중 그 무엇도, 좋은 일이든 나쁜 일이든, 남편이 탐사로부터 돌아왔을 때에는 더 이상 중요하지 않았다. 나는 그에게 아무런 질문도 하지 않았고 옛날에 했던 논쟁을 끄집어내지도 않았다. 남편이 돌아온 다음 날 그의 옆에서 깨어났을 때, 나는 우리가 함께 한 시간이 이미 끝났다는 사실을 깨달았다.

밖에 비가 내리고 번개가 치는 동안 남편을 위해 아침식사를 만들었다. 우리는 유리창 너머로 뒤뜰이 보이는 식탁에 앉아서 달걀과 베이컨에 대해 견딜 수 없을 만큼 예의 바른 대화를 나누었다. 남편은 내가 새로 설치한 새 모이통과 인공 폭포의 모습에 감탄했다. 나는 그에게 잠은 충분히 잤는지, 그리고 기분이 어떤지 물었다. 심지어 지난밤에 이미 했던 질문이지만, 돌아오는 길이 힘들지는 않았냐고 다시 한 번 물었다.

"아니." 남편이 대답했다. "수월했어."

예전에 그가 보여 주곤 했던 짓궂은 미소를 흉내 내는 듯한 표정이었다.

"얼마나 오래 걸렸어?"

"시간은 전혀 걸리지 않았어."

남편의 표정을 읽어 낼 수 없었다. 그러나 그 텅 빈 얼굴에서 애절한 기색을, 뭔가를 전달하고 싶지만 그럴 수 없는 심정을 감지했다. 남편은 내가 그를 안 이후 단 한 번도 애절하거나 슬픈 모습을 보인 적이 없었고, 그래서 나는 약간 겁을 먹었다.

남편은 내 연구가 어떻게 되어 가는지 물었고, 나는 그에게 몇 가지 진척 사항을 들려줬다. 그때는 플라스틱을 비롯한 여러 가지 비생물분해성 물질을 분해하는 천연 물질을 만들어 내고자 하는 회사에 다니고 있었다. 지루한 연구였다. 이 회사에 다니기 전에 나는 급진적인 환경주의자였고, 시위에 참여하거나 비영리 단체에서 일하며 사람들에게 전화를 걸어 기부금을 요청하곤 했다.

"당신 일은 어때?"

나는 더 이상 돌려서 물어볼 방법을 찾지 못해서 주저하며 물었다. 당장이라도 그 수수께끼로부터 쏜살처럼 달아날 준비를 한 채로.

"아, 알잖아." 마치 자신이 고작 몇 주 정도 떠나 있었고, 내가 연인이 아닌 직장 동료인 것 같은 말투였다. "알잖아, 언제나 똑같지. 별로 새로울 것도 없어."

그는 오렌지 주스를 벌컥벌컥 들이켰다. 정말 음미하면서 마시느라, 몇 분 동안 집 안에 오직 남편의 즐거움만 존재하는 듯했다. 그러더니 그는 아무렇지도 않게 집의 다른 변화들에 대해 물었다.

아침식사를 마친 뒤, 우리는 현관 앞에 앉아서 쏟아지는 비와 정원에 생긴 물웅덩이를 감상했다. 거기에 앉아서 한동안 책을 읽다가 다시 집 안으로 들어와 사랑을 나눴다. 단조롭고 최면 상태처럼 느껴지는 성교였다. 나는 더 이상 남편이 온전하게 돌아왔다고 내 자신을 속일 수 없었다.

점심때쯤 나는 남편을 위해 2인조 보트 경주의 재방송을 찾아냈고, 시시한 대화를 더 나누었다. 남편은 자기 친구 몇몇에 대해 물었지만 나는 대답해 줄 말이 없었다. 남편이 떠난 이후 그들을 만난 적이 없었기 때문이다. 그들은 진짜로 내 친구였던 적이 없었다. 난 친구를 사귄 적이 없었고, 남편에게 물려받기만 했을 뿐이었다.

우리는 함께 보드 게임을 하려고 시도했고, 몇몇 유치한 농담에 웃음을 터뜨렸다. 그러다 그의 지식에 존재하는 기이한 공백이 명확하게 드러났다. 대화를 멈추자 침묵이 내려앉았다. 남편은 밀린 신문과 잡지를 읽고 텔레비전 뉴스를 시청했다. 혹은 그런 일들을 하는 척만 했을지도 모른다.

비가 그친 뒤, 소파에서 살짝 낮잠을 자다 일어나 보니 남편이 사라지고 없었다. 나는 패닉에 사로잡히지 않으려고 애쓰며 모든 방을 뒤졌지만 어디에서도 그를 찾지 못했다. 그러다 밖으로 나가서 결국 그를 발견했다. 남편은 몇 해 전에 구입한, 너무 커서 차고 안에 넣어 두지 못한 보트 앞에 서 있었다. 그는 이 6미터 길이의 배를 매우 사랑했다.

내가 다가가 두 팔로 감싸 안았을 때, 남편은 어리둥절하고 거의 멍청해 보이는 표정을 하고 있었다. 마치 그 보트가 자신에게 중요하다는 사실은 기억하지만 그 이유는 모르는 듯했다. 남편은 내 존재를 깨닫지 못한 채 점점 더 격렬하게 눈을 깜빡이며 보트를 응시했다. 나는 그가 뭔가 중요한 기억을 떠올리려 애쓰고 있다는 정도는 느낄 수 있었다. 다만 한참 뒤까지, 그게 바로 나에 대한 무언가일 거라는 사실을 깨닫지 못했을 뿐이다. 그가 그걸 기억해 낼 수만 있었다면, 그 순간 그 자리에서 내게 뭔가 중요한 말을 했으리라는 걸. 그래서 우리는 그저 그 자리에 서 있었고, 나는 내게 안긴 남편의 열기와 무게, 호흡을 느꼈지만 결코 그와 하나가 되지는 못했다.

잠시 후 나는 남편의 멍한 모습을 더 이상 참을 수 없어서 그를 다시 집 안으로 데리고 들어왔다. 그는 나를 뿌리치지도, 불평하지도 않았다. 어깨 너머로 보트를 한번 돌아보지도 않았다. 아마 그때 결정을 내렸던 것 같다. 그가 보트를 돌아봤다면, 혹은 아주 잠깐이라도 내게 저항했다면, 결과는 달라졌을지도 모른다.

남편이 저녁식사를 마쳤을 때쯤, 기관 사람들이 아무런 표식도 없는 자동차와 커다란 밴을 끌고 그를 데리러 왔다. 그들은 거칠게 난입하거나 소리를 지르지도, 수갑이나 무기를 겉으로 보이게 꺼내지도 않았다. 그들은 남편에게 아주 정중한 태도를 취했다. 어쩌면 두려움, 폭발하지 않고 있는 폭탄을 다룰 때 보여 줄 법한 신중한 두려움에 가까웠을지도 모른다. 남편은 불평 없이 따라갔고, 나는 그들이 그를 내 집에서 데려가도록 내버려 뒀다.

그들을 막을 수 없었고, 그러고 싶지도 않았다. 내가 그와 함께 있던 몇 시간은 그야말로 패닉의 연속이었다. 시간이 지날수록 점점 더, 그게 무엇이든 X구역에서 일어난 일이 그를 껍데기만 남아서 움직이는 인형으로 만들었다고 확신하게 되었다. 그는 내가 결코 알았던 적이 없는 누군가였다. 그가 내게 보여 준 말과 행동은 내가 가지고 있던 남편에 대한 기억을 계속해서 훼손시켰다. 그리고 그동안 일어났던 모든 일에도 불구하고, 내게 남편의 기억은 지키고 싶은 소중한 것이었다. 그래서 남편이 비상사태를 대비해 남겼던 번호로 전화를 걸었다. 난 그를 어떻게 해야 할지 알 수 없었고, 한시도 더 함께 있고 싶지 않았다. 그날 그들이 그를 데려가는 모습을 보며 느꼈던 내 감정은 대부분 안도감이었지, 배신으로 인한 죄책감이 아니었다. 달리 내가 어떻게 할 수 있었겠는가?

지난번에 말한 대로, 나는 그때부터 마지막까지 관찰 시설에 있는 그를 방문했다. 내게 공개되지 않은 기록이 더 있는 게 아니라면, 그는 영상으로 기록된 최면 상태의 취조에서조차 새로운 할 말이 없었다. 나는 반복되는 그의 말에서 주로 슬픔을 느꼈다.

"나는 경계에서 베이스캠프로 향하는 길을 계속 걷고 있었습니다. 시간이 오래 걸렸고, 돌아오는 길은 더 오래 걸릴 거라는 사실을 알고 있었죠. 누구도 나와 함께 하지 않았습니다. 난 줄곧 혼자였어요. 나무는 나무가 아니고, 새는 새가 아니었습니다. 나는 내가 아니라, 그저 아주 오래 혼자 걷는 무언가일 뿐이었습니다……"

내가 돌아온 남편으로부터 발견한 유일한 것은 깊고 끝나지 않는 고독이었다. 그는 마치 어떻게 다뤄야 할지 모르는 선물을 받은 듯했다. 그에게는 독이라서, 마침내 그를 죽이고 말 고독이라는 선물을. 하지만 그 고독이 나도 죽이고 만 걸까? 남편을 찾아가서 눈을 들여다보며 그 안에 담긴 생각을 짐작해 보려다가 실패할 때마다 그런 질문이 머릿속으로 기어 들어왔다.

나는 연구실 안에서 점점 더 지루해지는 작업을 반복하는 동안, 계속 X구역에 대해 생각했다. 직접 가 보기 전에는 X구역이 어떤 곳인지 결코 알 수 없으리라는 생각이 들었다. 아무도 내게 진실을 이야기해 줄 수 없었고, 어떤 가능한 설명도 대안이 되지 못했다. 그래서 남편이 죽고 몇 달 뒤 탐사대에 자원했다. 전 탐사대원의 미망인이 지원한 적은 한 번도 없었다. 난 기관이 부분적으로는 그런 관계가 어떤 차이를 만들어 내는지 보기 위해, 일종의 실험으로써 날 받아들였다고 생각한다. 하지만 거꾸로 생각하면, 그들은 처음부터 내가 지원하리라 기대했을지도 모른다.

아침이 되자, 비가 그쳐 하늘은 파랗게 개어 있었고 구름도 거의 없었다. 오직 텐트 지붕 위에 흩어진 솔잎들과 여기저기 생겨난 더러운 웅덩이, 그리고 부러져 땅에 떨어진 나뭇가지들만이 간밤의 폭풍을 말해 주고 있었다. 내 감각을 감염시킨 빛이 가슴 안쪽으로 퍼져 나갔다. 나는 이 느낌을 다른 어떤 방식으로도 설명할 수 없었다. 나의 내면에 **빛**이 있었다. 그 빛은 기이한 활력과 기대감을 일으켜, 부족한 잠으로 인한 피로를 강하게 몰아냈다. 이것도 변화의 일부인가? 그럴지도 아닐지도 모르지만, 어차피 난 내게 벌어지고 있는 일과 싸울 방법이 없었다.

탑과 등대 중 어느 곳으로 향해야 할지 고민했다. 빛의 어떤 부분은 내가 어둠 속으로 다시 한 번 들어가기를 원했고, 그 논리는 용기 혹은 용기의 결여와 관련되어 있었다. 어떤 생각이나 계획도 없이 다시 탑 속으로 뛰어드는 행동은 신념의 결과일 수도, 순전히 무모한 짓일 수도 있었다. 하지만 이제 나는 지난밤에 **누군가**가 등대에 있었다는 사실을 알았다. 만약 심리학자가 등대를 피난처로 삼았다면, 그리고 내가 그녀를 찾아낼 수 있다면, 탑을 더 탐사하기 전에 필요한 정보를 얻을 수 있을지도 몰랐다. 이 점은 지난밤보다 점점 더 중요하게 여겨졌다. 탑이 대변하는 수수께끼가 열 배는 더 늘어났기 때문이었다. 그래서 측량사에게 이야기를 할 때쯤 나는 등대에 가기로 마음을 정하고 있었다.

아침은 새로운 시작의 향기와 느낌을 풍겼지만, 실제로 그런 날이 될 리는 없었다. 탑에 돌아가기를 원하지 않는다면 측량사는 당연히 등대에 가는 일에도 관심이 없을 터였다.

"심리학자가 거기에 있는지 확인하고 싶지 않아?"

측량사는 내가 멍청한 소리를 한다는 듯 쳐다봤다.

"사방으로 시야가 탁 트인 높은 위치에 있을 텐데? 그것도 상부에서 우리한테 무기 상자가 있을 거라고 알려 준 장소에? 난 여기에 남겠어. 네가 영리하다면 나와 같은 선택을 할 거야. 아니면 네가 머리에 난 총알구멍을 좋아하지 않는다는 사실을 몸소 '확인할' 수도 있겠지. 게다가 심리학자가 꼭 거기에 있다는 보장도 없어."

측량사의 완고함이 나를 괴롭게 했다. 난 순수하게 실제적인 이유에서 그녀와 헤어지고 싶지 않았다. 지난 탐사대가 무기를 등대에 보관했다는 이야기를 들은 것은 정말이었다. 그리고 내가 없으면 측량사가 혼자 돌아가려고 시도할 가능성이 높았다.

"등대냐 아니면 탑이냐의 문제야." 나는 주제를 회피하려 시도하며 그렇게 말했다. "그리고 탑으로 다시 돌아가기 전에 심리학자부터 찾는 게 좋을 거야. 그 사람은 그게 뭐든 인류학자를 죽인 놈을 봤어. 우리에게 말한 것보다 더 많이 알고 있다고."

입 밖에 내지 않은 생각: 만약 하루나 이틀이 지나면, 탑에 살고 있는 존재가 사라지거나 우리보다 너무 앞서 나가서 결코 따라잡지 못할 터였다. 하지만 그러자 끝도 없이 펼쳐진 무한한 층이 땅 아래로 계속 이어지는 끔찍한 장면이 내 머릿속에 떠올랐다.

측량사가 팔짱을 꼈다.

"너 정말 이해를 못 하는구나, 그렇지? 이 임무는 끝났어."

측량사는 겁을 먹은 걸까? 아니면 단지 내 말에 동의할 만큼 충분히 나와 같지 않은 걸까? 이유가 뭐든 그녀의 반대는 나를 화나게 했다. 그녀의 얼굴에 떠오른 우쭐한 표정도 마찬가지였다.

그 순간, 나는 지금까지도 후회하고 있는 행동을 했다.

"지금 당장 탑으로 돌아가는 **대가를 위해 위험을 무릅쓸 필요는** 없어."

나는 심리학자의 최면 신호 중 하나를 똑같이 흉내 냈다. 측량사의 얼굴에 일시적인 혼란이 스쳐 지나갔다. 혼란이 끝났을 때 남은 표정은 내가 무슨 짓을 하려고 했는지 그녀가 이해하고 있다는 사실을 말해 줬다. 심지어 놀란 표정조차 아니었다. 그보다는 그녀의 머릿속에 천천히 형성되어 가다가 이제 확실히 자리 잡은 나에 대한 인상에 가까웠다. 또한 이제 나는 심리학자가 직접 말할 때에만 최면 신호가 효과를 발휘한다는 사실을 배웠다.

"넌 네 목적을 달성하기 위해 무슨 짓이든 하겠군, 그렇지?"

측량사가 그렇게 말했다. 그녀는 돌격소총을 들고 있었다. 내가 진정으로 가진 무기는 무엇일까? 나는 내 자신에게, 인류학자의 죽음을 헛되게 만들지 않기 위해 그런 행동을 했다고 말하고 있었다.

내가 대답하지 않자, 측량사는 한숨을 쉬더니 지친 목소리로 말했다.

"있잖아, 나는 저 쓸모없는 사진들을 현상하면서 마침내 깨달았어. 뭐가 날 가장 거슬리게 하는지. 그건 저 빌어먹을 동굴도 네가 처신하는 방식도 혹은 심리학자가 한 그 어떤 짓도 아니야. 바로 내가 들고 있는 이 총이야. 이 빌어먹을 총. 이 총을 청소하려고 분해했다가, 이게 30년도 더 전에 만들어진 부품들을 대충 꿰어 맞춘 물건이라는 걸 알게 됐지. 우리가 여기 가져온 그 무엇도 현재의 것이 아니야. 옷이나 신발조차 전부 오래된 고물이야. 복원한 쓰레기라고. 우리는 내내 과거에 살고 있어. 일종의 **재연**을 하는 거지. 대체 왜?" 그녀가 조롱하듯 말했다. "우린 그 이유조차 몰라."

지금껏 그녀가 내게 한 가장 긴 이야기였다. 나는 이 정보가 우리가 여태까지 한 발견 중 가장 놀랍지도 않은 축에 속한다고 말하고 싶었지만 그러지 않았다. 이제는 꼭 필요한 말만 해야 할 때였다.

"내가 돌아올 때까지 여기서 기다려 주겠어?"

해야만 하는 질문이었다. 그리고 나는 측량사의 대답이 나올 때까지 걸린 시간도, 대답하는 말투도 마음에 들지 않았다.

"뭐든 분부대로 하지."

"책임질 수 없는 말은 하지 마."

내가 말했다. 나는 오래전부터 약속을 믿지 않았다. 생물학적 본능도 환경적인 영향도 믿지만, 약속은 믿지 않았다.

"꺼져 버려." 측량사가 말했다.

그래서 우리는 그렇게 헤어졌다. 내가 어젯밤에 본 빛의 근원을 찾기 위해 길을 떠나는 동안, 측량사는 총을 든 채 반쯤 부서진 의자에 등을 기대고 앉아 있었다. 나는 물과 식량이 가득 담긴 배낭과 총두 자루, 표본 채집용 장비, 그리고 현미경 하나를 지참했다. 이유는 모르겠지만 나는 현미경을 가지고 있는 편이 더 안전하게 느껴졌다.

비록 내가 측량사를 함께 데려가기 위해 애쓰긴 했지만, 내 안의 일부는 혼자 탐사할 기회가 생겼다는 사실을 환영하고 있었다. 다른 누군가에게 의지하거나, 다른 누군가를 걱정할 필요도 없이.

길이 꺾이기 전에 한두 번 뒤를 돌아봤다. 측량사는 여전히 같은 자리에 앉아서, 마치 바로 며칠 전까지 나였던 존재의 뒤틀린 잔영을 바라보듯 나를 응시하고 있었다.

03: 제물

검은 강 위에 떠 있는 것처럼 보이는 소나무와 사이프러스 나무들, 그리고 온 천지를 뒤덮고 있는 회색 이끼 사이를 혼자 조용히 걸어서 지나가는 동안 어떤 기이한 느낌이 나를 사로잡았다. 마치 그 풍경 속 어디선가 표현력이 풍부하고 강렬한 아리아가 연주되고 있는 듯했다. 눈에 보이는 모든 대상이 감정으로 충만했고, 나는 더 이상 생물학자가 아니라 끊임없이 해안을 향해 달리지만 결코 닿지는 못하는 파도의 물마루가 된 기분이었다. 나는 새로운 시각으로 습지가 소금 평원으로 미묘하게 변해 가는 과정을 감상했다. 길이 솟아오른 둔덕으로 이어지며, 오른쪽에는 조류로 뒤덮인 호수들이 그리고 왼쪽에는 기다란 수로가 나타났다. 수로의 갈대숲 사이로 미로처럼 구불구불한 물길들이 나 있었고, 그 사이 드문드문 뒤틀린 나무들이 한 그루씩 어울리지 않는 모습으로 자리 잡고 있었다. 황금색으로 빛나는 갈대숲과 그 사이사이 솟아오른 검고 구부정한 나무들은 선명한 대비를 이루었다. 그리고 이 풍경 위로 쏟아지는 신기할 정도로 눈부신 햇빛과 고요함, 그리고 **기다림**의 감각이 나를 일종의 황홀경에 반쯤 빠뜨렸다.

풍경 너머로 등대가 보였다. 그 사이에 지도에서 본 폐허가 된 마을들이 있을 터였다. 내 앞으로 펼쳐진 길에는 여기저기 간밤의 폭풍 때문에 날아온 커다랗고 하얀 유목들이 흩어져 있었다. 길가의 긴 풀숲에는 붉은 메뚜기들과, 녀석들로 만찬을 벌이는 개구리들이 살았다. 거대한 파충류가 일광욕을 즐기고 나서 다시 물속으로 미끄러져 들어간 자리에는 풀이 납작하게 누워 있었다. 머리 위로 맹금들이 너무 일정해서 기하학적 패턴처럼 보이는 원을 그리며 지상의 사냥감을 살폈다.

시간이 멈춘 듯한 그 풍경 속에서, 등대는 내가 아무리 걸어도 여전히 너무 먼 곳에 있는 것처럼 보였다. 하염없이 걷는 동안 탑과 우리의 탐사에 대해 생각했다. 나는 내가 책임을 방기하는 중이라고 느꼈다. 원래는 탑 안에서 찾아낸 요소들을 지구상의, 혹은 그 바깥에 속할지도 모르는 생물학적 개체의 일부로 여겨야 했다. 하지만 그 생각에 담긴 심각성은 마치 눈사태가 내 안으로 쏟아져 들어오듯 내 기분을 망쳐 버릴 터였다.

그래서…… 내가 무엇을 알고 있나? 어떤 구체적인 세부 사항들이 있을까? 어떤…… 유기체가…… 탑의 안쪽 벽을 따라 살아 있는 글자를 적고 있었다. 어쩌면 아주 오랜 세월 동안 그 일을 해 왔을지도 모른다. 글자 안에서 완전한 하나의 생태계가 생겨나서 번성하다가 서서히 흐려지며 죽어 갔다. 하지만 이는 단지 적합한 조건, 즉 독자적으로 생존 가능한 서식 환경에 따른 부수적인 효과에 불과했다. 그런 사실들은 오직 그 글자 안에 사는 것들의 생태가 내게 탑에 대한 뭔가를 말해 줄 수 있을 경우에만 의미를 가졌다. 예를 들어 내가 흡입한 포자들은 내게 **진실을 보는 눈**을 선사했다.

그 생각에 내가 갑자기 멈춰 서자, 바람이 주위의 갈대를 휩쓸며 넓고 흐릿한 파동을 만들었다. 심리학자가 내게 탑을 생물학적 개체가 아니라 물리적인 구조물로 보이도록 만드는 최면을 걸었고, 포자의 효과로 내게 그런 최면에 저항하는 능력이 생겼다고 가정했었다. 하지만 진실이 좀 더 복잡하다면? 어떤 식으로든 **탑 자체**가 일종의 방어적인 의태 효과를 일으켰고, 포자 때문에 내가 그 환상에 면역이 된 거라면?

이런 맥락에서 바라보자 몇 가지 의문이 생겼고, 그중 대부분에 대해서는 마땅한 답을 찾을 수가 없었다. 벽에 글자를 쓰는 **기는 것**은 어떤 역할을 담당할까?(나는 글자를 만드는 존재에게 이름을 붙이는 일이 중요하다고 판단했다.) 그 글자를 물리적으로 '낭송'하는 목적은 무엇일까? 실제로 적혀 있는 내용에 의미가 있을까 아니면 그저 아무 문구라도 상관이 없을까? 그 문구들은 어디에서 나왔을까?

글자들과 탑-생명체는 어떤 상호 작용을 할까? 다른 방식으로 생각해 보자. 글자들은 기는 것과 탑 사이의 공생적인 의사소통 수단일까? 기는 것이 탑의 **사절**이거나, 원래는 탑으로부터 독립적으로 존재하다가 나중에 그 영향권 안에 들어왔을까? 하지만 탑 벽의 빌어먹을 표본 없이는 제대로 추측을 시작할 수조차 없었다.

나는 다시 글자에 집중했다. *죄인의 손에서 비롯한 목 조르는 과실이 놓인 곳에서……* 말벌이나 새처럼 둥지를 짓는 생물은 종종 어떤 핵심적이고 대체할 수 없는 재료를 사용하지만, 그러면서도 주위에서 쉽게 구할 수 있는 물질을 포함시켰다. 이는 글자의 외견상 무작위로 보이는 특성을 설명할 수 있는 열쇠일지도 몰랐다. 글자를 이루는 생물들은 그저 재료에 지나지 않을 수도 있었다. 그리고 어쩌면 그 때문에 상부가 첨단 기술이 활용된 도구를 가져가지 못하게 했을지도 모른다. 그게 무엇이든 X구역을 점령한 것들에 의해 알 수 없고 강력한 방식으로 사용될지도 모른다는 사실을 알고 있기 때문에.

습지의 매가 갈대숲으로 뛰어들었다가 발버둥치는 토끼를 낚아채고 다시 날아오르는 모습을 지켜보면서, 내 머릿속에 몇몇 가지 새로운 생각들이 폭발했다. 글자들을 이루는 선과 그 물리적인 특성은 분명히 탑이나 기는 것, 혹은 그 둘 다에게 필수적인 요소였다. 나는 수도 없이 많은 글자들의 희미한 흔적을 통해, 기는 것의 작업이 생물학적으로 필수적인 행위라고 가정했다. 탑이나 기는 것의 번식에 필요한 일일지도 몰랐다. 아마 기는 것이 글자에 의존하는 쪽이고, 탑에게는 부수적인 이득을 줄 것이다. 혹은 그 반대일 수도 있었다. 어쩌면 그것이 **수정**의 과정이고, 탑의 왼쪽 벽 전체가 처음부터 끝까지 글자들을 이루는 선으로 채워질 때에 완료되기 때문에 글자들 자체는 중요하지 않을지도 몰랐다.

머릿속에 울리는 아리아가 계속되길 바랐지만, 여러 가지 가능성을 따져보는 동안 현실로 돌아올 수밖에 없었다. 갑자기 나는 이미 익숙한 풍경 속을 터덜터덜 걷고 있는 한 사람에 불과했다. 정보는 충분하지 않은 데 비해 변수가 너무 많았고, 나는 진실이 아닐지도 모르는 몇 가지 가정을 하고 있었다. 예를 들어, 기는 것도 탑도 **자유의지**라는 관점에서 지적인 존재는 아니라고 전제했다. 큰 범주에서 나의 생식 이론을 아직 적용할 수도 있겠지만 다른 가능성들도 있었다. 일례로 특정 문화나 사회에 통용되는 의식일 수도 있었다. 비록 사회적인 곤충들을 연구하면서 유사한 영역에 대한 통찰을 어느 정도 얻었지만, 그래도 나는 인류학자의 두뇌에 접속할 수 있다면 얼마나 좋을까 하고 갈망했다.

의식이 아니라면 의사소통의 목적일 가능성도 있었다. 내가 처음에 생각했던 것처럼 생물학적인 의미가 아니라, 지적인 측면에서 말이다. 벽의 글자가 탑에게 무엇을 전달할 수 있을까? 나는 기는 것이 탑 안에 살지 않는다고 가정했다. 그것은 바깥으로 나가서 글자를 모아야 했고, 이해해야 했다. 혹은 이해하지 못한다고 하더라도 탑으로 가져오기 위해 최소한 어떤 식으로든 **암기**할 필요가 있는데, 이는 흡수의 한 형태였다. 탑의 벽에 쓰인 일련의 문장들은 탑이 분석할 수 있도록 기는 것이 가져다준 **증거**일 수도 있었다.

엄청나게 큰 대상의 아주 작은 부분에 집중한다고 해도, 생각의 범위에는 한계가 있었다. 여전히 내 뒤에서 박차고 일어서려 드는 거대한 그림자가 느껴졌고, 상상 속에서 레비아탄의 **크기**를 깨달을 때마다 공포심 때문에 생각의 길을 잃어버렸다. 내가 알아낸 전부를 글로 정리할 수 있을 때까지, 그리고 그렇게 적어 놓은 내용을 보고 진정한 의미를 추리할 수 있을 때까지는 너무 깊이 생각하지 않기로 했다. 그리고 이제 마침내 등대가 지평선 위로 커다랗게 다가오고 있었다. 나는 무거운 마음으로 측량사가 적어도 한 가지 점에서는 옳았다는 사실을 깨달았다. 누구든 등대 안에 있는 사람은 내가 다가가는 모습을 멀리서부터 훤히 볼 수 있을 터였다. 그러자 포자의 다른 효과인 내 안의 빛이 내가 걷는 동안 영향을 미치기 시작했다. 등대까지 남은 거리의 절반 정도를 걸어 폐허가 된 마을에 도착했을 때쯤에는 마라톤이라도 할 수 있을 듯한 기분이 들었다. 하지만 나는 그 느낌을 믿지 않았다. 내가 너무나 다양한 방식으로 속고 있다고 느꼈다.

열한 번째 탐사대 대원들의 기이한 차분함을 영상으로 목격했기 때문에 나는 훈련을 받는 동안 종종 첫 번째 탐사대가 작성한 점잖은 보고서를 떠올리곤 했다. X구역은 30년 전 경계를 만들고 수많은 불가해한 사고를 일으켰던 수수께끼의 사건 이전에는 그저 군사 기지에 인접한 황야의 일부였다. 그 땅이 야생동물 보호 구역으로 지정된 후에도 여전히 사람들이 거주했다. 그들은 대부분 과묵한 어부의 후예들이었다. 그래서 그들의 모습이 점점 사라져 가는 건 어느 정도 수 세기 동안 계속되어 왔던 일이 단순하게 속도를 더한 것처럼 보였다.

X구역은 나타나자마자 큰 혼란을 일으켰고, 바깥세상에서는 아직 그 존재를 아는 이들조차 많지 않았다. 정부는 거기서 일어난 사건들이 군사적 실험에서 비롯한 환경 재앙이라고 발표했다. 그리고 그렇게 꾸며 낸 이야기가 여러 달에 걸쳐 대중에게 전달되었다. 사람들은 마치 동화 속에 나오는 뜨거운 냄비 속의 개구리처럼, 그런 뉴스를 점점 심해지는 생태계 파괴에 대해 언론들이 늘 떨어 대는 호들갑으로 받아들이게 되었다. 한두 해가 채 지나지 않아서 X구역은 음모 이론이나 여타 비주류 문화의 일부로 여겨졌다. 내가 탐사대에 지원해서 진실에 접근할 수 있는 보안 허가를 받았던 시점에는, 많은 사람들이 'X구역'이라는 이름을 마치 어두운 동화처럼 너무 깊거나 자세히 알고 싶지 않은 화제로 여겼다. 그에 대해 아예 모르는 사람들도 많았다. 세상에는 다른 문제들도 넘쳐났다.

훈련을 받는 동안 우리는 사건 발생 2년 후 과학자들이 경계를 통과하는 방법을 알아낸 다음에 첫 번째 탐사대가 X구역으로 들어갔다고 들었다. 그들은 베이스캠프를 설치하고 X구역의 대략적인 지도를 작성했으며, 지금까지 사용되는 이정표들 중 상당수를 결정했다. 그들은 어떠한 인간 삶의 흔적도 없는 원시적인 야생을 탐험했다. 거기에는 초자연적인 고요함이라고밖에 표현할 수 없는 무언가가 존재했다.

"내가 그 어느 때보다 자유로우면서, 동시에 그 어느 때보다 얽매여 있는 듯한 느낌을 받았습니다." 첫 번째 탐사대의 대원 하나는 돌아와서 그렇게 말했다. **"내가 감시당하고 있다는 사실만 신경 쓰지 않는다면** 무엇이든 할 수 있을 것 같은 기분이었죠."

다른 대원들은 행복감과 극도의 성적 욕망에 대해 언급했지만, 마땅히 설명할 말을 찾지 못했고 상부에서도 대수롭지 않게 여겼다.

그들의 보고에서 이례적인 점들은 잘 보이지 않는 구석에 숨어 있었다. 예를 들어 우리는 첫 번째 탐사대의 보고서를 한 번도 본 적이 없었다. 대신에 긴 시간 동안 녹화된 그들의 면담 영상을 시청했을 뿐이다. 어쩌면 그들의 직접적인 경험을 숨기려는 의도일지도 모른다는 생각이 들기도 했지만, 그때 당시에는 나 자신의 편집증적인 망상으로 치부하고 넘어갔다.

첫 번째 탐사대 대원 중 몇몇이 묘사한 버려진 마을은 모순적인 이야기로 들렸다. 그들이 말한 뒤틀리고 파괴된 정도는 몇 년보다 훨씬 더 오래전에 버려진 장소에나 어울릴 법했기 때문이다. 하지만 만약 누군가 나보다 더 먼저 이런 모순을 발견했다면, 버려진 마을에 대한 모든 관측 결과가 기록에서 삭제되었을 터였다.

이제 나는 나와 다른 대원들이 그런 기록에 접근할 수 있었던 이유가, 어떤 종류의 기밀 정보에 대해서는 우리가 알건 모르건 달라질 바가 없다는 단순한 사실 때문이라고 확신했다. 그 사실에서 이끌어 낼 수 있는 논리적인 결론은 단 한 가지였다. 기관에서는 경험을 통해, 우리 중 살아서 돌아올 사람이 설사 있더라도 많지는 않을 거라는 점을 알고 있었다.

버려진 마을은 해안의 풍경 속에 자연스럽게 어우러져 있어서 그 안에 들어서기 전까지 존재를 알아차리지 못했다. 지반 침하로 인해 무너진 길을 따라 내려가자, 곱사등이 나무들 사이에 가려진 마을이 나타났다. 열두 채 혹은 열세 채의 집 중 일부에만 지붕이 남아 있었고, 마을을 가로지르는 도로는 자갈 더미로 변해 버린 뒤였다. 더러 외벽이 멀쩡한 경우도 있었지만 대부분 허물어져 집 안이 들여다보일 지경이었다. 의자와 식탁의 잔해, 어린아이의 장난감, 썩은 옷가지, 이끼로 뒤덮인 채 바닥에 내려앉은 서까래. 코를 찌르는 화학 물질 냄새는 근처에서 하나 이상의 죽은 동물이 생물학적 분해 과정을 거치고 있다는 사실을 암시했다. 몇몇 집들은 시간이 지나면서 마을

왼쪽을 따라 흐르는 수로 속으로 무너져 들어갔다. 그런 집들의 남아 있는 골조는 마치 물에서 빠져 나오려고 발버둥치는 생물처럼 보였다. 이 전부가 한 세기도 전에 벌어진 무언가의 흔적 같았고, 남아 있는 존재는 그 사건의 모호한 기억에 불과한 것처럼 보였다.

하지만 어떤 집의 부엌 혹은 거실이나 침실이었던 공간에서, 나는 120~150센티미터 높이로 솟아오른 이끼와 지의류의 기이한 분출 현상을 발견했다. 마치 머리와 동체와 팔다리 모양으로 자라난 식물 덩어리 같은 모습이었다. 마치 뭔가가 너무 무거운 나머지 아래로 흘러내린 듯, 이 분출들의 발치에 쌓여 있었다. 혹은 단지 내 상상의 산물에 불과할지도 몰랐다.

그리고 다음 순간 나는 내가 보고 있는 장면 때문에 커다란 충격을 받았다. 그런 분출들이, 하나는 '선' 채로 그리고 나머지는 한때 커피 테이블과 소파가 놓인 거실이었을 장소에 흩어져 '앉은' 채로, 지금은 부서진 돌가루만 남아 있지만 원래 벽난로가 위치했을 방향을 바라보고 있었다. 흙먼지 냄새 사이로 뜻밖의 라임과 민트 향기가 피어올랐다.

이 장면이 무엇을 의미하는지, 혹은 과거의 어떤 사건을 나타내는지 생각하고 싶지 않았다. 주위는 비록 고요했지만 어떤 평온한 분위기도 느껴지지 않았고, 오직 뭔가 풀리지 않는 수수께끼나 여전히 진행 중인 사건의 분위기가 감돌 뿐이었다. 마을에서 벗어나고 싶었지만 우선 표본을 채취해야 했다. 내가 발견한 장면을 기록할 필요가 있었고, 전례로 볼 때 사진으로는 충분하지 않을 것 같았다. 나는 분출 하나의 '이마'로부터 이끼 한 조각을 잘라 냈다. 집 안의 나무 조각을 떼어 내고, 심지어 동그랗게 몸을 말고 죽어 있는 여우와 불과 하루 이틀 전까지 살아 있었음이 분명한 쥐 시체에서 살점을 긁어냈다.

내가 막 마을을 벗어났을 때, 수로를 따라 두 개의 선이 물을 가르며 내 쪽으로 다가왔다. 나는 놀라서 쌍안경을 들었지만 햇빛을 반사해 불투명한 수면 때문에 제대로 볼 수가 없었다. 수달? 물고기? 아니면 뭔가 다른 것일까? 나는 총을 꺼냈다.

그리고 돌고래들이 솟아올랐다. 처음 탑 아래로 내려갈 때처럼 혼란이 밀려왔다. 나는 돌고래들이 때때로 강을 거슬러 올라와 민물에 적응하기도 한다는 사실을 알았다. 하지만 어떤 범위 안의 가능성을 예상하고 있을 때에는, 그 밖의 모든 설명이 놀라울 수 있었다. 돌고래들이 내 곁을 지나갈 때, 가까운 쪽에 있는 녀석이 살짝 몸을 옆으로 뒤집었다. 아주 짧은 순간이지만 돌고래의 눈처럼 보이지 않는 눈이 나와 마주쳤다. 고통스러울 정도로 인간적이고 친숙한 눈빛이었다. 하지만 그 순간은 금세 지나갔고, 녀석들은 다시 수면 아래로 모습을 감췄다. 나는 내가 방금 목격한 장면을 뭐라 설명할 수 없었다. 그저 그 자리에 서서 두 개의 선들이 멀어져 가는 모습을 지켜볼 뿐이었다. 나는 내 주위를 둘러싼 자연적인 풍경이 일종의 위장에 불과하다는 불편한 느낌을 받았다.

나는 살짝 몸을 떨면서 등대를 향해 계속 나아갔다. 이제 등대는 더 크고 육중한 모습을 드러냈고, 꼭대기의 붉은 등과 검고 하얀 줄무늬 때문에 권위적인 느낌마저 들었다. 목적지에 도착하기 전까지는 더 이상 나를 가려 줄 엄폐물이 없었다. 등대 위에서 누군가 혹은 무언가가 지켜보고 있다면, 나는 주위 풍경에 어울리지 않는 낯선 무언가로, 어쩌면 심지어 위협적인 대상으로 보일 터였다.

정오 무렵이 되어서야 등대에 도착했다. 여기까지 오는 동안 주의 깊게 물을 마시고 간식도 먹었지만, 잠을 설친 피로가 뒤늦게 밀려와 매우 지친 상태였다. 어쩌면 등대에 도착하기 전 마지막 270미터 정도를 너무 긴장한 상태로 이동했기 때문인지도 몰랐다. 측량사의 경고를 기억하고 총을 꺼내 들었지만 고성능 라이플을 상대로는 별 소용이 없을 터였다. 나는 흑백 소용돌이 무늬의 표면으로 된 등대 중간쯤에 있는 작은 창문을 주시하다가 꼭대기 쪽의 탁 트인 커다란 창으로 시선을 옮기며 어떠한 움직임이 없는지 살폈다.

등대는 해변에 늘어선 모래 언덕들 바로 앞쪽에 바다를 바라보며 자리 잡고 있었다. 가까이서 보자 요새로 개조된 흔적이 역력했는데, 훈련 중 받았던 교육에는 빠져 있는 내용이었다. 하지만 나로서는 한참 전부터 가지고 있었던 심증을 굳힐 뿐이었다. 등대로부터 400미터 반경 안에는 수풀이 무성한데도 불구하고 제대로 서 있는 나무가 한 그루도 없었다. 오래전에 베이고 남은 그루터기들만 눈에

띨 뿐이었다. 200미터 거리에 접근했을 때, 나는 쌍안경으로 등대의 육지 쪽 방면에 솟아오른 3미터 높이의 방어벽을 확인할 수 있었다. 분명히 처음 등대를 지을 때부터 그 자리에 있던 구조물은 아니었다.

바다 방면의 불규칙한 모래 언덕 위에 지어진 또 하나의 벽은 심지어 더 견고해 보이는 방어 시설이었다. 벽의 윗부분은 깨진 유리 조각으로 보강되어 있었고, 가까이 다가가자 라이플을 발사할 수 있는 총안까지 보였다. 금방이라도 해변을 향해 있는 아래쪽 비탈로 무너져 내릴 듯 위태로워 보이면서도, 아직까지 용케 버티고 선 걸 보면 처음에 벽을 만든 이들이 기초를 아주 깊게 파 놓은 모양이었다. 과거 등대의 수비군이 바다를 상대로 전쟁이라도 벌인 듯한 인상이었다. 나는 이 방어벽이 마음에 들지 않았다. 아주 구체적인 어떤 광기의 증거처럼 느껴졌기 때문이다.

방어벽을 건설한 자들은 또한 등대 꼭대기에서 라펠을 타고 아래로 내려오며 부서진 유리 조각을 접착제로 붙이는 수고를 아끼지 않았다. 등대 표면을 뒤덮고 있는 날카로운 유리 조각들은 신호등 바로 아래 부분까지 이어졌다. 그리고 족히 60~90센티미터는 될 법한 꼭대기 층의 난간도 녹슨 철조망으로 보강되어 있었다.

누군가 남들이 등대에 들어오지 못하게 하려고 온갖 노력을 기울였던 것이 분명했다. 나는 기는 것과 벽의 글자를 떠올렸다. 어쨌든 여러 가지 거슬리는 점에도 불구하고 방벽 아래의 서늘하고 축축한 그림자 속으로 숨어들 수 있어서 기뻤다. 이 각도에서는 누가 등대 꼭대기 혹은 중간 부분의 창에서 총을 겨눈다 해도 나를 쏠 수 없을 터였다. 말하자면 첫 번째 관문을 통과한 셈이다. 심리학자가 등대 안에 있을지는 모르지만, 최소한 지금 당장은 나를 공격하지 않았다.

육지 쪽 방어벽은 오랜 시간 방치된 탓에 수리가 불가능할 정도로 손상된 상태였다. 불규칙한 형태로 무너진 담장 너머로 등대의 정문이 보였다. 문은 안쪽으로 부서진 채, 초라한 나무 조각들만 경첩에 매달려 있었다. 보라색 꽃이 핀 덩굴이 등대 벽을 완전히 잠식하고 정문의 남아 있는 왼쪽 부분을 감싸고 있었다. 여기서 어떤 폭력적인 사건이 있었든 오래전 일이라는 뜻이어서 오히려 안심할 수 있었다.

그럼에도 불구하고 문 너머에 존재하는 어둠을 보자 신경이 곤두섰다. 훈련 당시 봤던 평면도를 통해 등대의 지상층이 아주 복잡한 구조로 이루어져 있으며, 누군가 몸을 숨기고 있을 만한 장소가 아주 많다는 사실을 익히 알았다.

돌멩이를 하나 집어 들고 부서진 문 안쪽을 향해 던졌다. 돌멩이는 소리를 내며 바닥을 구르다 시야에서 사라졌다. 내 숨소리를 제외한 다른 어떤 소리를 듣거나 기척을 느끼지 못했다. 나는 여전히 총을 손에 든 채로, 할 수 있는 한 조용히 문 안으로 들어갔다. 그리고 어깨를 왼쪽 벽에 대고 움직이며 위로 올라가는 계단을 찾았다.

등대 1층의 바깥쪽 방들은 텅 빈 상태였다. 두꺼운 벽 때문에 바람 소리가 잦아들었고, 빛이 들어올 만한 구멍은 건너편 벽에 난 작은 창문뿐이었다. 손전등을 켜고 눈이 적응할 때까지 기다리는 동안, 황폐하고 고독한 감각이 점점 더 자라났다. 바깥쪽 벽을 뒤덮고 있던 보라색 꽃이 달린 넝쿨도 어둠 속까지 침범하지는 못했다. 실내에 의자는 한 개도 없었고, 바닥은 먼지와 잔해로 뒤덮인 채였다. 그 어떤 일상적인 물건들도 남아 있지 않았다. 넓게 열린 공간의 한가운데 부분에서 위로 올라가는 계단을 발견했다. 아무도 그 위에서 나를 내려다보고 있지는 않았지만, 나는 바로 조금 전까지 그 자리에 누군가 있었다는 느낌을 받았다. 나는 1층의 나머지 부분을 확인하지 않고 위로 올라갈까 생각도 했지만, 곧 그러지 않기로 결정했다. 군사 훈련을 받은 측량사라면 이곳을 먼저 확인하려 들 터였다. 설사 내가 위에 올라가 있는 동안 언제든지 정문으로 누군가 들어올 수 있다고 해도.

안쪽 방들은 바깥쪽과 전혀 달랐다. 내 상상력으로는 여기에서 벌어졌던 일을 대충밖에 재구성할 수 없었다. 견고한 떡갈나무 탁자가 옆으로 넘어진 채 엉성한 바리케이드를 이루고 있었다. 몇몇 탁자들은 총알 자국으로 뒤덮였고, 나머지는 반쯤 녹아내린 것처럼 보이거나 총격으로 산산조각 나 있었다. 벽과 바닥의 검은색 얼룩들이 이루 말할 수 없는 폭력을 증언했다. 모든 것들 위에 먼지가 내려앉은 채, 천천히 썩어 가는 듯한 냄새가 났다. 나는 이 모든 일이 벌어진 뒤에, 누군가 구석에 침대를 뒀던 흔적을 발견했다…… 하지만 대체 누가 이런 대학살이 일어난 장소에서 잘 수 있었던 걸까? 탁자 위에 누군가 새겨 놓은 글자가 눈에 띄었다. 'R.S.가 여기 있었다.' 다른 흔적들에 비해 최근의 것처럼 보이는 자국이었다. 엄청나게 뭉지각한 사람이라면, 전쟁 기념비에 낙서를 할 수도 있는 법이다. 하지만 이 서명에서는 공포를 몰아내기 위한 허세가 느껴졌다.

나는 점점 치밀어 오르는 욕지기를 애써 가라앉히며 계단 쪽으로 돌아갔다. 양팔로 균형을 잡기 위해 총을 집어넣고 있었지만, 내심 측량사의 돌격소총이 있다면 더 안전하다고 느꼈을 텐데 하는 생각을 했다.

계단을 오르려고 하니 탑을 내려갈 때와는 대조적으로 기이한 기분이 들었다. 회색 벽을 비추는 희미한 빛은 탑 안의 인광보다 훨씬 더 나았다. 하지만 그 벽에서 발견한 것들은 또 다른 방식으로 나를 불안하게 했다. 더 많은 핏자국들이 있었는데, 대부분 몇몇 사람들이 공격자를 피해 달아나려다 흘린 피로 보였다. 핏자국은 방울로 이어지다 넓게 퍼졌다.

이 벽에도 글자가 쓰여 있었다. 하지만 탑 안의 글과는 전혀 달랐다. 더 많은 낙서들, 작고 외설적인 그림들과 개개인의 성격이 드러나는 짧은 문구들. 무슨 일이 있었는지 알 수 있는 조금 더 긴 실마리들. '식량 네 상자, 의약품 세 상자, 그리고 5일 동안 마실 수 있는 물. 우리 모두가 자살하기에 충분한 양의 총알.' 내가 여기에 기록하고 싶지 않은, 죽음이 임박했다고 느꼈을 때 사람들이 적어 놓은 고백들. 많은 사람들이 많은 말을 남기고 싶어 했을 테지만 실제로 적힌 내용은 적었다.

계단 위쪽에서 물건들을 발견할 수 있었다. 버려진 신발…… 자동권총의 탄창…… 오래전에 부패해서 끈적해진 유리병 속의 시료들…… 벽에서 떨어진 십자가상…… 나무 부분이 썩어 부서지고 금속은 녹슬어 주황색으로 변한 클립보드……. 가장 최악은 귀 부분이 헐어 있는 토끼 인형이었다. 아마 탐사대가 몰래 가져온 행운의 상징일 터였다. 내가 아는 한 경계가 생긴 이래 X구역에 들어온 어린 아이는 없었으니까.

계단을 반쯤 올라가자 평평한 층계참이 나왔다. 내가 전날 밤 깜빡이는 빛을 봤던 지점이 분명했다. 주위는 조용했고, 위쪽에서는 어떤 소리도 들려오지 않았다. 양쪽으로 창문이 나 있어서 비교적 빛이 잘 들었다. 여기서부터 핏자국이 갑자기 끊겼지만, 벽을 따라 총알구멍들이 나 있었다. 누군가 바닥에 널브러져 있던 탄약 상자들을 한쪽으로 밀어 위쪽 계단으로 통하는 길을 만든 흔적이 보였다. 한쪽에 권총과 소총이 쌓여 있었는데, 몇몇은 고물이었고 몇몇은 군용이 아니었다. 누군가 최근에 사용한 적이 있는지 알기는 어려웠다. 측량사가 했던 말을 되새기다 보니 언젠가 나팔총이나 그와 비슷한 끔찍한 농담과 마주치게 될지 궁금해졌다.

그밖에는 먼지와 곰팡이뿐이었고, 해변과 갈대밭이 내려다보이는 작은 사각형 창문이 하나 있었다. 창문 반대편에는 빛바랜 사진이 들어 있는 부서진 액자가 못에 매달려 대롱거렸다. 더러운 유리는 금이 간 채였고 초록색 곰팡이로 반쯤 뒤덮여 있었다. 등대 앞에 선 두 남자와 어떤 여자아이를 찍은 흑백 사진이었다. 한 남자의 얼굴 주위로 동그라미가 그려져 있었다. 남자는 대략 쉰 살 정도였고 낚시 모자를 썼다. 근엄한 얼굴에 눈빛은 독수리처럼 날카로웠는데, 햇빛 때문인지 왼쪽 눈을 가늘게 뜨고 있었다. 무성한 수염으로 가려진 턱은 단단해 보였고, 미소를 짓지는 않았지만 그렇다고 찌푸린 표정도 아니었다. 나는 등대지기가 보통 어떤 모습을 하고 있는지 몰랐다. 하지만 그 얼굴에 드러난 어떤 특징, 어쩌면 단지 사진 위에 먼지가 쌓인 기이한 모양 때문인지 그 남자가 등대지기라는 생각이 들었다. 혹은 여기에서 너무 많은 시간을 보냈기 때문에, 내 두뇌가 간단한 질문에 어떤 대답이라도 애써 찾으려 드는지도 몰랐다.

사진 속의 세 사람 뒤로는 등대가 밝고 선명하게 보였고, 정문도 멀쩡했다. 내가 본 모습과는 전혀 달라서 나는 사진이 언제 찍혔는지 궁금했다. 사진과 모든 일의 시작 사이에 얼마나 시간적인 간격이 있었는지. 얼마나 오랫동안 등대지기가 근처 마을에 살며 자신의 일과와 업무를 수행하고, 동네 식당 혹은 선술집에 들렸을지. 그에게는 아마 아내가 있었을 것이다. 사진 속의 소녀는 아마 그의 딸일 터였다. 어쩌면 사교적인 남자였을 것이다. 어쩌면 외로웠는지도 모른다. 혹은 둘 다였을지도. 어쨌든 그 모든 것이 결국에는 중요하지 않게 되었다.

나는 시간을 건너 곰팡이가 핀 사진 속의 등대지기를 응시하며, 그가 마지막 순간에 어떻게 대응했을지 알아내려고 노력했다. 어쩌면 제때 등대를 떠났을지도 모르지만 아마 아닐 것이다. 어쩌면 등대 안의 어느 구석에서 썩어 갔을지도 모른다. 혹은 그가 위에서, 꼭대기 층에서 어떤 형태로든 나를 기다리고 있을지도 모른다고 생각하자 갑작스러운 오한이 찾아왔다. 액자에서 사진을 꺼내 주머니 속에 쑤셔 넣었다. 행운의 부적이라고 하기는 어려웠지만, 어쨌든 등대지기는 나와 함께할 것이다. 층계참을 떠나면서 나는 내가 등대지기의 사진을 챙긴 첫 번째 사람이 아니라는, 누군가 계속 액자 속에 사진을 채워 두는지도 모른다는 기이한 생각을 했다.

위로 올라가면서 나는 추가적인 폭력의 흔적들과 마주쳤지만, 더 이상 시체는 없었다. 꼭대기 층에 다가갈수록, 점점 더 누군가 최근에 여기 있었다는 느낌을 받았다. 곰팡이 대신에 땀 냄새 그리고 비누를 연상시키는 향기가 났다. 위로 갈수록 잔해가 드물었고, 벽도 깨끗했다. 꼭대기 층으로 이어지는 좁은 계단을 통과하기 위해 몸을 굽혔다. 나를 지켜보고 있던 누군가 모습을 드러내리라 확신했다.

그래서 다시 총을 뽑았지만 꼭대기 층에는 아무도 없었다. 그저 의자 몇 개와, 밑에 양탄자가 깔린 낡아 빠진 탁자뿐이었다. 놀랍게도 두꺼운 유리는 깨지지 않고 멀쩡한 채였다. 방 한가운데 불 꺼진 신호등이 자리 잡고 있었다. 여기서는 모든 방향으로 시야가 확보

됐다. 잠시 내가 걸어온 쪽을 바라봤다. 나를 여기로 이끌었던 길, 먼 곳에 보이는 마을의 그림자, 멀리 습지의 끝자락과 바닷바람에 시달린 관목들. 뒤틀린 나무와 덤불은 흙이 침식되지 않도록 막았고 뒤쪽의 모래 언덕과 바다귀리를 지키는 역할을 했다. 거기서부터 파도가 부서지는 해변까지는 완만한 경사를 이루고 있었다.

소나무 숲 너머 베이스캠프 쪽에서는 한 줄기 검은 연기가 피어올랐는데, 이유는 알 수 없었다. 그리고 탑이 있는 위치에서 뿌옇게 빛나는 인광이 보였다. 내가 그것을 볼 수 있을 뿐 아니라 일종의 친밀감을 느낀다는 사실이 나를 동요시켰다. 다른 누구도, 측량사나 심리학자도 그 불가해한 빛을 보지 못하리라.

나는 의자와 탁자에 주의를 돌리고 뭔가 단서를 찾기 위해 노력했다. 5분쯤 뒤, 나는 탁자 밑의 양탄자를 치울 생각을 해냈다. 그러자 그 아래 각 변이 120센티미터쯤 되는 비밀 문이 드러났다. 이음새 부분은 걸쇠로 잠겨 있었다. 나는 귀에 거슬리는 소리를 감수하고 탁자를 밀어서 치웠다. 그리고 누군가 아래쪽에 기다리고 있을 경우에 대비해서 재빨리 비밀 문을 열고 "내겐 총이 있다!" 같은 무의미한 말을 외치며, 한 손에는 무기를 들고 나머지 손으로 손전등을 비췄다.

들고 있던 총이 바닥에 떨어지는 소리가 들렸다. 손전등도 심하게 흔들렸지만 어떻게든 들고 있을 수 있었다. 나는 내 눈앞에 펼쳐진 광경을 믿을 수가 없어서 정신이 나갈 지경이었다. 문 아래 공간은 4.5미터 깊이에 9미터 정도 너비였다. 그 안에 심리학자가 있었던 것이 분명했다. 그녀의 배낭과 몇몇 무기들, 물병 그리고 커다란 손전등이 바닥에 놓여 있는 걸 보면. 하지만 정작 심리학자의 모습은 찾아볼 수 없었다.

내가 숨을 들이켜게 한 것, 배에 한 방 얻어맞은 기분으로 무릎을 꿇게 한 것은 그 공간을 온통 차지하고 있는 거대한 무더기였다. 수백 편의 보고서가 아무렇게나 쌓여 있었다. 우리가 X구역에 대해 기록하기 위해 가져온 보고서와 똑같았고, 각각 맨 앞장에는 작성자의 직업이 적혀 있었다. 보고서들은 모두 글자로 가득했다. 고작 열두 번에 걸친 탐사대가 작성했다고 볼 수 있는 양보다 훨씬, 훨씬 더 많았다.

당신은 그 순간이, 어둠 속에서 **그것을 본** 순간이 정말로 어땠는지 상상할 수 있을까? 어쩌면 그럴 수 있을지도 모른다. 어쩌면 지금 당신도 같은 장면을 보고 있을지도 모른다.

나는 대학을 졸업하고 세 번째로 맡았던 현장 조사를 위해 멀리 떨어진 서부 해안까지 가야 했다. 문명으로부터 극단적으로 멀리 떨어져 있는, 온대와 극지 기후 사이의 불안정한 지역이었다. 거대한 암반 성상의 주위를 원시적인 열대 우림이 둘러싸고 있었다. 언제나 축축했고 매년 강수량이 178센티미터 이상인 데다 나뭇잎에서 물방울이 떨어지지 않는 때가 매우 드물었다. 공기가 놀랍도록 깨끗했고 초목이 매우 조밀하여 어딜 보나 녹색이 풍부했으며, 모든 고사리의 소용돌이가 내게 평화를 주기 위해 설계된 것처럼 느껴졌다. 곰과 팬서, 엘크가 수많은 새들과 함께 숲속에 살았다. 중금속에 오염된 적 없는 하천의 물고기들은 몸집이 거대했다.

나는 인구가 300명 정도 되는 해변 마을의 언덕 꼭대기, 어부 가족이 5대째 살아온 집 옆의 오두막에 거처를 마련했다. 집주인은 아이가 없는 부부였는데 그 지역 사람답게 심각할 정도로 말수가 적었다. 나는 그곳에서 친구를 사귀지 않았고, 사실 원래 그 마을에 살던 사람들끼리도 친구 사이인지 확신하지 못했다. 모두가 자주 들르는 마을 술집에서 잔이 몇 순배 돌고 나면, 우정과 동지애의 신호를 볼 수 있기도 했다. 하지만 술집에는 폭력 또한 존재했기 때문에, 나는 대부분의 시간 동안 그 장소를 피했다. 미래의 남편을 만나기 네 해 전이었고, 나는 그 누구에게도 크게 바라는 바가 없었다.

대신에 나를 바쁘게 할 만한 일들이 아주 많았다. 나는 매일 지옥 같은 바람이 부는, 비가 오지 않을 때조차 울퉁불퉁하고 위험한 길을 운전해서 사람들이 그저 록 베이(Rock Bay)라고 부르는 장소로 향했다. 그곳에서는 거친 해변 너머로 여러 층의 화산암이 수백만 년 동안 침식을 거친 끝에 움푹 들어간 웅덩이를 이루었다. 아침에 조수가 낮을 때, 그런 웅덩이의 사진을 찍고 깊이를 측정하고 그 안에 사는 생물들의 목록을 만들었다. 가끔은 밀물 때까지 머물면서 고무장화를 신고 웅덩이 사이를 누볐다. 그럴 때면 바위 선반에 부딪혀 흩어지는 물보라가 온몸을 흠뻑 적셨다.

웅덩이 속에는 다른 어느 곳에서도 찾아볼 수 없는 홍합 종들이 살았다. 녀석들은 발견자의 이름을 따서 '가트너'라고 불리는 물고기와 공생 관계였다. 몇몇 종의 바다 달팽이와 말미잘, 그리고 마치 교황의 모자처럼 하얗게 빛나는 몸통 때문에 내가 '성(聖) 싸움꾼'이라고 별명을 붙인 작고 사나운 오징어도 있었다.

나는 몇 시간이고 조수 웅덩이에 숨어 있는 생물들을 관찰하며 보내곤 했다. 그리고 이따금씩 내게 그런 축복이 주어졌다는 사실을 경이로워했다. 그 순간 나 자신을 완전히 잊어버릴 수 있었고, 내가 그때까지 공부하고 일하는 동안 그토록 갈망했던 종류의 고독을 누릴 수 있었기에.

그러나 그때조차 차를 몰고 돌아올 때면 나는 그 같은 행복의 예견된 끝에 슬퍼했다. 결국엔 끝날 수밖에 없는 일이었다. 허락된 연구 기간은 2년에 불과했다. 사실 그보다 오랜 시간 동안 홍합에 대해서 신경 쓸 사람은 없었다. 내 연구 방법이 별나다는 평판 때문일지도 몰랐다. 연구 기간의 만료 시기가 점점 더 다가오고, 갱신될 가망이 없어지자 더 자주 그런 생각을 했다. 그리고 술집에서 시간을 보내기 시작했다. 아침에 일어나면 머리가 지끈거렸고, 때로는 낯이 익지만 잘 알지는 못하는 사람이 옆에 있기도 했다. 나는 이 기간 동안에 슬픔만큼 강하지는 않았지만 그래도 일종의 안도감을 느끼기도 했다. 어쨌든 나는 동네 주민들이 언제나 보면서도 여전히 외부인으로 여기는 그런 존재가 되지는 않을 수 있었기 때문이다. 아, 그 *늙은 생물학자. 줄곧 여기 머물면서 미친 듯이 홍합을 연구하고 있지. 혼잣말을 자주 하고, 바에 앉아서 투덜대곤 해. 그리고 좀 친절하게 대해 주기만 하면……*

나는 수백 권의 보고서를 보면서, 한참 동안 내가 결국 그 늙은 생물학자가 되어 버린 듯한 기분을 느꼈다. 그것이 바로 세상의 광기가 사람을 침식해 들어가는 방법이었다. 바깥에서부터 안쪽으로, 피할 수 없는 현실을 직시하도록 강요하면서.

현실은 다른 방향들로부터도 잠식해 들어왔다. 결혼하고 얼마 뒤부터, 남편은 나를 유령새라고 부르기 시작했다. 내가 자신의 삶에 충분히 관여하지 않는다는 점을 꼬집는 그만의 방식이었다. 남편은 거의 미소처럼 보이도록 입술 한쪽을 비틀며 그 말을 하곤 했지만, 나는 그의 눈에서 책망하는 기색을 알아볼 수 있었다. 남편은 친구들과 함께 어울리기를 즐겼다. 그리고 남편의 친구들과 함께 술집에 가면 나는 거의 취조실에 들어간 죄수처럼 굴곤 했다. 그들은 **내** 친구가 아니었고, 나는 원래부터 남들과 사소하건 심각하건 이야기를 나누는 편이 아니었다. 정치가 환경에 미치는 영향을 제외하면 정치에 관심이 없었고, 특별히 종교도 없었다. 내 모든 취미들은 일과 관련되어 있었다. 나는 일을 위해 살았고, 그런 집중이 주는 힘을 즐겼다. 내게 일이란 깊이 개인적인 부분이었다. 나는 내 연구에 대해 남들에게 말하기를 좋아하지 않았다. 화장을 하지도 않았고, 새 구두혹은 최신 음악에 대한 관심도 없었다. 남편의 친구들은 나를 무뚝뚝하다고, 혹은 그보다 더 나쁘게 여겼을 터였다. 아마 그들은 내가세련되지 못하다고 느꼈거나, 나를 두고 하는 말인지는 몰라도 언젠가 내가 엿들었던 대로 "이상할 정도로 교양이 없다."고 생각했을지도 모른다.

술집은 좋아했지만 남편과 같은 이유는 아니었다. 나는 늦은 밤느긋한 기분으로 **나돌아 다니면서**, 남들과 어울리는 것처럼 보이지만실제로는 고립된 상태로 어떤 문제나 정보에 정신을 파는 일이 즐거웠다. 하지만 남편은 나를 지나치게 걱정했다. 고독을 향한 열망으로 인해 나는 주로 남편이 병원에서 알게 된 친구들과 대화를 즐기지 못했다. 그저 남편이 문장 중간에 말끝을 흐리고 조금 떨어져서앉아 있는 내 쪽을 곁눈질하는 모습을 지켜보며 위스키를 홀짝이곤할 뿐이었다.

"유령새." 집에 돌아오면 그가 물었다. "오늘 즐거웠어?"

그러면 나는 미소를 짓고 고개를 끄덕였다.

하지만 내게 진정한 즐거움이란 조수 웅덩이를 엿보며 생물군의복잡성을 파악하는 것이었다. 생태계와 생물의 서식지, 살아 움직이는 것들의 연결성을 깨닫는 순간 느끼는 희열이 나를 움직이는 원동력이었다. 내게는 언제나 상호 작용보다 관찰이 더 큰 의미를 가졌다. 나는 남편도 그 점을 잘 안다고 생각했다. 하지만 한 번도 그에게 나 자신을 제대로 표현하지 못했다. 시도는 했고 그도 귀를 기울였지만 그럼에도 불구하고 말하자면 내 시도는 **오로지** 표현에 지나지 않았다. 나는 내 유일한 재능 혹은 장점이, 어떤 장소에서 느끼는 인상을 통해 쉽사리 그 일부가 되는 것이라고 믿었다. 심지어 술집조차 조잡하긴 하지만 일종의 생태계였다. 남편의 일행이 아닌 다른 누군가가 그 안에 있는 내 모습을 본다면 내가 사람들과 행복하게 잘 어울리는 모습을 볼 터였다.

남편이 내가 사람들과 동화되기를 바라면서도, **그 자신**은 돋보이고 싶어 했다는 점도 아이러니였다. 보고서 무더기를 보며 그런 생각이 문득 내 머리를 스쳐 갔다. 남편이 열한 번째 탐사대의 대원으로 어울리지 않는 이유가 바로 그 점이라고. 이 무더기에는 너무 많은 영혼들의 기록이 있기 때문에 남편의 보고서가 **도저히 돋보일 수 없었다.** 그래서 그는 결국 나와 다를 바 없는 상태로 전락한 것이다.

보고서 더미로 이루어진 조악한 묘비는 결국 나로 하여금 남편의 죽음을 다시 직면하게 했다. 그 안에서 남편의 보고서를 찾기가, 그가 돌아와서 했던 무미건조한 말들이 아니라 진정으로 남기고자 했던 기록에 대해 알기가 두려웠다.

"유령새, 당신은 날 사랑해?" 훈련을 받으러 떠나기 전에 한번은 어둠 속에서 남편이 내게 속삭였다. "유령새, 당신은 내가 필요해?"

나는 남편을 사랑했지만 그를 필요로 하지는 않았다. 그리고 그게 당연하다고 생각했다. 유령새는 맥락에 따라 어느 곳에서는 독수리, 어느 곳에서는 까마귀일 수도 있었다. 어느 날 아침 파란 하늘로 날아오른 참새가 다음 날에는 물수리로 변할 수도 있었다. 그게 이곳의 방식이었다. 조수와 계절의 변화, 그리고 내 주위의 모든 것들에 내재된 리듬과 하나가 되고자 하는 욕망을 지울 만큼 강력한 이유는 어디에도 없었다.

보고서와 다른 물건들은 대략 3.5미터 높이에 5미터 정도 너비로 쌓여 있었고, 바닥 부근의 종이들은 반쯤 썩어서 퇴비처럼 변한 상태였다. 딱정벌레, 좀벌레가 득실거렸고 까만 바퀴벌레들도 더듬이를 쉴 새 없이 움직이며 돌아다녔다. 빛바랜 사진들과 여남은 개의 망가진 카세트테이프들이 종이 사이로 빠져 나와 있었다. 쥐들의 흔적도 보였다. 뭔가 찾아내 보려고 뚜껑 형태의 문에 연결된 사다리에 의지한 채 몸을 숙이고 무너져 가는 보고서 더미를 뒤졌다. 그리고 이 동작은 내가 탑 안의 벽에서 마주쳤던 문구를 떠올리게 했다. *죽은 자의 씨앗을 낳아 어둠 속에 모여든 벌레들과 나누고 그 생명들의 힘으로 세계를 둘러싸리라……*

나는 탁자를 뒤집어서 계단참으로 이어지는 좁은 통로를 가로막았다. 심리학자의 행방은 전혀 알 수 없었지만, 그녀든 아니면 다른 누구 때문이든 놀라고 싶지 않았다. 누군가 아래쪽에서 탁자를 치우려 들면 그 소리를 듣고 총을 든 채 올라와서 손님을 맞이할 수 있을 터였다. 그러면서 나는 기이한 감각을 느꼈는데, 나중에 돌이켜 생각하면 그때부터 이미 내 안에서 자라고 있던 어떤 빛 때문이었다. 어떤 **존재**가 아래쪽에서부터 밀고 올라오며 내 감각의 경계에 영향을 주는 듯한 느낌, 이렇다 할 이유 없는 따끔거리는 통증이 피부에 느껴졌다.

심리학자가 무기를 포함한 자신의 장비 대부분을 보고서 더미와 함께 남겨 둔 사실이 마음에 걸렸다. 그러나 우리가 받았던 훈련의 대부분이 거짓말에 기인하고 있다는 사실을 깨닫고 나서 찾아온 떨림과 함께 그 이유에 대한 궁금증을 억지로 머릿속에서 몰아냈다. 서늘하고 어두운 바다 아래 공간으로 들어갈수록 내 안에 있는 빛의 힘이 더욱 강하게 느껴졌다. 그 빛의 정체를 모르기 때문에 쉽게 무시하기 어려웠다.

내 손전등 불빛과 열린 문틈으로 새어 들어오는 햇살이 빨간색과 초록색 줄무늬처럼 보이는 곰팡이로 온통 뒤덮인 벽을 비췄다. 보고서 더미들이 엉망으로 쌓여서 썩어 가는 모습도 더 분명하게 드러났다. 찢어지고 구겨진 페이지들과 보고서의 표지들은 형태가 뒤틀리고 축축하게 젖어 있었다. X구역을 탐사한 역사가 천천히 X구역 그자체로 변해 가는 중이라고 표현해도 좋을 것이다.

나는 처음에 가장자리를 돌며 무작위로 보고서를 골랐다. 대부분은 흘끗 봐도 첫 번째 탐사의 기록과 별 다를 바 없는 아주 일상적인 사건들에 대한 기록에 불과했다. ……어쩌면 그게 첫 번째 탐사가 아니었을지도 모르지만. 몇몇 보고서가 특이한 이유는 단지 날짜가 말이 되지 않기 때문이었다. 정말로는 얼마나 많은 탐사대가 경계를 넘었던 걸까? 얼마나 많은 정보가 얼마나 오랜 기간 조작되고 숨겨져 왔던 걸까? '열두' 번의 탐사란 더 오랜 기간 동안 했던 시도 중 최근 것만을 의미하는 걸까? 나머지 도전을 누락한 이유는 우리들의 동요를 방지하기 위해서일까?

예비 탐사 자료라고 할 만한 다양한 형태의 기록들도 무더기에 섞여 있었다. 처음부터 눈에 띄었던 카세트테이프와 구겨진 사진이며 문서가 가득 담긴 찢어진 서류철 따위였고 전부 그 위에 쌓인 보고서 더미의 무게에 짓눌린 상태였다. 하나같이 날카로운 부패의 악취가 뒤섞인 둔중하고 축축한 냄새를 풍겼다. 타자기로 치고, 인쇄하고, 손으로 쓴 무수한 글자들이 내 머릿속에서 어지러운 향연을 벌이는 듯했다. 이 무더기가 의미하는 모순을 제외하고도, 그 난장판 자체가 나를 얼어붙게 했다. 나는 주머니에 들어 있는 사진의 무게를 새삼 의식했다.

나는 마치 그러면 무슨 도움이라도 될 것처럼 몇 가지 규칙을 만들었다. 속기로 쓴 보고서는 무시했고 암호는 굳이 해독하려고 애쓰지 않았다. 몇몇 보고서를 처음부터 읽기 시작하다가 억지로 전체를 훑었다. 하지만 이런 무작위 추출은 때때로 더 나쁜 결과를 낳았다. 나는 아직도 설명할 방도를 찾기 어려우며 말로 형용할 수 없는 일들을 기술한 페이지들을 읽었다. 기록에는 '차도'와 '진정' 그리고 '재발', '끔찍한 징후' 같은 단어들이 섞여 있었다. X구역이 얼마나 오래 존재했든, 그리고 얼마나 많은 탐사대가 여기에 왔든, 기록들은 경계가 생겨나기도 한참 전부터 이 해안에서 기이한 일들이 벌어졌다는 사실을 말해 줬다. X구역의 원형이 있던 셈이다.

어떤 종류의 누락들은 보다 명확한 표현보다 나를 더 거슬리게 했다. 습기에 반쯤 뭉개진 어떤 보고서는, 오로지 숲과 늪지대 사이의 오지에서 자라는 라벤더색 엉겅퀴의 특징에 대해서만 집중하고 있었다. 한 장 한 장 넘길 때마다 처음 이 엉겅퀴 종을 발견하고 더 많은 개체를 찾아내는 이야기가 그 주위에 서식하는 곤충이며 다른 생물들에 대한 꼼꼼한 묘사와 함께 적혀 있었다. 관찰자는 단 한 순간도 특정한 엉겅퀴 주변을 떠날 생각이 없었던 듯했고, 단 한 줄도 베이스캠프나 탐사대의 생활에 대한 이야기로 낭비하지 않았다. 보고서를 읽어 나가면서, 이 문장들의 행간에 끔찍한 존재가 떠다니고 있는 듯한 불편한 느낌을 받았다. 기는 것이나 그와 유사한 뭔가가 보고서에 등장하는 엉겅퀴 바로 뒤쪽에서 다가오는 모습이 보이는 듯했다. 보고서 작성자의 집착은 그 공포를 회피하기 위한 수단이었다고 느꼈다. 직접적인 언급은 어디에도 없었지만, 엉겅퀴에 대한 새로운 묘사가 나올 때마다 점점 더 등골이 오싹해졌다. 습기로 잉

크가 번져서 더 이상 알아볼 수 없는 부분까지 읽었을 때, 더 이상 몽롱하게 홀린 듯한 문장들의 반복으로부터 불편한 기분을 느끼지 않게 되어 기쁠 정도였다. 만약 그 보고서가 끝도 없이 이어졌다면, 나도 허기나 갈증으로 바닥에 쓰러질 때까지 그 자리에 서서 계속 읽어 나갔을 듯한 기분이 들었다.

문득 탑에 대한 언급이 없는 이유도 이처럼 두려움을 회피하기 위해서였을지 궁금해졌다.

……*한밤중에 빛나는 태양 아래 검은 물속에서 과실이 여물고*……

도저히 이해할 수 없거나 반대로 뻔한 소리만 늘어놓는 서류 몇 가지를 거쳐, 내가 가진 것과 다른 종류의 보고서를 발견했다. 첫 번째 탐사대가 출발하기도 전에, 하지만 경계가 생기고 나서의 날짜였고 '벽을 건설하는' 일에 대해 언급하고 있었는데 해변을 향한 방벽을 의미하는 것이 분명했다. 그다음 페이지에서 한 문장이 내 눈길을 끌었다. '공격을 격퇴했다.' 나는 이어지는 문장들을 주의 깊게 읽었다. 처음에 작성자는 누가 어떻게 공격을 했는지 전혀 언급하지 않았지만, 공격은 바다 쪽에서 비롯했고 벽이 건재했음에도 '우리 중 네 명이 죽었다'고 기술되어 있었다. 뒤로 갈수록 절망감이 느껴졌고 다음과 같은 내용이 이어졌다.

……다시 적들이 바다로부터 몰려왔고, 이상한 빛들과 바다 생물들 그리고 높은 파도가 우리의 벽을 두드렸다. 밤이 되자, 놈들 중 일부가

방벽 사이의 틈을 기어오르려고 시도했다. 아직은 버티고 있지만 총알이 바닥나기 직전이다. 우리 중 몇몇은 등대를 버리고 섬이나 내륙으로 도망치고 싶어 하지만, 사령관은 명령을 따르라고 말할 뿐이다. 사기는 낮다. 우리에게 벌어지고 있는 일을 이성적으로 설명할 수가 없다.

보고서는 곧 흐지부지 끝났다. 그 내용은 마치 실제로 일어났던 일을 소설로 꾸민 것처럼 비현실적인 느낌이 들었다. 그토록 오래전에는 X구역이 어떤 모습이었을지 상상해 보려고 했지만 실패했다.

등대는 한때 연안을 항해하는 배들을 끌어들인 것처럼 탐사대 대원들을 끌어들였다. 나는 그들 대부분에게 등대가 옛 질서를 떠오르게 하는 상징이며, 지평선에 보이는 등대의 모습이 안전한 피난처에 대한 환상을 불러일으켰다고 생각했다. 등대가 그런 기대를 배신했다는 사실은 내가 아래층에서 목격한 광경에 드러나 있었다. 그리고 그런 과거를 아는 대원들조차 등대를 향했다. 희망 때문에. 신념 때문에. 어리석음 때문에.

하지만 나는 정체가 무엇이든 X구역을 점령하고 있는 세력과 맞서 싸우려면 게릴라전을 벌일 수밖에 없다는 점을 깨달았다. 풍경 속으로 숨어들거나 아니면 엉겅퀴에 대한 보고서를 쓴 대원처럼 가능한 오랫동안 아무것도 모르는 척할 수밖에 없었다. 상대를 인식하고 이름을 붙이려 하면, 그것을 불러들이는 결과를 낳을 수도 있었다.(같은 이유에서 나는 내 안에서 벌어지고 있는 변화를 그저 '빛'이라고만 불렀다. 너무 자세히 파악하려 들면, 그러니까 내가 그 변화를 거의 제어할 수 없는 상태에서 계량하거나 실증적으로 접근하면 너무 현실적이 되어 버릴 것이라고 생각했기 때문이다.)

문득 내 앞에 남아 있는 보고서 더미의 분량 때문에 공황 상태에 빠져들었다. 그리고 공황 속에서 우선순위를 다시 정리했다. 탑의 벽에 쓰여 있던 글과 같거나 비슷한 문구들만 찾기로 한 것이다. 좀 더 과감하게 뒤지기 시작했고, 보고서 더미 한가운데로 뛰어들어 무엇이든 잡히는 대로 두 팔 가득 안고 나왔다. 때때로 나는 몸의 균형을 잃고 쓰러져 종이 무더기 속에 파묻혔다. 그 안에서 허우적대는 동안 썩는 냄새가 콧구멍을 찌르고 입에서도 그 맛이 느껴졌다. 누군가 지켜보고 있다면 미친 사람처럼 보였으리라. 광적으로 쓸모없는 행동에 열중하는 동안에도 나는 그 점을 인식하고 있었다.

생각보다 많은 보고서들 속에서 내가 찾는 문장들을 발견할 수 있었다. 보통은 시작 부분이었다. *죄인의 손에서 비롯한 목 조르는 과실이 놓인 곳에서 나는 죽은 자의 씨앗을 낳아 어둠 속에 모여든 벌레들과 함께 나누리라……* 종종 휘갈겨 쓴 필체로 여백에 적혀 있기도 했고, 주위 다른 문장들과 동떨어져 보이기도 했다. 어떤 보고서에는 이 문장이 등대 벽에 쓰여 있었고 딱히 이유는 언급되지 않은 채 '우리가 재빨리 지웠다'는 내용도 있었다. 또 다른 보고서에는 가늘고 긴 글씨로 '일지에 적힌 문장은 마치 구약의 한 구절 같지만, 내가 아는 어떤 기도서에도 이런 문장은 없다'는 식으로 나와 있기도 했다. 어째서 기는 것이 썼다는 언급은 없는 걸까? ……어둠 속에 모여든 벌레들과 함께 나누리라 그리고 그 생명의 힘으로 세상을 둘러싸는…… 하지만 어떤 보고서도 문장의 정체에 다가가는 일에 도움이 되지는 않았다. 우리 모두는 어둠 속에서 일지 더미를 뒤적일 뿐이었고, 나보다 앞선 자들은 말없이 사라졌다.

어느 시점에 나는 너무 지쳐서 더 이상 계속할 수 없다는 사실을 깨달았다. 너무 많은 정보들이 너무 어지럽게 흩어져 있었다. 몇 년 동안 보고서 더미를 뒤진다고 해도 중요한 비밀은 전혀 알아낼 수 없을 터였다. 이 장소가 얼마나 오래 되었는지, 누가 처음으로 여기에 일지를 남겼는지, 다른 사람들은 왜 또 일종의 오래된 의식처럼 그 전례를 따랐는지. 어떤 충동 때문에, 어떤 체념 때문에 그랬을까? 내가 유일하게 아는 것은 어떤 탐사대에 속한 어떤 대원들이 남긴 보고서들은 빠져 있고, 그래서 자료가 불완전하다는 사실뿐이었다.

문득 해가 지기 전에 베이스캠프로 돌아가거나 등대에서 밤을 지내야 한다는 점을 깨달았다. 어둠 속을 걷기는 싫었지만, 내가 돌아가지 않는다면 측량사가 혼자 경계를 건너려고 할지도 몰랐다.

일단 마지막으로 한 번만 더 시도해 보기로 했다. 나는 보고서 더미를 무너뜨리지 않으려고 노력하며 힘겹게 그 꼭대기로 올라갔다. 발아래 일지들은 마치 꿈틀대는 괴물처럼 느껴졌고, 계속해서 흘러내리는 모래 언덕을 오르는 듯한 기분도 들었지만 어쨌든 목적지에 도착할 수 있었다.

예상한 대로 꼭대기에 있는 보고서들이 가장 최근 것이었다. 나는 곧바로 남편이 속했던 탐사대가 쓴 일지들을 찾아냈다. 속이 울렁거리는 기분이 들었다. 피할 수 없는 순간이 다가오고 있었다. 찾던 물건을 생각보다 쉽게 발견할 수 있었다. 그것은 말라붙은 피 때문에 다른 보고서와 앞뒤로 붙어 있었다. 내가 생일 카드, 냉장고의 메모, 장보기 목록을 통해 익히 알고 있는 힘 있고 자신감 넘치는 필체로 쓰인 남편의 보고서였다. 유령새가 수많은 유령들 틈에서 그의 유령을 찾아낸 셈이다. 하지만 그가 남긴 기록을 읽을 수 있다는 기대감보다, 남편이 죽음으로 자물쇠를 걸어 놓은 비밀 일기장을 훔쳐보는 듯한 기분이 먼저 들었다. 물론 바보 같은 생각이라는 사실은 알고 있었다. 그는 내가 자신에게 마음을 열기를 바랐고, 그러기 위해 언제나 자신을 활짝 열어 놓고 기다렸다. 하지만 나는 이제야 그의 속마음을 알게 되었고, 그 반대의 일은 영원히 일어날 수 없게 되었다는 참기 힘든 진실을 깨달았다.

아직 남편의 보고서를 읽을 마음의 준비는 되지 않았다. 나는 그 일지를 다시 무더기 속으로 던져 버리고 싶은 충동을 억누르며, 베이스캠프로 가져가기로 결정한 몇몇 보고서들과 함께 가방 속에 넣었다. 비밀 공간을 나가기 전에 심리학자의 총 두 자루도 챙겼다. 그녀의 나머지 보급품들은 그대로 남겨 뒀다. 등대 안에 비밀 창고를 만들어 두는 게 유용할 수도 있었다.

생각한 것보다 시간이 많이 흘렀는지, 하늘이 늦은 오후를 알리는 짙은 호박색으로 물들어 있었다. 바다는 마치 불타오르는 듯 보였지만, 더 이상 이 장소의 어떤 아름다움도 나를 현혹하지 못했다. 그동안 수많은 인간들이 여기에서 목숨을 잃었고, 스스로 모습을 감추거나 혹은 더 나쁜 결과를 맞이했다. 온 사방에 수많은 절망적인 투쟁의 섬뜩한 흔적들이 숨겨져 있었다. 왜 기관은 우리를 계속해서 보내는 걸까? 우리는 왜 여기로 온 걸까? 너무 많은 거짓말이 있었고, 진실의 얼굴을 마주하기에는 능력이 너무 부족했다. X구역은 사람들의 정신을 무너뜨렸지만, 아직 내 정신은 무너뜨리지 못했다. **이 모든 쓸모없는 지식**이라는 노래 가사 한 구절이 계속해서 머릿속에 떠올랐다.

밀폐된 공간에 오래 있었던 탓에 신선한 공기와 바람이 간절했다. 나는 가지고 나온 것들을 의자 위에 내려놓고 미닫이문을 통해 철제 난간이 둘러쳐진 원형 전망대로 나갔다. 세찬 바람이 옷자락을 펄럭였고 내 뺨을 두드렸다. 공기는 신선했고 전망은 더 좋았다. 영원히 그 자리에 서 있을 수도 있을 것 같은 기분이었다. 하지만 잠시 후 어떤 본능 혹은 예감에 이끌려 등대 바로 아래쪽을 내려다봤다. 무너진 방벽의 해변 쪽은 모래 언덕의 경사 때문에 이 각도에서 볼 때조차 반쯤 가려진 채였다.

엉망으로 흩어진 모래 더미 사이로 한쪽 발과 다리가 보였다. 나는 쌍안경을 꺼내 눈으로 가져갔다. 다리는 꼼짝도 하지 않았다. 바지도 부츠도 친숙한 물건이었다. 신발끈은 이중으로 납작하게 묶여 있었다. 현기증이 느껴져서 난간을 단단히 움켜쥐었다. 나는 저 부츠의 주인이 누군지 알았다.

바로 심리학자였다.

04: 몰입

심리학자에 대해 내가 아는 모든 것은 훈련 과정 동안 한 관찰에서 비롯했다. 그녀는 우리의 감독관이면서 동시에 심리 상담사 역할도 수행했다. 다만 나는 그녀에게 상담할 내용이 없었다. 어쩌면 최면에 걸려서 많은 고백을 했을지도 모르지만, 적어도 정상적인 상태에서 이루어진 상담 중에 자발적으로는 별다른 이야기를 하지 않았다.

"부모님에 대해서 얘기해 볼까? 어떤 분들이었지?"

심리학자는 그런 식으로 고전적인 미끼를 던지곤 했다.

"평범했어요."

나는 웃으며 대답했지만 속으로는 **한심하고, 무능하고, 우울하고, 이기적이고, 쓸모없는** 사람들이었다고 생각했다.

"어머니는 알코올 중독이었지, 맞나? 그리고 아버지는…… 사기꾼?"

통찰이라기보다 모욕에 가까운 발언에 나는 거의 자제력을 잃어버릴 뻔했다. 그리고 도전적인 태도로 대답했다.

"어머니는 예술가였어요. 아버지는 사업가였고."

"가장 오래된 기억이 뭐지?"

"아침식사."

지금까지도 간직하고 있는 봉제 인형. 개미귀신의 모래 구덩이를 커다란 유리컵으로 덮었던 일. 철모르던 시절 남자아이에게 키스하고 그 애더러 옷을 벗게 했던 일. 연못에 빠져 머리를 부딪혔던 일. 응급실에서 다섯 바늘을 꿰매야 했고 익사에 대한 공포심이 생겼죠. 거의 한 해 동안 술을 마시지 않았던 어머니가 갑자기 폭음을 하는 바람에 또 한 번 응급실에 갔던 일.

내 대답 중 심리학자를 가장 거슬리게 한 것은 '아침식사'였다. 나는 그녀가 입꼬리를 통제하려 애쓰는 모습과 딱딱해진 자세, 그리고 차가운 눈빛을 보고 그 사실을 알았다. 하지만 심리학자는 자제력을 잃지 않았다.

"어린 시절은 행복했나?"

"평범했죠."

어머니는 항상 취해 있었고 내 시리얼에 우유 대신 오렌지 주스를 부었던 적도 있어요. 아버지는 언제나 뭔가 캥기는 사람처럼 신경질적으로 떠들어 댔죠. 휴가철에는 싸구려 모텔에서 묵었고, 휴가가 끝날 무렵이면 어머니는 돈에 쪼들리는 일상생활로 다시 돌아간다는 생각에 울음을 터뜨리곤 했어요. 사실은 그런 생활에서 벗어난 적도 없었는데. 집으로 돌아오는 차 안은 어머니 때문에 암울한 분위기였죠.

"친척들과는 가까운 사이였나?"

"가까운 편이었어요."

스무 살 때에는 다섯 살짜리 아이에게나 보낼 법한 생일 카드를 받았어요. 2년에 한 번 정도는 조부모님을 방문했죠. 손톱은 노랗고 목소리는 곰 같은 친절한 할아버지. 늘 신앙심과 절약의 가치에 대해 설교하던 할머니. 그분들 이름이 뭐였더라?

"팀에 속한 기분은 어떻지?"

"아주 좋아요. 이전에도 팀의 일원으로 지냈던 적이 있죠."

'일원'이었단 말은 팀에서 항상 겉돌았다는 말이에요.

"직장에서 여러 번 해고된 적이 있군. 이유가 뭐였는지 말해 줄 수 있을까?"

그녀는 이유를 알고 있었고, 그래서 난 아무 말도 없이 어깨를 으쓱 추켜올려 보였다.

"남편 때문에 탐사대에 합류하기로 한 건가?"

"남편과는 얼마나 가까웠지?"

"얼마나 자주 싸웠나? 왜 싸웠지?"

"남편이 집에 돌아왔을 때 왜 바로 기관에 알리지 않았지?"

이런 상담들은 환자의 개인 정보를 이끌어 내어 신뢰를 확립한 다음 더 깊숙한 문제들을 찾아내야 하는 심리학자에게는 직업적으로 좌절에 가까운 경험이 분명했다. 하지만 내가 완전히 알 수 없는 어떤 이유에서, 그녀는 내 대답에 만족하는 것처럼 보였다.

"제법 독립적이네."

한번은 그녀가 그렇게 말했다. 비난하는 어조는 아니었다. 우리가 경계로부터 이틀 거리에서 베이스캠프를 향해 걷고 있을 때, 그녀가 정신의학적인 관점에서 탐탁지 않게 여겼을 이런 특징들 때문에 오히려 나를 탐사대에 적합하다고 판단했을지도 모른다는 생각이 문득 들었다.

이제 심리학자는 벽이 드리운 그림자 아래 반쯤 무너진 모래 더미에 몸을 기댄 채 앉아 있었다. 한쪽 다리는 쭉 뻗은 채였고, 다른 쪽 다리는 몸 아래 깔려 있었다. 그녀는 혼자였다. 나는 그녀의 현재 상태와 부상의 정도를 가늠했다. 등대에서 뛰어내리거나 밀려 떨어지면서 벽에 몸을 부딪힌 모양이었다. 내가 일지들을 꼼꼼하게 살피며 보냈던 몇 시간 사이에 계속해서 여기에 누워 있었던 것이 분명했다. 이해할 수 없는 점은 그녀가 아직도 살아 있다는 사실이었다.

심리학자의 재킷과 셔츠는 피투성이였지만, 그녀는 아직 눈을 뜬 채 숨을 쉬고 있었다. 내가 옆에 다가가 무릎을 꿇고 앉을 때 그녀는 줄곧 바다 쪽을 바라보고 있었다. 늘어진 왼손에는 총을 쥐고 있었다. 나는 만일의 경우를 대비해, 그녀의 무기를 빼앗아 한쪽으로 던졌다.

심리학자는 내 존재를 눈치채지 못한 것처럼 보였다. 나는 부드럽게 그녀의 넓은 어깨 위에 손을 얹었다. 그러자 그녀가 비명을 지르며 달려들다가, 내가 움찔하는 사이 제풀에 다시 쓰러졌다.

"소멸!" 심리학자가 불안하게 몸을 떨며 나를 향해 날카롭게 외쳤다. "소멸! 소멸!"

그녀가 되풀이할수록 그 단어는 무의미하게 들렸다. 날개가 부러진 새의 울음소리처럼.

"진정해요, 나예요. 생물학자."

나는 당황한 티를 내지 않고 차분한 목소리로 말했다.

"**나예요**라고." 심리학자는 마치 내가 우스운 말이라도 한 것처럼 헐떡거리면서 웃어 댔다. "나예요."

내가 일으켜 앉히자 심리학자는 무겁게 신음했다. 아마 그녀의 갈비뼈 대부분이 부러졌으리라 짐작했다. 재킷 아래의 왼팔과 어깨가 마치 스펀지처럼 느껴졌다. 배 주위에서는 어두운 색 피가 흘러나왔고, 그녀는 본능적으로 상처를 손으로 누르고 있었다. 나는 냄새로 그녀가 오줌을 지렸다는 사실을 알아차렸다.

"아직도 여기에 있군." 심리학자가 놀란 듯한 목소리로 말했다. "내가 널 죽였는데. 아니, 안 죽였나?"

꿈에서 막 깨어나거나 아니면 꿈속으로 빠져들고 있는 사람의 말투였다.

"그런 일은 절대 없었어요."

심리학자가 다시 거칠게 헐떡였다. 그러더니 혼란이 가신 눈빛으로 말했다.

"물 있어? 목이 마르군."

"여기 있어요."

나는 수통을 심리학자의 입에 가져다 대고 몇 모금 넘기도록 했다. 핏방울이 그녀의 턱을 따라 흐르며 반짝였다.

"측량사는 어디에 있지?"

그녀가 가쁜 숨을 쉬며 물었다.

"베이스캠프에 남았어요."

"너와 함께 오려고 하지 않았나 보지?"

"그래요."

바람이 그녀의 머리카락을 흩날리자, 아마 벽에 부딪혀 생긴 듯한 이마의 상처가 드러났다.

"너와 함께 있는 걸 좋아하지 않았나 보지? 네가 변한 걸 좋아하지 않았나 보지?"

오싹한 한기가 찾아왔다.

"난 변하지 않았어요."

심리학자가 다시 바다 쪽으로 시선을 돌렸다.

"난 네가 등대 쪽으로 길을 따라 내려오는 모습을 봤어. 그래서 네가 변했다는 걸 확신할 수 있었지."

"무엇을 보았는데요?"

나는 그녀의 장단에 맞춰 주었다.

그녀는 기침을 하며 피를 뱉었다.

"넌 **불꽃**이었어." 그녀의 말에 나는 잠깐 동안 내가 지닌 빛의 형상을 머릿속에 그렸다. "넌 내 눈을 태우는 불꽃이었어. 소금 평원과 폐허가 된 마을을 가로질러 떠다니는 불꽃. 천천히 타오르는 불꽃, 습지와 모래 언덕을 떠도는 도깨비불, 둥실둥실 떠다니는, 인간이 아니라 자유롭게 떠다니는 뭔가……"

심리학자의 어조를 듣고, 심지어 지금에 와서도 그녀가 내게 최면을 시도하고 있다는 사실을 알아차렸다.

"소용없어요. 난 이제 최면에 면역이 생겼으니까."

심리학자의 입이 열렸다가, 닫혔다가, 다시 열렸다.

"물론 그렇겠지. 넌 언제나 다루기 어려웠어."

그녀는 마치 어린아이를 대하는 투로 말했다. 목소리에 담긴 감정은 비틀린 자부심이었을까?

어쩌면 난 심리학자를 홀로 내버려 둬야 했을지도, 그녀가 어떤 대답도 할 필요 없이 평화롭게 죽도록 해 줬어야 했을지도 모른다. 하지만 내 안에서 그런 자비심을 찾기는 어려웠다.

그때 문득 어떤 생각이 들었다. 만약 그녀에게 내가 그토록 비인간적인 무언가로 보였다면.

"왜 내가 다가올 때 쏴 죽이지 않았죠?"

심리학자는 날 쳐다보려 했지만 고개가 돌아가지 않아 어쩔 수 없이 곁눈질을 했다.

"내 팔, 내 손이 말을 듣지 않았어. 방아쇠를 당길 수가 없었지."

내게 그 말은 망상처럼 들렸다. 등대 꼭대기에서는 버려진 라이플을 발견할 수 없었다. 나는 재차 물었다.

"그리고 떨어진 건가요? 누구에게 밀려서? 실수로? 아니면 일부러?"

심리학자가 얼굴을 찌푸렸다. 기억들이 파편적으로 떠오르는 듯, 그녀의 눈가 주름에 숨길 수 없는 당혹감이 드러났다.

"내 생각엔…… 내 생각에는 뭔가가 나를 쫓아왔어. 난 널 쏘려 했지만 그럴 수 없었어. 그리고 네가 등대 안으로 들어왔지. 그때 난 내 뒤에 있는 뭔가를 봤다고 생각했어. 계단 쪽에서 내게 다가오는…… 그리고 너무나 겁에 질려서 달아나고 싶었지. 그래서 난간 너머로 뛰어내렸어. 뛰어내렸어."

마치 자신이 그런 짓을 한 사실을 믿을 수 없다는 듯한 말투였다.

"당신을 쫓아온 것은 어떻게 생겼죠?"

발작적인 기침 때문에 심리학자의 말은 자주 끊겼다.

"보지 못했어. 그건 결코 거기에 없었으니까. 아니면 내가 그걸 너무 많이 봤는지도 모르지. 그건 내 안에 있었어. 네 안에도 있지. 나는 달아나려고 했어. 내 안에 있는 것으로부터."

그때는 그런 조각난 설명의 어떤 부분도 믿기지 않았고, 다만 탑에서 뭔가가 그녀를 쫓았다는 사실을 암시하는 것으로 받아들였다. 나는 심리학자의 불안정한 해리 상태를 그녀의 통제 욕구에 의한 것이라고 생각했다. 탐사대에 대한 통제력을 잃어버려서 실패의 원인을 돌릴 누군가 혹은 무언가를 필요로 한다고. 그게 얼마나 말이 안 되는 설명이든 간에.

나는 다른 접근을 시도했다.

"왜 인류학자를 한밤중에 그 '동굴'로 데려갔죠? 거기서 무슨 일이 있었던 거예요?"

심리학자는 주저했지만, 경계심 때문인지 아니면 몸 상태 때문인지 알기 어려웠다. 잠시 후 그녀가 말했다.

"계산착오였어. 너무 성급했지. 나는 전체 임무를 수행하기 전에 정보가 더 필요했어. 우리가 있는 곳이 어디인지 알아야만 했어."

"그러니까, 기는 것이 어디까지 갔는지?"

그녀가 심술궂게 웃었다.

"그걸 그렇게 부르나 보지? 기는 것?"

"무슨 일이 있었죠?"

"무슨 일이 있었다고 생각해? 전부 어긋나 버렸어. 인류학자가 너무 가까이 다가갔지." 번역: 심리학자가 인류학자를 그것에 가까이 다가가게 조종했다. "그러자 놈이 **반응했어**. 그녀를 죽이고 내게도 상처를 입혔지."

"그래서 다음 날 아침 그렇게 떨고 있었던 거로군요?"

"그래. 그리고 네가 이미 변하고 있다는 사실을 알아차렸기 때문이지."

"난 변하지 않았어요!"

예상하지 못한 분노가 내면에서 솟구치는 것을 느끼며 소리쳤다.

심리학자가 비웃는 소리를 냈다.

"물론 아니겠지. 넌 네 원래 모습에 더 가까워졌을 뿐이니까. 그리고 나도 변하지 않았어. 우리 중 누구도 변하지 않았지. 모든 게 다정상이야. 이제 소풍이나 가자고."

"닥쳐요. 왜 우리를 버리고 떠났죠?"

"탐사 임무는 실패했어."

"그건 설명이 아니에요."

"넌 훈련 과정에서 **내게** 제대로 설명한 적이 있었나?"

"우리는 실패하지 않았어요. 임무를 포기할 정도로는 아니에요."

"베이스캠프에 도착한 지 엿새 만에 한 명이 죽었고, 둘은 이미 **변했고**, 나머지 하나는 불안에 떨고 있는데? 이 정도면 재난이야."

"만약 그게 재난이라면, 당신이 초래한 거예요." 나는 내가 심리학자를 개인적으로 신뢰하지 않는 만큼이나 탐사대의 지휘자로 의지하고 있었다는 사실을 깨달았다. 어떤 측면에서는 그녀가 우리를 배신했기 때문에, 그리고 지금 나를 떠나려 하기 때문에 격분하고 있었다. "당신은 겁에 질려서 임무를 포기했어."

심리학자가 고개를 끄덕였다.

"그 말이 맞아. 내가 그랬어. 포기했지. 네가 변했다는 걸 좀 더 일찍 눈치챘어야 했어. 널 경계로 돌려보내야 했지. 인류학자를 데리고 거기에 내려가서는 안 됐어. 하지만 우리는 내려갔지."

그녀가 얼굴을 찡그리며 끈적거리는 핏덩이를 뱉어냈다.

나는 그녀의 공격을 무시하고 질문을 바꿨다.

"경계는 어떤 모습이죠?"

다시 놀리는 듯한 미소.

"보면 알아."

"우리가 경계를 넘을 때 실제로는 무슨 일이 벌어졌던 거죠?"

"네가 상상할 수 있는 일은 아니야."

"말해요! 우리가 통과한 건 뭐죠?"

나는 길을 잃어버린 듯한 기분이 들었다. 또다시.

심리학자의 눈에 내가 좋아하지 않는 종류의 빛이 번뜩였다. 나는 상처를 받으리라 직감했다.

"이걸 생각해 보라고. 넌 최면에 면역일 수도 있지. 그럴 수도 있어. 하지만 장막이 이미 자리 잡고 있다면? 내가 그 장막을 걷어내서 경계를 건널 때의 기억을 되살리게 해 준다면? 그럼 어떨까, 작은 불꽃? 기분이 좋아질까, 아니면 화가 날까?"

"내게 수작을 부리면 죽여 버리겠어요."

난 진심을 담아 말했다. 최면이라는 생각 자체, 그리고 그 뒤에 숨어 있는 세뇌에 대한 암시는 언제나 받아들이기 힘들었다. 그건 X구역에 들어올 권한을 얻기 위한 비싼 대가였다. 더 이상은 속을 수 없었다.

"네 기억 중 얼마나 많은 부분이 가짜로 만들어졌을까? 경계 너머의 세상에 대한 기억들 중 얼마나 많은 부분을 신뢰할 수 있을까?"

"그 따위 수작은 안 통해요. 난 여기에서도 거기에서도, 지금 이 순간에도 그리고 다음 순간에도 확신해요. 내 과거를 확신한다고요."

그 확신은 유령새의 신성한 요새와도 같았다. 훈련 도중에 손상을 입었을지는 몰라도 완전히 무너졌을 리는 없었다. 나는 그렇게 믿었고, 앞으로도 믿을 터였다. 달리 선택의 여지가 없었기 때문이다.

"네 남편도 죽기 전에 그렇게 믿었을 거야."

나는 뒤로 물러나 앉아서 심리학자를 응시했다. 그녀가 날 더 이상 오염시키기 전에 떠나고 싶었다. 하지만 그럴 수는 없었다.

"내가 아니라 당신이 본 환상에 대해 얘기하죠. 기는 것에 대해 설명해 봐요."

"직접 봐야만 하는 것들이 있어. 넌 가까이 다가갈 수 있을 거야. 놈에게 더 친숙할 테니까."

인류학자의 운명에 대한 심리학자의 무심함은 끔찍할 정도였다. 하지만 사실은 나도 마찬가지였다.

"X구역에 대해 우리에게 뭘 숨긴 거죠?"

"질문이 너무 포괄적이잖아."

나는 심리학자가 죽어 가는 순간에조차 그녀의 대답을 절박하게 원하는 나를 보는 일을 즐겼다고 생각한다.

"좋아요, 그럼 검은 상자는 뭘 측정하죠?"

"아무것도. 상자는 아무것도 측정하지 않아. 탐사대의 심리를 안정시키기 위한 장난감일 뿐이야. 붉은 빛도 없고, 위험도 없어."

"탑에 숨겨진 비밀은 뭐죠?"

"동굴 말인가? 우리가 알고 있다면, 탐사대를 계속 들여보낼 거라고 생각해?"

"그들은 두려워하고 있군요. 서던 리치가."

"난 그런 인상을 받았어."

"그럼 그들도 모르는 거로군요."

"힌트를 하나 주지. 경계는 전진하고 있어. 지금은 천천히, 매년 조금씩이지. 네가 상상할 수 없는 방식으로. 하지만 곧 한 번에 2~3킬로미터씩 집어삼킬 거야."

나는 한동안 할 말을 잃었다. 수수께끼의 중심에 너무 가까이 다가가면, 전체를 보기 위해 물러날 수 없기 마련이다. 검은 상자는 아무런 기능이 없을지 몰라도 내 머릿속은 온통 붉은 빛으로 번쩍였다.

"얼마나 많은 탐사대가 있었죠?"

"아, 일지들. 아주 많았지, 그렇지 않던가?"

"그건 내 질문에 대한 대답이 아니에요."

"어쩌면 나도 답을 모르겠지. 아니면 네게 말해 주고 싶지 않을 수도 있고."

결국에는 이런 식으로 반복될 뿐이었다. 그리고 내가 그에 대해 할 수 있는 일은 없었다.

"첫 번째 탐사대가 정말로 발견한 건 뭐죠?"

심리학자는 얼굴을 찌푸렸다. 이번에는 고통 때문이 아니라, 마치 뭔가 수치스러운 기억을 떠올리려 애쓰는 듯한 느낌이었다.

"첫 번째 탐사대는 일종의…… 비디오를 촬영했지. 그 이후로 최신 기술이 허락되지 않는 주된 이유야."

비디오라. 어째서인지 일지 더미를 뒤지고 난 이후에는 그 정보가 더 이상 놀랍지 않았다. 난 계속해서 질문을 던졌다.

"우리에게 밝히지 않은 명령이 뭐죠?"

"날 지루하게 하기 시작했네. 정신이 약간 흐려지는군……. 우리는 너희들에게 때로는 조금 더, 때로는 조금 덜 말했지. 그들에게는 그들 자신의 방식과 이유가 있어."

무엇 때문인지 '그들'이라는 단어가 비현실적으로 느껴졌다. 마치 그녀 자신도 '그들'을 믿지 않는 것처럼.

나는 주저하면서 개인적인 문제로 돌아갔다.

"내 남편에 대해 뭘 알고 있죠?"

"네가 그의 일지에서 찾아낼 수 있는 내용 이상은 아니야. 아직 발견하지 못했나?"

"못 찾았어요."

나는 거짓말을 했다.

"잘된 일이로군. 너에게는 특히 더."

떠보는 수작일까? 심리학자에게는 분명히 등대 안에서 내 남편의 일지를 찾고 읽은 다음 다시 더미 위에 던져 놓을 시간이 충분했다.

상관없었다. 하늘은 어둡게 물들어 갔고, 파도는 높아졌다. 해변의 새들이 파도를 피해 날아올랐다가 물이 빠지면 다시 모여들었다. 주변의 모래가 문득 더 불안하게 보였다. 게와 벌레가 파고든 구멍이 여기저기 보였다. 수많은 생물들이 우리의 대화와는 무관하게, 바쁜 일상을 보내고 있었다. 바다 쪽의 경계는 어디쯤에 있을까? 훈련 도중 내가 물었을 때, 심리학자는 그저 아무도 그 경계를 통과한 사람이 없다고만 대답했다. 나는 멀리 안개 속으로 사라진 탐사대들을 상상했다.

심리학자의 숨소리는 이제 희미하고 간헐적이었다.

"당신을 더 편하게 해 줄 만한 일이 있을까요?"

동정심이었다.

"내가 죽거든 그냥 두고 떠나." 심리학자가 말했다. 이제 그녀의 두려움은 눈에 보일 정도였다. "날 묻지 마. 아무 데로도 옮기지 말고. 바로 이 자리에 내버려 둬."

"다른 할 말은 더 없습니까?"

"우린 여기에 오지 말았어야 했어. 난 여기에 오지 말았어야 했어."

목소리에 담긴 진심이 육체적인 부상을 넘어선 고뇌를 드러냈다.

"그게 다예요?"

"이제야 그게 다였다는 걸 알았어."

난 심리학자의 그 말을 경계가 전진하도록 무시하고 내버려 뒀어야 한다는, 즉 보다 후세대의 다른 누군가에게 떠넘기는 편이 나았다는 의미로 받아들였다. 그녀에게 동의하지 않았지만 아무 말도 하지 않았다. 나중에서야 나는 그녀가 전혀 다른 무언가를 의미했다고 생각하게 되었다.

"X구역에서 정말로 돌아온 사람이 있기는 한가요?"

"오랫동안 없었지." 심리학자가 지친 듯한 말투로 속삭였다. "정말로는 말이야."

하지만 그녀가 내 질문을 들었는지 확신할 수 없었다.

심리학자는 머리를 떨구며 의식을 잃었다가 다시 정신을 차리고 바다 쪽을 바라봤다. 그녀는 몇 마디를 중얼거렸는데, 그중 한 단어는 '외진' 혹은 '죄 지은' 같았고 또 다른 단어는 '부화' 혹은 '부하' 같았지만 확실히 알기 어려웠다.

곧 땅거미가 내려앉았다. 난 심리학자에게 물을 더 주었다. 그녀는 분명히 내게 말한 내용보다 훨씬 더 많이 알고 있었다. 그럼에도 불구하고 그녀가 죽음에 더 가까워질수록 적으로 여기기는 어려웠다. 어차피 그녀가 내게 뭔가를 더 누설할 가능성은 없었다. 어쩌면 내가 가까이 다가갈 때, 그녀에게는 **정말로** 불꽃처럼 보였을지도 모른다. 어쩌면 이제 그녀는 나에 대해 그런 방식으로밖에 생각할 수 없을지도 모른다.

"일지 더미에 대해 알고 있었나요?" 내가 물었다. "우리가 여기에 오기 전부터?"

하지만 그녀는 대답하지 않았다.

이제 해가 거의 저물어 가고 있었다. 심리학자가 죽고 나자 내키지 않지만 해야만 하는 일들이 생겼다. 그녀는 살아 있는 동안 내 질문에 거의 대답하지 않았다. 그렇다면 이제라도 그중 몇 가지 질문에는 대답해야 했다. 나는 심리학자의 재킷을 벗겨 한쪽에 펼쳐 놓고 뒤졌다. 지퍼가 달린 안주머니에 그녀의 일지가 숨겨져 있었다. 나는 일지가 날아가지 않도록 그 위에 돌을 얹었다. 돌개바람에 페이지가 펄럭거렸다.

주머니칼을 꺼내서 아주 조심스럽게 심리학자의 왼쪽 셔츠 소매를 잘라 냈다. 그녀의 어깨가 줄곧 신경 쓰였는데, 확인해 보니 그럴 만한 이유가 있었다. 쇄골부터 팔꿈치에 이르는 부분이 온통 희미하게 빛나는 황록색 섬유질로 뒤덮여 있었다. 삼두근을 따라 길게 이어지는 자국으로 보아, 그녀가 기는 것을 만났을 때 다쳤다고 말한 상처로부터 퍼져 나간 것 같았다. 직접적인 접촉으로 인한 오염은 내 경우보다 더 빠르게 번졌고 더 끔찍한 결과를 낳았다. 어떤 기생충이나 균류들은 신체를 마비시킬 뿐 아니라 정신 분열 증상을 초래하거나 환각과 망상을 유발하기도 했다. 나는 이제 그녀의 눈에 내가 불꽃으로 보였다는 사실을 의심하지 않았다. 그녀는 나를 쏠 수 없는 이유를 어떤 외부의 힘 탓으로 돌렸고, 상상 속의 존재가 자신을 쫓아온다는 생각에 두려워했다. 나는 그녀가 그런 혼란을 겪었던 이유가 다름 아닌 기는 것과의 만남이라고 짐작했다.

그녀의 팔에서 살점을 포함한 피부를 떼어 내서 수집용 유리병에 담았다. 그런 다음 반대쪽 팔에서도 시료를 채취했다. 베이스캠프로 돌아가서 두 가지를 모두 조사해 볼 생각이었다.

이때쯤 나는 약간 몸을 떨고 있었다. 그래서 잠시 휴식을 취하기로 하고 심리학자가 남긴 일지로 주의를 돌렸다. 탑의 벽에 있는 글귀를 옮겨 적은 내용이 대부분이었고, 내가 미처 보지 못한 구절도 많았다.

……하지만 그것이 흙 아래서나 초록 들판 위에서나, 혹은 먼 바다나 바로 이 공기 중, 그 어디에서 썩어 가든 목 조르는 과실의 지식 안에서 모두가 계시에 이르러 환희하리라. 그리고 죄인의 손은 환희하리라, 그림자 속에서나 빛 속에서나 죽은 자의 씨앗들이 용서하지 못할 죄는 없기에.

여백에는 휘갈겨 쓴 몇몇 낙서들이 있었다. 나는 '등대지기'라고 쓰인 낙서를 보고 사진 속 남자에게 동그라미를 그린 사람이 심리학자였는지 의문이 들었다. 또 다른 낙서는 '북쪽?'이었고 세 번째는 '섬'이었다. 나는 이 낙서들이 무엇을 의미하는지, 혹은 심리학자의 일지가 온통 탑의 글귀로 채워져 있다는 사실이 그녀의 정신 상태에 대해 무엇을 말해 주는지 전혀 짐작할 수 없었다. 그저 누군가 나 대신 힘들고 어려운 과제를 마쳤다는 단순한 안도감을 느낄 뿐이었다. 내 유일한 의문점은 그녀가 글귀를 탑의 벽에서 직접 보고 썼는지, 등대에 있는 일지에서 베꼈는지, 혹은 전혀 다른 어떤 출처에서 얻었는지 하는 부분이었다. 여전히 알 수 없는 일이었다.

팔과 어깨에 접촉하지 않으려고 애쓰면서 심리학자의 몸을 살피고, 숨겨 둔 물건이 없는지 확인하기 위해 셔츠와 바지를 손바닥으로 두드렸다. 왼쪽 종아리에서 소형 권총이 나왔고, 오른쪽 부츠에는 작은 봉투에 담긴 편지가 들어 있었다. 심리학자는 봉투에 이름을 적어 놓았다. 최소한 그녀의 글씨처럼 보였다. 이름은 S로 시작했다. 그녀의 아이일까? 친구? 연인? 지난 몇 달 동안이나 이름을 접하지 않았던지라 이제 와서 하나를 보니 기분이 매우 이상했다. X구역에 속하지 않는 것처럼, 옳지 않은 무엇처럼 느껴졌다. 여기에서 이름은 위험한 사치였다. 희생에는 이름이 필요하지 않았다. 역할에만 충실한 사람들에게는 이름이 붙여질 필요가 없었다.

총을 한쪽으로 치우고 봉투도 구겨서 그 옆에 던졌다. 나는 내 남편의 일지를 발견했고, 어떤 면에서는 차라리 발견하지 못하는 편이 나을 뻔했다고 느꼈다. 그리고 어느 정도는 아직도 심리학자에게 화가 나 있었다.

마지막으로 바지 주머니를 뒤지자 단돈 몇 푼과 매끄럽게 닳아 있는 돌, 그리고 종잇조각이 나왔다. 종잇조각에는 최면 암시의 목록들이 적혀 있었다. '마비를 유도', '수용을 유도' 그리고 '복종을 강제' 같은 문구들 뒤에 각각을 발동하는 단어나 문장이 있는 식이었다. 이렇게 적어 놓기까지 한 걸 보면, 심리학자는 우리를 통제할 명령어를 잊어버릴까 아주 두려워했던 것이 틀림없었다. 그녀의 커닝 페이퍼에는 다른 주의 사항들, 예를 들어 '측량사는 보강이 필요함' 그리고 '인류학자는 정신이 나약함' 같은 내용도 포함하고 있었다. 나에 대해서는 수수께끼 같은 한마디가 적혀 있을 뿐이었다. '침묵은 그 자체가 폭력이다.' 통찰력 있는 문구였다.

'소멸'이라는 단어 옆에 있는 문장은 '즉각적인 자살을 유도'였다.

우리 모두에게는 자폭 단추가 심어져 있었지만 그걸 누를 수 있는 유일한 사람은 죽고 없었다.

내 남편의 삶을 규정한 요소 중 일부는 그가 어렸을 때부터 꾸던 악몽이었다. 그는 지하실에서 벌어지는 끔찍한 범죄가 등장하는 악몽 때문에 정신과 의사까지 찾았다. 의사는 어떤 억압된 기억의 가능성을 배제하고, 남편에게 꿈에 대한 일기를 써서 그 안의 독을 뽑아내도록 시켰다. 성인이 되고 대학에 간 남편은 해군에 입대하기 몇 달 전 고전 영화 축제에 참석했다. 그리고 거기에서 자신의 악몽이 커다란 스크린에 상영되는 장면을 보았다. 그제야 그는 자기가 아주 어렸을 때 우연히 텔레비전에서 나오는 공포 영화에 노출되었을 거라는 사실을 깨달았다. 결코 완전히 제거할 수 없었던 그의 머릿속에 박힌 가시는 결국 아무것도 아니었던 셈이다. 남편은 그 순간 자신이 완전히 자유롭다는 사실을 깨닫고 유년기의 그림자로부터 벗어날 수 있었다고 말했다…….그 모두가 환상이고 가짜, 속임수라는 사실을 알았기 때문에.

"요즘 계속해서 어떤 꿈을 꾸고 있어." 열한 번째 탐사대에 참여하기로 결정했던 바로 그날 밤, 남편이 내게 고백했다. "새로운 꿈이야. 그리고 이번에는 악몽이 아니야."

꿈속에서 그는 한 마리 개구리매가 되어 원시적인 자연을 내려다보며 자유를 느꼈다.

"믿을 수 없는 경험이었어. 마치 악몽에서 모든 것을 다 꺼낸 다음 거꾸로 뒤집어 버린 것 같았어."

꿈이 진행되고 반복되면서 내용과 관점이 다양해졌다. 어떤 밤에 그는 습지대의 강물 속을 헤엄쳤다. 다른 꿈에서는 나무나 물방울이 되기도 했다. 경험하는 모든 것이 그에게 활기를 불어넣었고, X구역에 가고 싶어지도록 했다.

남편은 나에게 자세히 말할 수는 없지만, 탐사대를 모집하는 사람들을 몇 차례 만났다고 고백했다. 그들과 몇 시간이나 이야기를 나눈 끝에 이것이 옳은 결정이라는 사실을 깨달았다고 말했다. 탐사대에 참여하는 것은 명예로운 일이었다. 누구나 X구역에 갈 수는 없었다. 몇몇은 탈락했고 다른 몇몇은 포기했다. 그리고 끝까지 남아 있는 사람들은 아마 너무 늦어서야 자기가 무슨 짓을 저질렀는지 깨닫게 될 거라고 내가 지적했다. 당시에 남편이 X구역이라고 부르는 곳에 대해 내가 아는 바는 환경적인 재앙에 대한 모호한 공식 발표와 뜬소문으로 전해지는 이야기들이 전부였다. 위험? 남편이 나를 떠나고 싶다고 말했으며 그 정보를 지난 몇 주 동안이나 내게 숨겼다는 사실만큼 내가 X구역이 위험할지도 모른다는 점을 생각했는지 확신할 수 없다. 그때는 아직 최면이나 세뇌에 대해 몰랐기에 그가 이미 **암시에 걸려 있을지도** 모른다는 생각은 하지 못했다.

내 대답은 깊은 침묵이었고, 남편은 내 생각을 알아내기 위해 표정을 살폈다. 그는 돌아서더니 소파에 가서 앉았고, 나는 와인을 한 잔 가득 따라 그 반대편 의자에 앉았다. 우리는 오랫동안 그렇게 마주 보고 있었다.

조금 지나서 그가 다시 말하기 시작했다. 자신이 X구역에 대해 아는 내용들과 지금 하는 일이 얼마나 충족적이지 못한지, 또 그에게 왜 새로운 도전이 필요한지 등등. 하지만 나는 제대로 듣고 있지 않았다. 나는 내 지루한 직업에 대해 생각하고 있었다. 야생에 대해 생각하고 있었다. 그가 지금 하고 있는 일과 같은 시도를 왜 나는 진작에 하지 않았는지 의아했다. 나는 정말로는 남편을 비난할 수 없었다. 나도 일 때문에 종종 현장에 나가곤 하지 않았나? 물론 몇 달

씩은 아니었지만, 원칙적으로는 마찬가지였다.

남편의 결정이 내게 현실로 다가오자 논쟁이 이어졌다. 하지만 애원은 없었다. 나는 결코 그에게 떠나지 말라고 간청하지 않았다. 그럴 수가 없었다. 어쩌면 그조차 자신이 멀리 떠나면 우리 결혼생활을 구할 수 있다고 생각했을지도 모른다. 그러면 오히려 우리가 더 가까워질 수 있을 거라고. 나는 알 수 없었다. 나에게는 남편의 생각을 알 수 있는 단서가 없었다. 원래 그런 방면에는 소질이 없었다.

하지만 심리학자의 시체 옆에 서서 바다를 바라보는 동안 나는 남편의 일지를 떠올렸고, 그가 여기에서 맞닥뜨린 악몽이 어떤 종류였는지 곧 알게 되리라는 사실을 깨달았다. 그리고 내가 아직도 남편이 내린 결정 때문에 그를 격렬하게 비난하고 있다는 사실 역시 깨달았다……. 그리고 그럼에도 불구하고 마음 한구석에서 내가 다른 어느 곳도 아닌 X구역에 머물고 싶어 한다는 사실을 인지하기 시작했다.

등대에서 너무 오래 머무른 탓에 베이스캠프로 돌아가려면 어둠 속을 여행해야 했다. 꾸준히 이동하면 한밤중에는 도착할 터였다. 내가 측량사와 헤어졌던 방식을 고려하면 예상치 못한 시각에 도착하는 일에는 몇 가지 이점들이 있었다. 그리고 뭔가가 내게 등대에서 밤을 보낸다는 생각에 대해 경고를 보냈다. 어쩌면 단지 심리학자의 기이한 상처를 보고 나서 느끼는 불편함이거나, 아직도 그 장소에 무언가 살고 있다고 느끼기 때문일지도 모르지만. 어쨌거나 나는 배낭 가득 보급품과 내 남편의 일지를 넣고 출발했다. 내 뒤로 이제는 더 이상 등대라기보다 일종의 성유물에 가까운 구조물의 그림자가 점점 더 엄숙하게 드리우고 있었다. 뒤를 돌아보자 모래 언덕의 윤곽을 따라 녹색의 빛이 타올랐고, 나는 한층 더 걸음을 재촉하고 싶어졌다. 해변에 누워 있는 심리학자의 상처에서 나는 빛이 이전보다 더 밝게 빛나고 있었다. 하지만 그 현상을 좀 더 자세히 조사해 볼 엄두는 나지 않았다. 그녀가 일지에 베껴 쓴 또 다른 문구가 머릿속을 스쳐 갔다. *네 이름을 아는 불이 타오르리라, 그리고 목 조르는 과실이 임하면 그 검은 불꽃이 네 전부를 앗아가리라.*

한 시간도 지나지 않아 등대의 형상은 밤의 어둠 속에 사라졌고, 심리학자가 또 다른 등대가 되었다. 바람이 거세지고, 어둠은 짙어졌다. 멀리서 들리는 파도 소리는 불길한 속삭임 같았다. 나는 최대한 조용히 걸으며 은빛 달 아래 폐허가 된 마을을 지났다. 감히 손전등을 켤 생각은 들지 않았다. 무너져 드러난 방 안의 형상들은 주위에 어둠을 매단 채 서 있었고, 그들의 완전한 정지 상태에서 나는 불길한 움직임의 기미를 느꼈다. 나는 마침내 마을을 벗어났다는 사실에 기뻐하며 갈대가 우거진 호수 옆의 오솔길로 접어들었다. 잠시후면, 검은 강의 사이프러스 나무들과 마주치게 될 터였다.

몇 분 후, 신음 소리가 들리기 시작했다. 잠시 동안 나는 내가 환청을 듣는 줄 알았다. 그러고 나서 황급히 멈춰 선 채 가만히 귀를 기울였다. 우리가 저녁때마다 듣던 바로 그 소리였다. 나는 서둘러 등대를 떠나느라 놈이 갈대숲에 산다는 사실을 잊고 있었다. 이렇게 가까이서 듣자 신음 소리는 더욱 거칠었고 혼란과 고통 그리고 분노로 가득했다. 완전히 인간적이면서도 비인간적으로 느껴지는 소리라서, X구역에 들어선 이래 두 번째로 초자연적인 느낌을 받았다. 소리는 내 앞의 육지 방향에서, 오솔길과 물줄기 사이를 가로막고 있는 두꺼운 갈대밭 너머에서 들려왔다. 기척을 들키지 않고 놈을 지나치기는 어려워 보였다. 어떻게 해야 할까?

결국 나는 계속 전진하기로 결정했다. 두 개의 손전등 중 더 작은 것을 꺼낸 다음, 웅크린 채 전원을 켜서 갈대 위로 빛이 새어 나가지 않도록 했다. 나는 기이하게 구부정한 자세로 나아갔고, 한 손에는 총을 꺼내든 채 소리가 나는 방향을 경계했다. 소리는 점점 더 가까이서 들렸지만 아직은 거리가 있었다. 놈은 계속해서 끔찍한 신음 소리를 내며 갈대를 헤치고 다가왔다.

몇 분이 흐르자 나는 제법 먼 거리를 이동했다. 그러다 갑자기 뭔가가 내 발에 채여 펄럭이며 굴러갔다. 바닥에 손전등을 겨누었다가 숨을 들이켜며 펄쩍 뛰어 물러났다. 믿기 어렵게도 사람의 얼굴이 땅에서 솟아나 있었다. 하지만 아무 일도 벌어지지 않아서 다시 그 위에 빛을 비추어 보았다. 그리고 가죽으로 만들어진, 마치 투구게가 탈피하고 난 껍데기를 닮은 일종의 가면을 발견했다. 넓적한 얼굴의 왼쪽 뺨에는 마마 자국이 보였다. 가면은 텅 빈 눈동자로 나를 응시했다. 나는 이 얼굴을 어디선가 봤다고, 또 그 사실이 무척 중요하다고 느꼈다. 하지만 이렇게 껍데기만 남은 상태로는 알아보기가 어려웠다.

어째서인지 마스크의 시선은 내가 심리학자와 대화하는 동안 잃어버렸던 평정을 되찾는 데 도움이 되었다. 얼마나 이상하든 간에, 이 버려진 껍데기는 설사 그 일부가 인간의 얼굴과 꼭 닮았다고 해도 해결 가능한 수수께끼처럼 보였다. 최소한 경계가 점점 확장하는 거슬리는 장면이나 서던 리치의 셀 수 없는 거짓말에 대한 생각을 한동안 미뤄 둘 수 있는.

무릎을 굽히고 다시 손전등을 켜자 일종의 허물벗기 끝에 생겨난 듯한 잔여물이 더 보였다. 피부처럼 보이는 조각과 껍데기, 그리고 허물들. 나는 곧 이 안에 들어 있던 존재와 마주치게 될 것이 분명했다. 그리고 신음 소리를 내는 생물이 한때 인간이었다는 점도 그만큼 분명했다.

폐허가 된 마을과 돌고래들의 기이한 눈빛을 다시 떠올렸다. 거기에 존재하는 질문에 대해서는 내가 곧 지나치게 개인적인 대답을 찾게 될지도 몰랐다. 하지만 지금 이 순간 가장 중요한 질문은 허물을 벗고 나서 이 생물이 탈진하느냐 아니면 더 활동적이 되느냐였다. 그 점은 종(種)에 따라 달랐고, 나는 이 종에 대한 전문가가 아니었다. 내게는 놈과 마주칠 경우에 대비해 남겨 둔 체력이 없었지만, 그렇다고 되돌아가기에는 너무 늦어 버렸다.

나는 계속 앞으로 나아가서 갈대들이 대략 90센티미터 정도 너비로 길을 이루며 좌우로 꺾이고 누워 있는 자리에 도달했다. 주변에는 허물이라고 부를 만한 것이 흩어져 있었다. 손전등을 비추자 갈대 사이로 난 길은 30미터를 못 간 지점에서 급하게 오른쪽으로 꺾였다. 이는 놈이 이미 나보다 앞서서 갈대 속 어딘가에 도사리고 있으며, 내가 베이스캠프로 돌아가는 길목에 갑자기 나타날 수도 있다는 것을 의미했다.

질질 끄는 듯한 소리가 거의 신음 소리와 맞먹을 정도로 커졌다. 공기 중에 진한 사향 냄새가 풍겼다.

여전히 등대로 돌아갈 마음이 없었던 나는 걸음을 서둘렀다. 이제 주위는 완전히 어두워져 주위 몇 발짝밖에는 보이지 않았고 손전등도 별 소용이 없었다. 마치 동굴 속을 걷고 있는 듯한 착각이 들었다. 신음 소리는 계속해서 커졌지만, 방향을 확실히 가늠하기 어려웠다. 이제 냄새는 독특한 악취로 변했다. 걸을 때마다 바닥이 움푹 들어가서, 물가가 가깝다는 사실을 알 수 있었다.

어느 때보다 가깝게 신음 소리가 들렸고, 이번에는 뭔가를 두드리는 듯한 커다란 소리도 섞여 있었다. 나는 멈춰 서서 갈대 너머로 손전등을 비추기 위해 까치발을 했다. 길이 오른쪽으로 꺾이는 부분에서 갈대가 마치 파도처럼 흔들렸다. 파도는 마치 기계가 갈대를 베어 나갈 때처럼 빠르게 내 쪽으로 다가왔다. 놈은 나를 급습하려 하고 있었다. 내 안에서 빛이 솟아올라 공포심을 달랬다.

아주 잠시 동안 망설였다. 내 일부는 며칠 동안이나 소리로만 들었던 그 생물을 보고 싶어 했다. 생존이 걸린 상황에서도 논리와 증거를 추구하는 과학자다운 부분이 내 안에 남아 있었기 때문일까?

만약 그렇다 해도, 아주 작은 부분에 불과했다.

나는 달렸다. 내가 이렇게 빨리 달릴 수 있었나 하는 생각에 새삼 놀랐다. 전에는 이 정도로 빠르게 달려야 할 필요가 있었던 적이 없었다. 빛이 나를 앞으로 밀어내게 내버려 두면서 긁히는 것도 아랑곳 않고 갈대 사이로 난 어두운 길을 지나 앞을 향해 내달렸다. 그 야수가 나를 가로막기 전에 지나쳐야 했다. 놈이 갈대를 무참하게 짓밟으며 돌진하는 소리가 들리고 땅을 울리는 진동이 느껴졌다. 놈의 신음에서는 이제 일종의 기대감이 느껴졌다. 나를 찾아내려는 그 다급한 기색이 내 속을 메스껍게 만들었다.

어둠 속에서 육중한 뭔가가 내 왼쪽을 노리고 나타났다. 고통에 뒤틀린 창백한 옆얼굴, 그리고 그 뒤에 도사린 거대한 덩치가 언뜻 보이는 듯했다. 선택의 여지없이 앞으로 쏜살같이 내달렸다. 어떻게든 놈을 지나쳐 갈 수밖에 없었다.

놈은 아주 빠르게, 너무 빠르게 다가오고 있었다. 나는 이 각도에서는 피하기가 불가능하다는 사실을 깨달았다. 하지만 이미 전력으로 달리는 중이었다.

결정적인 순간이 찾아왔다. 나는 옆구리에서 뜨거운 숨결을 느끼고, 정신없이 달리는 도중에도 움찔하며 비명을 질렀다. 하지만 다음 순간 길이 트였고, 내 바로 오른쪽 뒤에서 공간과 대기를 갑자기 **확 채우는** 듯한 높은 울음소리가 들렸다. 놈은 멈춰서 방향을 바꾸려고 애썼지만 달려오던 기세를 이기지 못하고 반대편 갈대 속으로 굴러 떨어졌다. 그리고 거의 애원하는 듯한 울부짖는 소리가 적막 속에 울려 퍼졌다. 놈은 계속해서 나를 불렀다. 돌아오라고, 자신의 모습을 제대로 보고 그 존재를 인지하라고 간청했다.

나는 돌아보지 않았다. 계속해서 달렸다.

한참이 지나서야 숨을 헐떡이며 달리기를 멈췄다. 그리고 다리가 풀린 채 숲으로 이어지는 오솔길을 걸었다. 한동안 그렇게 걸은 끝에 내가 기어오를 수 있는 참나무를 찾았다. 가지가 갈라지는 부분에 불편한 자세로 몸을 눕히고 밤을 보냈다. 신음 소리를 내던 생물이 거기까지 쫓아왔다면, 더 이상 어찌할 바를 몰랐을 것이다. 하지만 놈은 나타나지 않았고, 멀리서 소리가 들려올 뿐이었다. 놈에 대해 생각하고 싶지 않았지만 그럴 수가 없었다.

선잠이 들었다 깨기를 되풀이하며 계속해서 지상을 살폈다. 한번은 뭔가 커다랗고 킁킁거리는 소리를 내는 녀석이 나무 아래 멈췄지만 곧 제 갈 길로 가 버렸다. 또 한번은 조금 떨어진 거리에서 모호한 형상들이 움직였다. 그것들은 잠깐 동안 멈춰 섰다. 어둠 속에 떠 있는 빛나는 눈들이 보였지만 아무런 위협도 느껴지지 않았다. 나는 가슴에 마치 부적처럼 남편의 일지를 품고 있으면서도 여전히 그것을 열어 보지 않으려 했다. 두려움만 계속 자라고 있었다.

동트기 전 어느 순간, 나는 다시 잠에서 깨어나 내가 문자 그대로 빛이 된 것을 깨달았다. 내 피부는 어둠 속에서 희미한 인광을 발했다. 소매 속에 손을 감추고 옷깃을 끌어올려 눈에 덜 띄게 한 다음 다시 잠에 빠져들었다. 내 일부는 앞으로 무슨 일이 더 일어나든 영원히 잠자고 싶어 했다.

그리고 한 가지 기억이 떠올랐다. 내가 어디서 그 허물 같은 가면의 얼굴을 봤는지를. 나는 열한 번째 탐사대의 심리학자가 경계를 넘어 귀환한 뒤 면담하는 영상을 본 적이 있었다. 그는 침착하고 차분한 말투로 이야기했다.

"X구역은 아주 아름답고 평화로운 곳이었죠. 우리는 이상한 것은 전혀 보지 못했습니다. 하나도요."

그러더니 텅 빈 미소를 지어 보였다.

나는 여기서의 죽음이 경계 너머와 같지 않다는 사실을 이해하기 시작했다.

다음 날 아침, 뒤틀린 사이프러스 나무들이 반쯤 잠겨 있는 늪지대의 사이 언덕길을 올라가는 중에도 내 머릿속은 여전히 그 생물의 신음 소리로 가득했다. 강물은 모든 소리를 삼켰고, 잔잔한 수면에는 회색 이끼와 나무 둥치의 모습만이 비쳤다. 오솔길의 이 부분만큼은 마음에 들었다. 여기서는 마치 평화로운 고독감과 같은 뭔가가 느껴졌기 때문이다. 주위의 적막함이 경계심을 풀게 만드는 동시에 경계심을 풀지 말라고 나를 꾸짖었다. 베이스캠프까지는 이제 약 1.5킬로미터가 남아 있었다. 햇볕과 수풀 속에서 들려오는 벌레들의 날갯짓 소리에 마음이 느슨해졌다. 나는 속으로 측량사에게 무엇을 알려 주고 무엇을 숨길지 생각하며 말할 내용을 연습했다.

그때 내 안의 빛이 솟구쳤다. 나는 황급히 오른쪽으로 반걸음을 움직였다.

내 심장을 노리고 날아오던 첫 번째 총알이 대신 왼쪽 어깨를 맞혔다. 나는 몸을 비틀며 뒤로 밀려났다. 두 번째 총알이 왼쪽 옆구리를 스쳐서 나는 바닥에 나동그라졌다. 주위는 고요했지만 이리저리 부딪히며 언덕 아래로 굴러 떨어지는 내 귀에는 천둥이 치는 듯했다. 겨우 정신을 차려 보니 나는 한쪽 손을 검은 강에 담그고 다른 손은 몸 아래 깔린 채로 쓰러져 있었다. 왼쪽 옆구리의 통증은 마치 누가 칼로 난도질하고 다시 바느질해 붙이기를 반복하는 것처럼 끔찍했다. 하지만 통증은 금세 둔해졌고, 내 몸 안에서 아주 작은 생물들이 꿈틀거리며 움직이는 듯한 느낌과 함께 총상이 점점 아물어 갔다.

몇 초가 지나자, 나는 어서 움직여야 한다는 사실을 깨달았다. 다행히 내 총은 어디로 날아가지 않고 총집에 그대로 들어 있었다. 총을 뽑아 손에 들었다. 높은 풀 사이로 어렴풋이 보였던 조준경이 나를 공격한 자의 정체를 알려 줬다. 측량사는 우수한 실력의 전직 군인이지만, 빛이 나를 보호한다는 사실을 모르고 있었다. 총을 맞았지만 그 충격으로 기절하거나 움직이지 못하게 되는 일은 없었다.

나는 강기슭을 따라 기어가기 위해 몸을 뒤집어 엎드렸다.

그때 언덕 반대편에서 측량사의 목소리가 들렸다.

"심리학자는 어디에 있지? 그 사람을 어떻게 한 거야?"

나는 그녀에게 진실을 말하는 실수를 저질렀다.

"죽었어."

일부러 약하고 떨리는 목소리로 대답했다.

측량사는 대답 대신 내 머리 위로 총을 발사했다. 아마 내가 숨어 있던 곳에서 뛰쳐나가 모습을 드러내기를 바라는 듯했다.

"내가 죽인 게 아니야." 내가 외쳤다. "그 사람이 스스로 등대에서 뛰어내렸어."

"*대가를 위해 위험을 무릅써!*"

측량사가 수류탄처럼 그 말을 내게 던졌다. 그녀는 나와 떨어져 있는 내내 그 순간을 생각했던 것이 틀림없었다. 하지만 그 명령은 내가 그녀에게 시도했던 때와 마찬가지로 아무런 효과도 없었다.

"내 말을 들어 봐! 난 아주 심한 부상을 당했어. 그냥 날 내버려 두고 떠나. 난 네 적이 아니야."

나는 애처로운 목소리로, 달래는 듯한 어조로 말했다. 하지만 측량사는 대답하지 않았다. 들꽃 주위에서 붕붕거리는 벌들의 날갯짓

소리, 둑 너머의 검은 강 어디선가 물줄기가 흐르는 소리만 들려올 뿐이었다. 나는 시리도록 파란 하늘을 올려다보며 언제 움직여야 할지 궁리했다.

"베이스캠프로 돌아가서 보급품을 챙겨." 내가 다시 소리쳤다. "그리고 경계로 돌아가. 난 상관하지 않을게. 널 막지 않을 거야."

"네 말은 하나도 믿지 않아!" 측량사가 외쳤다. 목소리는 조금 전보다 더 가까워져 있었다. "넌 더 이상 인간이 아니야. 내가 죽이기 전에 스스로 목숨을 끊어."

난 그녀의 담담한 말투가 마음에 들지 않았다.

"난 인간이야, 너와 마찬가지로." 내가 대답했다. "이건 자연스러운 현상이야."

그렇게 말했지만 내가 빛에 대해 이야기하고 있다는 점을 측량사가 이해하지 못할 거라는 사실을 깨달았다. 나는 나 역시 자연스러운 존재라고 말하고 싶었지만 스스로도 진실을 알지 못했다. 그리고 어느 쪽이든 어차피 별 도움은 되지 않을 터였다.

"네 이름을 말해 봐!" 측량사가 악을 썼다. "네 이름을 말해 봐! 네 빌어먹을 엿 같은 이름을 말해 보라고!"

"그게 무슨 의미가 있어!" 내가 마주 외쳤다. "대체 그게 무슨 의미가 있지? 난 그게 무슨 의미가 있는지 이해를 못 하겠어!"

침묵만이 돌아왔다. 측량사는 더 이상 말하려 하지 않았다. 그녀에게 나는 악마였고, 귀신이었고, 그녀가 이해할 수 없는 존재였다.

나는 측량사가 엄폐한 채 포복하며 다가오는 것을 느낄 수 있었다.

측량사는 완벽한 시야를 확보하기 전까지 다시 총을 쏘지 않으려 할 테지만, 나는 마구 총을 난사하며 달려들고 싶은 충동이 들었다. 하지만 그러는 대신에 물가를 따라 반쯤은 기고 반쯤은 구르며 그녀를 **향해** 나아갔다. 측량사는 내가 거리를 벌리려고 도망치리라 예상하겠지만, 그녀가 가진 소총의 사정거리를 고려할 때 그건 자살 행위였다. 나는 호흡을 진정시키려 애쓰며 측량사의 위치를 파악하기 위해 촉각을 곤두세웠다.

잠시 후 언덕 반대편에서 나를 향해 다가오는 발소리가 들렸다. 나는 진흙 덩어리를 발견하고 한 움큼을 집어서 내가 원래 있던 강기슭 쪽으로 던졌다. 덩어리가 15미터 정도 떨어진 수면 위에 부딪쳐 첨벙 소리를 낼 때, 나는 오솔길 가장자리를 겨우 볼 수 있는 지점까지 언덕을 올라가 있었다.

3미터 전방에서 측량사의 정수리가 나타났다. 그녀는 자세를 낮추고 기다란 풀 사이로 포복하는 중이었다. 그러다 아주 잠깐, 1초도 안 되는 시간 동안 고개를 들었지만 그걸로 충분했다. 나는 그녀를 쐈다.

측량사의 머리가 한쪽으로 꺾였다. 그녀는 소리 없이 수풀 속으로 쓰러져 등을 바닥에 대고 누운 채 마치 자다 깬 사람처럼 신음했다. 그리고 이내 조용해졌다. 측량사의 얼굴 옆쪽은 피투성이였고, 총에 맞은 이마는 흉측한 모습이었다. 나는 다시 경사를 미끄러져 내려가서 내 손에 든 총을 응시했다. 그동안 마치 내게 선택지가 있는 것처럼 느꼈지만, 사실은 이미 결정을 내린 뒤였다. 그리고 이게 내가 내린 결정이었다.

조심스럽게 언덕 가장자리로 다가가 확인해 보니 측량사는 여전히 움직이지 않고 쓰러져 있었다. 나는 한 번도 사람을 죽여 본 적이 없었다. 그리고 이 땅의 법칙을 고려할 때, 여전히 내가 누구를 죽였다고 할 수 있을지 확신하기 어려웠다. 적어도 떨림을 진정시키기 위해 나 자신에게 그렇게 말했다. 모든 일이 끝나고 나자, 측량사를 설득하기 위해 좀 더 애쓰거나 총상을 감추고 황야로 도망칠 수도 있었다는 생각이 자꾸만 들어서였다.

일어서서 언덕을 올라갔다. 어깨에는 이미 둔한 통증만 남았지만 온몸이 쑤셨다. 측량사의 시체 쪽으로 다가가니 피투성이 머리 위에 소총이 똑바로 놓여 있어서 마치 느낌표 같은 모습이었다. 베이스캠프에서 보낸 그녀의 마지막 시간은 어땠을까? 그녀가 어떤 의심에 시달렸을지. 경계로 돌아가기 위해 출발했다가, 망설이다가, 캠프로 돌아왔다가, 다시 출발했다가, 결국 이러지도 저러지도 못 하는 상태에 갇혔을지. 분명히 그녀가 나를 적대하게 된 계기가 있을 터였다. 아니면 혼자서 밤을 지새운 것만으로 충분했을지도 모른다. 고독은 때로 사람을 압박하고, 성급하게 만들 수도 있었다. 내가 약속한 시간에 돌아왔다면 상황이 달라졌을까?

측량사를 그대로 내버려 둘 수 없었지만, 베이스캠프로 데려가서 텐트 뒤쪽의 오래된 묘지에 묻기는 꺼려졌다. 내 안의 빛이 나를 확신하지 못하게 했다. 이곳에 그녀를 위한 목적이 있다면? 그녀를 매장하면 심지어 지금 이 순간도 진행하고 있을지 모르는 변화를 방해하는 건 아닐까? 결국 강물 쪽으로 그녀의 몸을 굴렸다. 측량사의 피부는 아직도 따뜻했고, 머리의 상처에서는 피가 쏟아져 나왔다. 나는 그녀에게 용서를 구하고, 그녀가 날 쏜 행위를 나 자신도 용서한다고 몇 마디를 중얼거렸다. 하지만 말하면서도 우스꽝스럽다는 생각을 했다. 만약 측량사가 지금 갑자기 부활한다면 우리는 서로 무엇 하나 용서하지 않았다는 사실에 동의할 터였다.

나는 측량사를 팔에 안고 검은 강으로 걸어 들어갔다. 그리고 물이 무릎 깊이까지 왔을 때 그녀를 내려놓고 강 속에 잠기게 내버려두었다. 마치 창백한 말미잘처럼 펼쳐진 그녀의 왼쪽 손까지 보이지 않게 되자 다시 물가로 돌아왔다. 측량사에게 종교가 있어서 천국에서 부활하기를 바랄지, 아니면 그저 흙으로 돌아가기를 원할지는 알 수 없었다. 하지만 어느 쪽이든 강물 위로 드리운 사이프러스 나무들이 마치 대성당의 지붕처럼 보였다.

이미 일어난 일을 곱씹고 있을 시간은 없었다. 강기슭을 떠나 오솔길로 접어들자마자, 내 신경 중추에 머물던 빛이 훨씬 더 많은 곳을 차지하기 시작했다. 나는 마치 어둡고 추운 겨울 같은 한기를 느끼며 바닥을 뒹굴었고, 빛은 점점 퍼져 나가 파랗게 타오르는 불꽃을 두른 태양의 형상이 되었다. 담배가 타들어 가며 그 재가 흩날리다 내 피부를 뚫고 들어오는 듯한 느낌이었다. 곧 나는 꽁꽁 얼어붙고 멍한 상태가 되어, 나 자신의 몸속에 갇힌 채로 입을 반쯤 벌린 채 멍하니 앞쪽의 수풀만 바라보고 있었다. 비록 상처의 고통이 느껴지지 않아서 안도가 찾아왔지만, 그 대신 환각에 시달려야 했다.

나는 이 환각들 중 오직 세 가지만을 기억한다. 먼저 측량사, 심리학자 그리고 인류학자가 물결 너머로 나를 내려다보고 있었다. 마치 내가 수면 아래 헤엄치는 올챙이가 된 것 같았다. 그들은 기이할 정도로 오래 나를 응시했다. 두 번째 환각 속에서 나는 신음하는 짐승의 옆에 앉아 내 손을 그 머리 위에 얹고, 내가 알지 못하는 언어로 뭔가를 중얼거렸다. 마지막으로 나는 경계가 X구역을 둘러싼 거대한 해자처럼 그려져 있는, 살아 움직이는 지도를 들여다봤다. 거대한 바다 생물들이 내가 보고 있다는 사실을 모르는 채로 해자 속을 헤엄쳤다. 나는 그들의 무관심으로부터 마치 가족을 잃은 듯한 슬픔을 느꼈다.

나중에 풀 위의 흔적을 보고 알았지만, 그러는 동안 나는 전혀 가만히 있지 않았다. 나는 벌레처럼 흙 위에서 꿈틀거리며 몸부림치고 있었다. 내 일부는 여전히 고통을 느끼며 차라리 죽고 싶어 했지만, 빛이 그러도록 허락하지 않았다. 만약 총을 손에 쥘 수만 있었다면 기쁘게 나 자신의 머리를 쏴 버렸을 것이다.

지금쯤이면 이 글을 읽는 당신도 내가 이야기에 그리 소질이 없다는 사실을 알게 되었을 것이다. 나는 여기까지 기록을 쓰면서 빛에 대한 몇몇 세부 사항들을 언급하지 않았다. 그 때문에 내 객관성이 의심받는 일이 없기를 바라서였다. 대신에 다소 나답지 않게, 보다 개인적인 정보들을 언급해서 이 점을 보충하려 했다. 부분적으로는 그런 점들이 X구역의 본질과 관련되어 있기 때문이기도 했다.

진실을 말하자면, 측량사가 나를 죽이려고 시도하기 전에 빛이 내 안에서 퍼져 나가 감각을 확장시켰다. 측량사가 바닥에 엎드려 조준경으로 나를 겨눌 때 그 사실을 느낄 수 있었다. 땀방울이 그녀의 이마를 타고 흘러내리는 소리를 들었고, 그녀가 뿌린 데오도란트 냄새도 맡을 수 있었다. 측량사를 쐈을 때에도 여전히 감각이 확장된 상태였다. 그녀가 나에게 당한 이유는 오로지 그 때문이었다.

이는 내가 이미 경험했던 현상이었고, 위기에 처하자 갑자기 강해졌을 뿐이었다. 등대에서 돌아오는 길에 빛은 마치 약한 감기 기운처럼 느껴졌다. 미열이 오르고 기침을 했으며 코가 막혔다. 때때로 정신이 혼미하고 머리가 어지럽기도 했다. 둥둥 떠다니는 듯한 느낌과 반대로 내리 누르는 듯한 느낌이 불규칙하게 번갈아 가며 찾아와서, 몸이 가볍다고도 무겁다고도 하기 어려웠다.

남편이라면 빛에 대해 좀 더 주도적으로 대응했을 터였다. 그라면 이런 현상을 치료하기 위한, 그리고 흉터까지 없애기 위한 천 가지도 넘는 방법을 찾아냈을 것이다. 또 우리가 함께 하는 동안 내가 종종 심하게 아프지만 아무 말도 하지 않았던 적이 있었기 때문에 절대로 내가 알아서 하게 내버려 두지 않았을 것이다. 하지만 어쨌거나 이 경우에는 그가 아무리 노력한다 한들 무의미했을 터였다. 언제 올지 모르는 죽음을 걱정하느라 시간을 낭비하느니, 지금 할 수 있는 일에 집중하는 편이 나았다.

나는 다음 날 정오가 되어서야 다시 정신을 차렸다. 그리고 나 자신을 겨우 추슬러서 베이스캠프로 돌아갔다. 몹시 지친 상태였고, 나 자신이 마치 3~4리터쯤 물을 채워 넣어야 다시 살아날 빈껍데기처럼 느껴졌다. 옆구리가 타는 듯 아팠지만 너무 빠르게 회복이 진행되고 있기 때문이라는 사실을 알 수 있었다. 움직이는 데 지장이 있을 정도는 아니었다. 빛은 이미 내 사지에 침투하여 몸 전체를 차지하기 직전이었지만 먼저 상처를 치료하느라 진행을 늦추고 있는 것처럼 보였다. 감기 증상은 덜해졌고 몸이 가벼웠다 무거웠다 하는 대신 끊임없이 윙윙대는 소리가 머릿속에 울렸다. 그리고 한동안 뭔가가 내 피부 아래를 기어 다니면서, 겉으로 보이는 모습과 완전히 똑같은 막 하나를 형성하고 있는 듯한 불편한 감각이 느껴졌다.

나는 지금의 평온한 느낌을 신뢰해서는 안 된다는, 단지 또 다른 단계가 진행되기 이전의 휴지 기간일 수도 있다는 사실을 알고 있었다. 위안이라면 감각과 반사 신경의 확장 그리고 피부에 생긴 푸르스름한 빛을 발하는 반점 외에 아직까지 더 급격한 변화는 없다는 점이었다. 빛을 억누르려면 계속해서 다치고 부상을 입어야 한다는, 그래서 내 신체에 충격을 줘야 한다는 사실을 알게 되었다.

그래서인지 베이스캠프의 참상과 마주하고도 담담한 태도를 유지할 수 있었다. 측량사는 두껍고 질긴 캔버스 천이 너덜너덜해질 때까지 텐트들을 난도질하고, 앞선 탐사대가 남겨 둔 실험 자료를 불태웠다. 그녀가 소지할 수 없는 모든 무기는 세심하게 분해되어 있었다. 그런 다음 마치 내게 도전하듯 그 부품들을 베이스캠프 전체에 뿌려 놓았다. 뚜껑이 열리고 옆구리가 뚫린 채 텅 빈 음식물 깡통들이 여기저기 흩어져 있었다. 내가 자리를 비운 동안, 그녀는 온갖 무생물을 학살하며 시간을 보낸 모양이었다.

측량사의 일지는 나머지 소지품과 함께 그녀의 텐트 안 침대 위에 놓여 있었고, 그 주위에는 낡고 빛바랜 지도들이 보였다. 일지는 텅 빈 백지 상태였다. 그녀가 다른 사람들로부터 떨어져 앉아 뭔가를 '쓰는' 척했던 행동은 속임수였다. 측량사는 심리학자 혹은 다른 누구에게도 자신의 진짜 생각을 드러내려는 의도가 없었다. 나는 그런 그녀를 존중했다.

하지만 측량사는 침대 옆에 놓인 종이 위에 한 줄의 간결한 마지막 진술을 남겼다. 그 내용을 보니 그녀가 나를 적대했던 이유를 이해할 수 있었다. '인류학자가 돌아오려 했지만 내가 처리했다.' 측량사는 미쳤거나 아니면 너무 제정신이었다. 나는 주의 깊게 지도들을 살폈지만, X구역에 대한 것들이 아니었다. 측량사가 지도 위에 적어 놓은 개인적인 추억들을 읽고 나서야 그녀가 방문했거나 살았던 지역들이라는 사실을 알 수 있었다. 나는 그녀의 이런 행동을, 현재의 자신을 다잡기 위해 과거의 뭔가를 탐색했던 그녀를 나무랄 수 없었다. 그것이 얼마나 헛된 시도였든 상관없이.

현재 처한 상황을 파악하기 위해 베이스캠프의 나머지 부분을 조사했다. 측량사가 빠뜨린 음식물 깡통이 몇 개 남아 있었다. 그녀는 또 얼마간의 음료수도 놓쳤는데, 내가 습관처럼 몇 개를 침낭 속에 숨겨 둔 덕이었다. 내가 채취한 시료들은 모두 없어졌지만(아마 측량사가 수풀 속에 매복하러 가는 길에 검은 늪에 던져 버렸을 거라고 나는 짐작했다.) 쓸데없는 짓이었다. 나는 보조 배낭에 들어 있는 작은 노트에 시료들을 측정하고 관찰한 결과를 기록해 두었다. 더 크고 성능이 좋은 현미경이 그리울 테지만 내가 챙겨 갔던 녀석도 쓸 만했다. 많이 먹는 편은 아니라서 지금 있는 식량만 가지고도 몇 주는 버틸 수 있었다. 음료수는 그보다 사나흘 분량이 더 남았고, 필요하면 언제든 강물을 끓일 수도 있었다. 내게는 한 달 동안 불을 피우고도 남을 만큼 충분한 성냥과, 성냥 없이도 불을 피울 수 있는 기술까지 있었다. 그리고 등대로 돌아가면 심리학자의 배낭 속에 더 많은 보급품이 있을 터였다.

바깥쪽으로 나간 나는 측량사가 오래된 묘지에 구덩이 하나를 새로 파고 나뭇가지를 십자가 모양으로 엮어서 꽂아 놓은 것을 발견했다. 인류학자를 묻기 위한 무덤일까? 아니면 우리 둘 다를 위한? 영원히 인류학자 옆에 눕는다는 생각이 마음에 들지 않았다.

잠시 후 주변을 치우다가 갑작스레 웃음이 터져 상처의 고통이 더 심해졌다. 남편이 경계를 가로질러 돌아왔던 날 밤에 했던 설거지가 떠올랐기 때문이다. 접시에서 스파게티 찌꺼기를 닦으면서 남편이 불가해한 방식으로 돌아온 엄청난 사건이 벌어진 때에 그토록 일상적인 행동을 하고 있다는 사실에 놀라워했던 기억이 생생했다.

05: 소멸

내가 도시에 어쩔 수 없이 잠시 살았던 건 남편이 바랐고, 또 나로서도 현장 연구가 잘 안 풀리던 차에 괜찮은 직장을 찾아서였다. 하지만 결코 그 생활에 잘 적응하지 못했다. 나는 결코 문명에 길들여지지 못했다. 도시의 공해와 영원히 **잠들지 않는** 상태, 분주하고 번잡한 분위기, 별들이 보이지 않게 만드는 꺼질 줄 모르는 불빛들, 사방에서 풍기는 가솔린 냄새처럼 우리의 멸망을 예고하는 수천 가지 전조들을 도저히 견딜 수가 없었다.

"매일 밤늦게 어디를 가는 거야?"

열한 번째 탐사대의 일원이 되어 떠나기 아홉 달쯤 전에 남편이 내게 몇 번 물어본 적이 있었다. 실제로 언급하지는 않았지만 '어디를' 앞에 숨어 있는 '대체'라는 단어가 내게는 똑똑히 들렸다.

"아무 데도." 나는 말했다. 어디든.

"아니, 대체…… 어디를 가는 거냐고?"

기특하게도 그가 내 뒤를 밟은 적은 없는 듯했다.

"혹시 의심하고 있다면, 절대 바람피우는 건 아냐."

그런 노골적인 선언이 결코 남편을 납득시키지는 못했지만, 적어도 질문을 멈추게는 했다.

나는 남편에게 일이 너무 지루하거나 스트레스를 받을 때면 늦은 밤 산책을 하고 나야 잠이 온다고 말했다. 하지만 사실은 수풀이 무성한 빈 주차장까지 걸어갈 뿐이었다. 빈 주차장은 정말로 비어 있기 때문에 마음에 들었다. 그곳에는 달팽이 두 종과 도마뱀 세 종, 그리고 잠자리와 나비 들이 서식했다. 여기저기 진흙 위에 남겨진 트럭 바퀴 자국에 오랜 시간 빗물이 고여 웅덩이로 변했고, 그 안에는 피라미와 올챙이 그리고 수생 곤충들이 자리를 잡았다. 주위에 자라난 잡초 덕분에 웅덩이는 흙먼지로 메워지지 않았다. 이동하는 철새들이 그곳에서 쉬어가곤 했다.

빈 주차장의 생태계는 단순했지만, 그 원시성을 감상하고 있노라면 당장 차에 올라타 가까운 야생으로 떠나고 싶은 욕구가 달래지곤 했다. 주로 늦은 밤에 그곳을 방문했는데, 근처를 지나가는 지친 늑대나 전신주 위에서 쉬고 있는 날다람쥐를 보기 위해서였다. 쏙독새들이 가로등 주위로 모여드는 벌레들을 잡아먹기 위해 날아왔다. 쥐와 올빼미가 아득한 옛날부터 계속되어 온 사냥감과 사냥꾼의 대결을 이어 갔다. 녀석들은 모두 진짜 야생에서 살아가는 동물들과 다른 특유의 경계심을 지니고 있었다. 인간이 점령한 땅에서 이루어진 잘못된 만남의 이야기와 비극적인 과거의 사건들로 이루어진 길고 서글픈 역사로부터 비롯한 병든 경계심이었다.

그 주차장을 혼자만 알고 싶었기에 남편에게 내 산책의 목적지를 말하지 않았다. 나는 부부라면 당연히 어떠해야 한다는 수많은 관습들에 신경 쓰지 않았다. 물론 남편과 함께 하는 일이 즐거울 때도 있지만 그 도시 속의 야생에 대해서만큼은 이기적일 필요가 있었다. 직장에 있을 때 떠올리면 마음을 안정시켜 주고, 수많은 작은 사건들에 대한 기대감을 심어 주는 존재였기 때문이다. 내가 자유에 대한 갈망을 이런 응급조치로 달래는 동안, 내 남편은 X구역이라는 훨씬 더 큰 공간을 꿈꾸고 있었는지도 모른다. 하지만 훗날 이런 유사성이 그가 떠나기로 한 사실에 느꼈던 나의 분노나, 그가 변한 모습으로 돌아왔을 때의 혼란도 어느 정도 진정시켜 줬다……. 내가 원래의 남편에 대해서 어떤 점을 그리워하는지 정말로는 여전히 이해하지 못한다는 냉혹한 진실에도 불구하고.

심리학자는 이렇게 말했다.

"경계는 전진하고 있어……. 매년 조금씩."

하지만 나는 그 말이 지나치게 한정적이고, 지나치게 무지하다고 느꼈다. 내가 지켜보던 주차장과 같은 '버려진' 장소들이 수천 군데도 넘게 있었다. '사용되고' 있지 않아서 아무도 지켜보지 않는 가운데 환경이 변해 가는 곳들이었다. 그런 곳들에서는 무엇이든 아무도 모르는 가운데 한동안 살아갈 수 있었다. 우리는 경계를 한 덩어리의 보이지 않는 벽으로 생각한다. 그러나 열한 번째 탐사대의 대원들이 그런 식으로 돌아올 수 있었다면, 다른 것들도 이미 넘어오지 않았을까?

내 상처가 회복되면서 빛의 영향이 새로운 단계에 접어들자, 탑이 끊임없이 나를 불렀다. 누군가를 처음 만나서 강하게 끌릴 때면 보지 않고도 그 사람이 방 안 어디에 있는지 알 수 있는 것처럼, 땅 밑에 있는 탑의 물리적인 존재를 느낄 수 있었다. 그런 느낌의 일부는 탑으로 돌아가고자 하는 나 자신의 욕구 때문일 수도 있지만 일부는 포자의 영향 때문일지도 몰랐다. 나는 탑의 부름에 맞서 싸웠다. 먼저 처리해야 할 일들이 있었다. 이상한 간섭만 받지 않는다면 모든 것을 객관적으로 파악할 수 있을지도 몰랐다.

먼저 X구역의 특이성에 대한 실제적인 정보로부터 서던 리치의 거짓말과 불명료한 표현들을 걷어내야 했다. 예를 들어 일종의 전진 기지나 교두보와 같은 성질을 지닌 X구역의 원형이 존재했다는 비밀스러운 지식처럼. 보고서 더미를 본 일이 X구역에 대한 내 관점을 급격하게 바꿔 놓긴 했지만, 이전 탐사대의 기록을 통해 탑이나 그 효과에 대해 더 많은 정보를 얻을 수 있으리라는 생각은 들지 않았다. 이는 상부가 비록 경계가 확장되고 있다는 사실은 알더라도 X구역에 의한 동화의 진행 속도에 대해서는 보수적으로 바라보고 있을 가능성이 높다는 점을 시사했다. 보고서에서 찾아볼 수 있는 일정한 패턴, 즉 평범한 시기와 기이한 시기의 주기적인 반복에 대한 자료는 어떤 추세를 파악하는 데 유용했다. 하지만 상부에서는 이런 정보도 미리 알고 있었을 가능성이 높았고, 따라서 이미 다른 탐사대가 보고한 내용이라고 봐야 했다. 서던 리치가 인위적으로 시작 날짜를 **조작**한 탓에 생겨난, 초기의 몇몇 탐사만이 실패로 돌아갔다는 거짓말은 전체적인 **전진**의 틀에서 일정한 주기가 존재한다는 생각에 근거를 더했다.

일지에 적힌 각각의 연대기는 용기와 비겁함, 현명한 결정과 어리석은 판단을 보여 주는 다양한 사건들을 담고 있었지만 결국에는 어떤 **불가피성**에 대한 내용으로 귀결됐다. 여태까지 그 누구도 **의도**나 **목적**의 깊이를 그 의도나 목적을 부정하는 방식으로 헤아리지 않았다. 모두가 죽거나 살해당했고, 변하거나 혹은 변하지 않은 채로 돌아갔지만 X구역은 변함없는 모습으로 존재했……. 기관은 이런 상황에 대해 어떤 극단적인 해석도 두려워한 나머지 마치 다른 선택의 여지가 없다는 듯 계속해서 제한적인 지식만을 가진 탐사대를 투입했다. 그들은 *X구역에 먹이를 공급하되 도발은 하지 않았다. 언젠가 누군가가 운이 따라서, 혹은 단지 반복의 결과로서 어떤 설명이나 해*

결책을 찾아낼 때까지 기다릴 작정 같았다. 전 세계가 X구역처럼 변하기 전에.

확신할 방도는 없었지만 적어도 그렇게 생각하면 음울한 편안함을 얻을 수 있었다.

남편의 일지는 거의 탑만큼이나 강렬하게 나를 유혹했지만, 일부러 그것을 마지막까지 남겨 뒀다. 대신에 폐허가 된 마을, 그리고 심리학자와 나 자신의 피부에서 얻은 시료들에 집중했다. 이미 너무 망가진 상태라 측량사가 그대로 내버려 둔 듯한 탁자 위에 현미경을 설치했다. 심리학자의 세포는 정상적인 어깨 부위에서 채취한 것이나 상처에서 채취한 것 모두 평범한 인간의 세포처럼 보였다. 나 자신으로부터 채취한 세포들도 마찬가지였다. 이는 불가능한 일이었다. 시료를 확인하고 또 확인했으며, 아무런 흥미도 없는 척 굴다가 갑자기 현미경을 들여다보는 유치한 행동까지 했다.

나는 내가 보고 있지 않은 동안에는 이 세포들이 다른 무언가로 있다가 관찰이라는 행동 자체에 의해 모든 걸 바꾼다고 확신했다. 미친 생각인 줄 알면서도 떨쳐 버릴 수가 없었다. 나는 X구역이, 그 안의 풀 한 포기, 날벌레 한 마리, 물 한 방울까지 나를 비웃고 있다고 느꼈다. 기는 것이 탑의 가장 아래층에 도달하면 무슨 일이 벌어질까? 놈이 중간에 도로 나온다면 어떻게 될까?

마을에서 얻은 시료도 조사했다. 형상 중 하나의 '이마'에서 얻은 이끼, 나무 조각, 죽은 여우, 쥐. 나무는 정말 나무였다. 쥐도 정말 쥐였다. 이끼와 여우는…… 변형된 인간 세포로 구성되어 있었다. *죄인의 손에서 비롯한 목 조르는 과실이 놓인 곳에 나는 죽은 자의 씨앗을 낳아……*

나는 놀라서 현미경으로부터 물러나야 한다고 생각했지만 실제로는 담담하게 눈에 보이는 진실을 받아들였다. 다만 조용하게 욕설을 중얼거렸을 뿐이다. 베이스캠프로 오는 길에 만났던 멧돼지, 이상한 돌고래들, 갈대숲의 고뇌하는 야수. 열한 번째 탐사대 대원들의 모조품이 경계를 넘어 돌아왔다는 생각마저도. 모든 것들이 내 현미경의 증거를 지지했다. 여기서는 변형이 일어나고 있었고, 내가 등대로 가는 길에 '자연스럽다고' 느꼈던 풍경 속에 서식하는 생물들이 완전히 **부자연스러운** 존재였다는 점을 부인할 수 없었다. 비뚤어진 안도감이 찾아왔다. 적어도 이제는 인류학자가 기는 것의 피부에서 채취한 뇌조직과 함께 뭔가 이상한 일이 일어나고 있다는 증거를 얻었다.

하지만 그때쯤 나는 충분한 시료들을 가지고 있었다. 점심을 먹고 더 이상 캠프를 청소하느라 시간을 보내지 않기로 했다. 대부분의 과제는 다음번 탐사대에 떨어질 것이다. 또 하루의 눈부시게 아름다운 푸른 하늘과 편안한 온기였다. 한동안 앉아서 잠자리들이 긴 풀 위를 맴도는 모습과 붉은머리딱따구리가 원을 그리며 나는 모습을 지켜봤다. 나는 그저 피할 수 없는 탑으로의 귀환을 미루면서 시간을 낭비하고 있었다.

내가 마침내 남편의 일지를 집어 들고 읽기 시작했을 때, 끝없는 빛의 파도가 나를 휩쓸며 나를 땅과, 물과, 나무와, 공기와 연결했다. 나는 열렸고 계속 열려 있었다.

내 남편의 일지는 전혀 예상 밖이었다. 몇몇 짧고 서둘러 휘갈겨 쓴 문장들을 제외하면, 대부분의 내용이 나에게 쓴 편지였다. 이런 발견은 원하지 않았다. 그래서 일지가 마치 독이라도 되는 것처럼 멀리 던져 버리고 싶은 충동을 억눌러야 했다. 남편을 사랑했거나 사랑하지 않았기 때문이 아니라 죄책감에 가까운 감정 때문이었다. 그는 이 일지를 나와 공유하고 싶어 했지만, 이제 죽었거나 아니면 나와 어떤 식으로든 의사소통을 할 수 없는 상태로 존재했다.

열한 번째 탐사대는 여덟 명으로 구성됐고 모두 남자였다. 심리학자, 내 남편을 포함한 의무병 두 명, 언어학자, 측량사, 생물학자, 인류학자, 그리고 고고학자. 그들은 겨울에 X구역에 들어왔다. 나무들은 대부분의 잎을 잃어버렸고 갈대는 우리가 본 것보다 더 어둡고 두꺼웠다. 남편이 쓴 내용에 따르면 꽃이 핀 덤불들은 '침울해졌고' 길을 따라 '웅크리고' 있는 것처럼 보였다. '보고서에 적힌 것보다 새들의 수가 적다'고 그는 썼다. '하지만 그들이 어디로 갔을까? 유령 새라면 알 텐데.' 하늘은 자주 구름으로 뒤덮였고, 사이프러스 습지의 수위는 낮았다. '우리가 여기 있는 내내 비가 한 번도 오지 않았다.' 첫 주가 끝나는 날 그가 적었다.

다섯 째 혹은 여섯째 날, 그들도 나만이 탑이라고 부르는 구조물을 발견했다. 나는 베이스캠프의 위치가 그 발견을 유도하기 위해 선택되었다는 점을 더더욱 확신하게 되었다. 하지만 그들의 측량사는 먼저 더 넓은 지역에 대한 지도를 만들어야 한다고 주장했다. 그래서 그들은 우리와 다른 경로를 택했다. '우리 중 아무도 그 안으로 기어 내려가겠다고 고집을 부리지는 않았다.' 내 남편은 썼다. '특히 내가 가장 꺼려 했다.' 내 남편은 밀실 공포증이 있어서, 심지어 때때로 한밤중에 침대를 떠나 거실에서 잠을 청하곤 했다.

이유가 뭐였든 그들의 심리학자는 대원들을 탑 안으로 들여보내기 위해 최면을 동원하지 않았다. 그들은 탐사를 계속해 나가며 폐허가 된 마을을 지나고, 등대와 그 너머까지 나아갔다. 남편은 등대의 학살 현장을 발견하고 느낀 공포를 적었다. 그리고 그들이 '죽은 자들을 존중해 물건을 치우지 않았다'고 했다. 나는 그 말이 바닥에 뒤집혀 있는 탁자들을 의미한다고 생각했다. 남편은 아래층 벽에 걸린 등대지기의 사진에 대해서는 언급하지 않았는데, 이는 나를 실망시켰다.

나와 마찬가지로 그들도 등대 꼭대기에서 일지 더미를 발견하고 충격을 받았다. '우리는 어떻게 해야 할지 격렬한 언쟁을 벌였다. 나는 우리가 속은 것이 분명하니 임무를 중단하고 돌아가기를 원했다.' 하지만 이 시점에 심리학자가 어느 정도 통제권을 행사한 것이 분명했다. 그들은 탐사대가 흩어지면 안 된다는 지시를 받았다. 하지만 바로 다음 문장에서 남편은 그들이 팀을 나누기로 했다고 적었다. 오직 대원 각자의 의지에 기대 임무를 완수하려 하듯, 그래서 누구도 경계로 돌아갈 생각을 못하게 하려는 듯이. 또 한 명의 의무병과 인류학자, 고고학자, 그리고 심리학자는 일지들을 읽고 등대 주변 지역을 조사하기 위해 등대에 남았다. 언어학자와 생물학자는 탑을 탐사하기 위해 돌아갔다. 내 남편과 측량사는 등대를 지나쳐 계속 나아갔다.

'당신은 여기를 마음에 들어 했을 거야.' 남편은 낙관적이라기보다 불안한 흥분 상태에 가까운 감정이 느껴지는 들뜬 문장으로 그렇게 적었다. '당신은 모래 언덕의 빛들을 좋아했을 거야. 그 순수한 광활함을 좋아했겠지.'

그들은 한 주 내내 해안선을 떠돌며 지도를 만들면서 곧 어떤 형태를 하고 있든 경계와 마주칠 거라 예상했다. 그들의 전진을 가로막을 어떤 장애물을.

하지만 경계는 나타나지 않았다.

대신에 매일매일 똑같은 풍경이 반복됐다. '우리는 북쪽으로 나아가고 있다고, 나는 믿는다.' 남편이 적었다. '하지만 밤이 될 때까지 25~30킬로미터는 족히 걸었음에도 아무것도 변하지 않았다. 모든 것이 똑같다.' 하지만 그는 단호하게 그들이 '같은 장소를 계속 맴도는 현상'을 겪고 있지는 않다고 적었다. 실제로 그들은 **아직 지도에 기록되지 않은** 지역 안으로 충분히 들어갔다. '상부에서 모호한 태도로 경계 너머에 존재한다고 암시했던 곳이었다.'

나 또한 X구역이 등대를 지나 머지않은 지점에서 갑자기 끝난다는 사실을 알고 있었다. 내가 이걸 어떻게 알았을까? 우리 상관들이 훈련 중에 그렇게 말했기 때문이다. 그러니까 사실상 나는 아무것도 모르고 있었다.

그들은 결국 돌아섰는데 다음과 같은 이유에서였다. '우리는 뒤쪽 멀리서 기이한 수많은 불빛을 보았고, 뭔지 알 수 없는 소리를 들었다. 우리는 남겨 두고 온 탐사대 동료들이 걱정되기 시작했다.' 돌아선 지점에서 그들의 시야에 '바위투성이 섬, 우리가 처음으로 발견한 섬'이 들어왔다. 그들은 '거기까지 갈 마땅한 방법이 없는데도 불구하고 섬을 탐사하고 싶은 강력한 충동을 느꼈다'. 그 섬은 '한때는 사람이 살았던 것처럼 보였다. 우리는 언덕 위에 흩어진 돌집들과, 그 아래쪽 부두를 보았다'.

등대로 돌아오는 여정은 칠 일이 아니라 나흘이 걸렸다. '마치 땅이 수축한 것처럼.' 등대에서 그들은 심리학자가 사라진 사실과 층계참에서 끔찍한 총격전이 벌어진 흔적을 발견했다. '죽어 가는 생존자인 고고학자는 우리에게 **이 세상의 것이 아닌 무언가**가 계단을 올라와 심리학자를 죽인 다음 그 시체를 끌고 갔다고 말했다. 하지만 **심리학자가 나중에 돌아왔다**고 고고학자가 횡설수설을 했다. 시체는 두 구뿐이었고, 어느 쪽도 심리학자는 아니었다. 그는 심리학자의 시체가 없는 이유를 설명하지 못했다. 그는 왜 서로를 쐈는지도 설명하지 못했고, 단지 **우리는 우리 스스로를 믿을 수가 없었다**고 계속해서 되풀이할 뿐이었다.' 내 남편은 다음과 같이 적었다. '내가 본 상처들 중 몇몇은 총알에 의한 것이 아니었고, 벽에 난 핏자국들도 내가 아는 범죄 현장과 일치하지 않았다. 바닥에는 이상한 잔여물이 있었다.'

'고고학자는 층계참 벽에 등을 기대고 앉아서 내가 상처를 살펴볼 만큼 가까이 다가오면 우리를 쏘겠다고 위협했다. 하지만 그는 곧 죽었다.' 나중에 그들은 층계참에서 시체들을 끌어내 등대에서 약간 떨어진 해변의 언덕에 묻었다. '어려운 일이었어, 유령새, 그리고 난 우리가 정말로 그 기억을 극복했는지 모르겠어. 정말로는 아니겠지.'

그리고 언어학자와 생물학자가 탑에 남아 있었다. '측량사는 등대를 지나 다시 해안선을 따라 올라가거나 해안선을 따라 내려가자고 제안했다. 하지만 우리 둘 다 그건 단지 회피에 불과하다는 점을 알았다. 그가 정말로 말하고 싶었던 건 우리가 임무를 포기해야 한다는, 우리가 어디로든 도망쳐야 한다는 거였다.'

하지만 어디에도 도망칠 장소는 없는 듯했다. 기온이 급격하게 오르내렸다. 깊은 땅 밑에서 우르릉거리는 소리가 나더니 미진이 이어졌다. 태양은 마치 '어떻게인지 경계가 우리의 시야를 왜곡시키는' 것처럼 '초록이 감도는 빛'으로 다가왔다. 그들은 또한 다음과 같은 것을 목격했다. '새 떼가 내륙으로 향하는 모습을 보았다. 같은 종이 아니라 새매와 오리, 해오라기와 독수리가 모두 한데 모여서 날고 있었다.'

탑에서 그들은 몇 층만 내려갔다가 다시 올라왔다. 나는 벽의 글자에 대해 어떤 언급도 없다는 사실에 주목했다. '만약 언어학자와 생물학자가 안에 있다면, 그들은 한참 더 내려갔을 터였다. 하지만 우리는 그들을 뒤쫓을 마음이 없었다.' 그들은 베이스캠프로 돌아왔다가 수차례 단검에 찔린 생물학자의 시체를 발견했다. 언어학자는 쪽지 하나를 남겼다. '난 동굴로 갈 거야. 날 찾지 마.' 나는 동료의 죽음에 대해 날카로운 공감을 느꼈다. 생물학자가 언어학자를 설득하려고 했다는 점에는 의심할 여지가 없었다. 혹은 나 스스로에게 그렇게 말하고 있었다. 아마도 그는 언어학자를 죽이려고 했을지도 모른다. 하지만 언어학자는 분명히 이미 탑에, 기는 것이 써 놓은 글자에 사로잡혀 있었다. 그 글의 의미를 그렇게 친밀하게 안다는 것은 그 누구에게라도 너무나 큰일이라는 것을 이제는 알았다.

측량사와 남편은 해 질 무렵 탑으로 돌아왔다. 일지에 정확한 이유는 적혀 있지 않았다. 중간중간 몇 시간의 여정에 해당하는 부분이 공백으로 남아 있었고, 그에 대한 별다른 설명도 없었다. 하지만 그들은 밤중에 탑으로 향하는 섬뜩한 행렬을 목격했다. 행렬에는 11차 탐사대의 대원 여덟 명 중 일곱이 속해 있었다. 그중 둘은 남편과 측량사의 도플갱어였다. '그리고 거기에, 내 눈앞에 **나 자신**이 있었다. 분명 내가 아니지만 동시에 나이기도 했다. 나와 측량사는 충격으로 몸이 굳어 버렸다. 하지만 그들을 멈추려 들지는 않았다. 어째서인지 **우리 자신**을 멈춘다는 일이 가능해 보이지도 않았고, 솔직히 말해서 두렵기도 했다. 우리는 그들이 아래로 내려갈 때까지 그저 지켜볼 수밖에 없었다. 그러고 나서 잠시 동안 지금까지 일어난 모든 일들을 이해할 수 있었다. 우리는 죽어 있었다. 우리는 이 음산한 풍경을 떠도는 유령에 불과했다. 그리고 우리는 알지 못했지만, 여기서 사람들은 정상적인 삶을 살고 있었다. 모든 것이 제자리에 있었지만…… 우리는 장막 때문에, 간섭 때문에 보지 못할 뿐이었다.'

남편은 천천히 이런 느낌을 떨쳐 버렸다. 두 사람은 몇 시간 동안 탑 근처의 나무 뒤에 숨어서 도플갱어들이 되돌아 나오기를 기다렸다. 만약 그들이 돌아온다면 어떻게 해야 할지 언쟁이 벌어졌다. 측량사는 그들을 죽여야 한다고 주장했다. 하지만 남편은 생포해서 심문하고 싶어 했다. 아직 충격에서 헤어나지 못한 두 사람은 행렬에 심리학자가 없었다는 사실을 깨닫지 못하고 있었다. 어느 순간, 탑에서 증기가 빠져나가는 듯한 쉭쉭 소리가 들렸고 한 줄기 빛이 하늘을 향해 솟구치다 갑자기 사라졌다. 하지만 아무도 다시 나오지 않았고, 남편과 측량사는 베이스캠프로 돌아갔다.

두 사람이 갈라지기로 한 것은 이 시점이었다. 측량사는 그가 보려 했던 바를 모두 봤기 때문에 곧장 경계로 돌아가고자 했다. 하지만 일지에 의하면 남편은 '들어올 때와 같은 방법으로 나가려고 하면 덫에 걸릴지도 모른다'고 의심하여 그 제안을 거절했다. 남편은 북쪽으로 아무리 가도 장애물을 만나지 못했을 때부터 오랜 시간 '경계라는 개념 자체에 대한 의심을 키워' 왔다. 하지만 아직 '그 강렬한 예감'으로부터 논리적인 가설을 도출해 내지는 못하고 있었다.

일지의 이 부분에는 탐사대에 일어난 일에 대한 직접적인 설명이 적혀 있었는데, 대부분 여기에 옮겨 적고 싶지 않는 내용들이었다. 단지, X구역에 대한, 그리고 우리 관계에 대해서이기도 한 이 구절을 제외하면.

이 모든 걸 보고 또 경험하고 나니, 비록 좋지 못한 상황이지만 그래도 당신이 여기에 있었으면 좋겠다는 생각이 들어. 우리가 함께 자원했다면 좋았을걸. 여기서 북쪽으로 향하는 동안, 난 당신을 좀 더 잘 이해할 수 있었을 거야. 당신이 원하지 않는다면 아무 말조차 하지 않아도 괜찮았겠지. 그렇게 해도 난 불편하지 않았을 테니까. 전혀 말이야. 그리고 포기하고 돌아가지도 않았겠지. 우리는 갈 수 있는 데까지 함께 갔을 거야.

천천히, 그리고 고통스럽게, 나는 남편의 일지로부터 내가 무엇을 읽었는지 깨달았다. 내 남편의 사교적인 겉모습 뒤에는 전혀 다른 내면이 숨어 있었다. 그리고 내가 마음의 벽을 허물고 남편을 받아들였다면 이 사실을 진작에 이해할 수 있었을 터였다. 물론 나는 그러지 못했다. 플라스틱을 분해할 수 있는 균사체며 조수 웅덩이 따위를 받아들이는 동안에도 남편을 받아들이지 못했다. 일지에 적힌 내용 중 이 점이 가장 나를 아프게 했다. 물론 우리의 문제는 어느 정도 남편 때문이기도 했다. 그는 너무 많은 것을 원하며 나를 몰아붙였고, 내 안에서 존재하지도 않는 무언가를 보려고 들었다. 하지만 나 자신의 독립성을 유지하면서도 어느 정도 남편을 마주하는 길이 분명히 있었을 것이다. 그리고 이제는 너무 늦어 버렸다.

남편의 개인 보고서는 수많은 멋진 메모들도 포함하고 있었다. 예를 들면 등대 바로 뒤쪽 해안가의 바위틈에 생긴 조수 웅덩이에 대한 묘사나, 썰물일 때 제비갈매기가 굴 껍데기로 뒤덮인 돌멩이를 이용해 물고기를 잡는 독특한 사냥 방식을 오랜 시간 관찰한 내용처럼. 일지의 뒤쪽 표지에는 조수 웅덩이를 촬영한 사진이 꽂혀 있었다. 납작하게 눌린 야생화도 함께였다. 씨를 품고 있는 깍지는 말라붙은 상태였고 특이하게 생긴 잎사귀가 몇 장 붙어 있었다. 남편은 원래 이런 것들에 관심이 없었다. 제비갈매기를 관찰하고 그 결과를 한 페이지에 걸쳐 써 내려면 엄청난 집중력이 필요할 터였다. 애정 어린 표현은 한 마디도 없었지만, 어쩌면 이런 절제 덕분에 나는 남편이 나를 위해, 오직 나만을 위해 이런 내용들을 적었다는 사실을 알 수 있었다. 내가 **사랑** 같은 단어를 얼마나 싫어하는지 남편은 잘 알았다.

남편이 등대로 돌아와 쓴 마지막 문단은 다음과 같았다. '나는 다시 해안으로 돌아갈 거야. 하지만 걸어서 가지는 않아. 폐허가 된 마을에 배가 한 척 있었어. 부서지고 썩어 가는 배지만, 등대 외벽에는 그걸 고칠 때 쓸 수 있는 나무판자가 잔뜩 붙어 있어. 난 해안을 따라 최대한 멀리까지 가 볼 생각이야. 섬까지, 어쩌면 그보다 더 멀리. 만약 당신이 이 글을 본다면, 내가 거기로 가고 있다는 걸 알 수 있겠지. 난 거기에 있을 거야.' 모든 것이 변하고 있는 이 세상 속에, 과연더 크게 변화 중인 생태계가 있을까? 등대가 미치는 영향력의 끝자락에, 하지만 아직 경계의 영향은 받지 않는 곳이?

일지를 다 읽고 나자, 남편이 배를 고친 뒤 바다로 나가 넘실거리는 파도를 타고 멀리 고요한 바다로 나아가는 모습이 떠올라 마음이 편해졌다. 그가 홀로 해안을 따라 북쪽으로 항해하며 행복했던 때의 작은 순간들까지 떠올리는 기쁨을 누리는 모습도 떠올랐다. 그러자 나는 남편이 너무도 자랑스러웠다. 그의 다짐이 보였고, 그의 용기가 보였다. 우리가 함께했던 그 어느 때보다 나는 남편을 친밀하고 가깝게 느꼈다.

나는 희미하게 깜빡이는 불빛 아래 생각의 파편들 사이에서, 남편의 일지를 다 읽고 난 여운에 잠겼다. 그리고 남편이 여전히 일지를 쓰고 있을지, 아니면 돌고래의 눈빛이 그토록 친숙하게 느껴졌던 것이 단지 인간과 닮아 있어서가 아닌 다른 이유 때문이었을지 궁금했다. 하지만 곧 그런 바보 같은 생각을 물리쳤다. 아주 오래도록 답이 허락되지 않는 질문은 우리를 파괴할 수도 있기 때문이다.

　숨을 쉴 때마다 여전히 통증이 느껴지긴 했지만 부상이 상당히 호전되어서 한결 참을 만했다. 밤이 되자, 빛이 폐를 통해 쏟아져 나와 목을 타고 올라왔다. 마치 입안을 온통 빛줄기들이 채우는 듯한 느낌이었다. 그리고 마치 조난 신호를 보내듯 멀리서 연기를 피우고 있는 심리학자가 떠올라 몸서리쳤다. 아주 먼 미래에나 실현될 법한 불길한 예감에 불과한지도 모르지만 그래도 아침까지 기다릴 수가 없었다. **지금 당장** 탑으로 돌아가야 했다. 내가 갈 곳은 거기밖에 없었다. 다른 무기는 모두 내버려 두고 권총 한 자루만 챙겼다. 칼도 배낭도 그대로 둔 채 물통 하나만 허리에 찼다. 카메라를 들었다가 탑으로 가던 중 생각이 변해 바위 옆에 내려놓았다. 기록하려는 충동은 방해만 될 뿐이었다. 사진은 표본만큼 중요하지도 않았다. 등대에는 수십 년 어치의 보고서가 나를 기다리고 있었다. 망령처럼 떠돌던 탐사대는 그 전에도 많았다. 그 사실의 무의미함이, 압박감이, 그리고 허무함이 나를 엄습해 왔다.

　손전등을 가져왔지만, 내 자신의 몸이 발하는 녹색 빛만으로도 시야를 확보하기는 충분했다. 어둠 속에서 신속하게 탑으로 이동했다. 구름 한 점 없는 검은 하늘은 얇고 긴 소나무의 형태를 따라 경계를 그리며 마치 천국의 장대함을 반영하는 듯했다. 어떤 장애물이나 인공적인 조명도 없는 밤하늘에는 수만 개의 별들이 빛나고 있었다. 어린 시절, 나도 다른 아이들처럼 하늘에서 별똥별을 찾곤 했다. 어른이 되고 나서는 만 근처 오두막집의 지붕 위에 앉아서나 공터를 배회할 때에나 유성이 아니라 항성을 찾았다. 그러면서 우리로부터 그토록 멀리 떨어진 태양계의 조수 웅덩이에는 어떤 생물이 살고 있을지 상상해 보려고 애썼다. 어제까지만 해도 나는 익숙한 밤하늘의 모습에서 마음의 위안을 찾았다. 하지만 지금은 그 모습이 처음 보는 듯 낯설었고, 별자리는 전혀 새로운 형태를 그리고 있었다. 어쩌면 이제야 겨우 제대로 보기 시작한 걸까? 아니면 생각보다 집에서 멀리 떠나온 걸까? 나는 그런 생각이 가져다주는 일종의 침울한 만족감을 외면하려 애썼다.

탑 안에 들어서자 희미한 고동 소리가 들렸다. 나는 마스크로 코와 입을 단단히 가린 채였다. 내가 더 이상의 오염을 막으려고 하는지, 아니면 내 안의 빛을 가두려고 하는지는 알 수 없었다. 벽의 글자를 이루는 생물성 발광체는 더 밝게 빛났고 옷 사이로 드러난 내 피부도 그에 반응하듯 길을 밝혔다. 그 점을 제외하고는 첫 번째 층을 지나는 동안 별다른 점은 없었다. 탑의 윗부분은 이제 익숙한 장소였지만, 혼자서는 처음 들어왔기 때문에 정신을 바짝 차려야 했다. 나 스스로가 발하는 녹색 빛에 의지해 점점 더 어두운 곳으로 향하는 모퉁이를 돌 때마다, 뭔가가 튀어나와 공격해 올 거라는 생각에 사로잡혔다. 그러자 측량사가 그리워졌고, 밀려드는 죄책감을 억눌러야 했다. 나는 최선을 다해 정신을 집중했지만, 벽의 글에 점점 이끌리고 있었다. 오직 더 깊이 들어가는 일에만 신경 쓰려 해도 글자들이 계속 내 발목을 잡았다. *그리고 그림자 속의 식물 안에 있는 은총과 자비로부터 어둠의 꽃들이 피어나, 그 이빨이 세월의 흐름을 집어삼키고 견디고 예고할지니⋯⋯*

나는 예상보다 더 빨리, 인류학자의 시체를 발견했던 장소에 이르렀다. 찢어진 옷 조각과 텅 빈 배낭, 깨진 유리병들 사이에 머리가 깨진 채로 그녀가 여전히 거기 있다는 사실에 어째서인지 새삼 놀라고 말았다. 인류학자의 몸은 마치 움직이는 투명 양탄자에 덮여 있는 듯한 모습이었다. 몸을 숙여 자세히 들여다보니 벽의 글자들에 기생하는 작은 손 모양의 생물들이 시체를 뒤덮고 있었다. 놈들이 인류학자를 보호하는지, 그녀의 몸을 변화시키는 중인지, 아니면 단지 분해하는 중인지 알 수 없었다. 내가 등대로 떠난 뒤 베이스캠프 근처에서 측량사 앞에 정말로 또 다른 인류학자가 나타났는지 알 수 없는 것과 마찬가지로⋯⋯.

나는 망설이지 않고 앞으로 나아갔다.

이제 탑의 심장 고동 소리가 더 크게 울렸다. 벽의 글자들은 마치 방금 만들어 '건조시킨' 듯 생생했다. 심장 고동 소리에 희미한 잡음이 섞여 있다는 사실을 알아차렸다. 탑 안의 퀴퀴한 느낌이 점점 더 심해져 거의 열대 우림 속을 걷는 것 같았다. 나는 진땀을 흘리고 있었다. 무엇보다 내 신발 아래에서 기는 것의 흔적이 점점 더 생생하고 끈적거렸다. 그 자국을 건드리지 않으려고 오른쪽 벽에 붙어 걸었다. 이끼로 얇게 뒤덮인 오른쪽 벽 또한 변하고 있었다. 바닥의 물질을 피하려고 벽에 등을 기대니 마음이 불편했지만, 선택의 여지가 없었다.

느리게 두 시간을 나아가자 탑의 심장 소리가 계단을 뒤흔들 만큼 커졌고 작게 웅얼거리는 소리 같던 잡음이 생생하게 갈라지는 소리로 변했다. 귀가 울리고 몸이 떨렸으며, 습기 때문에 옷 안이 땀범벅이라 마스크를 벗어 버리고 신선한 공기를 마시고 싶었다. 하지만 나는 그런 유혹을 간신히 이겨 냈다. 이제 가까웠다. 나는 가까이 왔다는 사실을 알았다……. 무엇에 가까이 왔는지는 전혀 몰랐지만.

벽의 글자들은 너무 신선해서 뚝뚝 떨어질 듯했고, 손 모양의 생물들도 수가 적었다. 아직 잠에서 깨어나지 않았거나 생명을 얻지 못한 것처럼 주먹을 꼭 쥔 모양이었다. 모든 썩는 것들이 잊히지 않아 죽는 것들은 죽음 속에서 여전히 삶을 알리라 그리고 되살아나는 것들이 미지의 축복 속에서 세상을 걷게 되리라……

계단을 한 층 더 내려가자, 다음 모퉁이 전까지 좁은 직선 통로가 이어졌고…… 나는 **빛**을 보았다. 내 눈이 닿지 않는 벽 너머에서 날카로운 황금빛이 일렁였고, 내 몸속의 빛이 그에 반응하듯 강하게 고동쳤다. 윙윙거리는 소리가 다시 커졌고 찢어지듯 거슬리는 음색 때문에 귀에서 피가 나올 정도였다. 탑의 심장 고동이 내 몸의 구석구석까지 울렸다. 내가 더 이상 사람이 아니라 거대한 신호를 받아들이는 수신기가 된 듯한 기분이었다. 빛이 반투명한 숨결처럼 내 입에서 쏟아져 나와서 마스크에 부딪히는 것을 느낄 수 있었다. 나는 숨을 헐떡이며 마스크를 찢어 버렸다. 내가 뭘 토해 내고 있는지, 그것이 나를 이루는 생각들과 세포들의 집합에 무엇을 의미하는지도 모르면서 **원래 주인에게 다시 보내 버리자**는 생각이 들었다.

과거로 돌아갈 수 없는 것과 마찬가지로 여기서 등을 돌릴 수는 없었다. 내 자유의지에 영향을 미치는 것은 오직 미지에 대한 강렬한 호기심이었다. 저 모퉁이를 돌지 않고 이 장소를 나간다면, 지상으로 돌아간다면⋯⋯ 내 상상력은 영원히 나를 고문할 터였다. 그 순간, 나는 죽는 한이 있더라도 알아야 한다고 결심했다⋯⋯. 무언가를, **무엇이든**.

나는 문턱을 지나 빛을 향해 내려갔다.

록 베이에서 보내기로 한 시간이 다 되어 갈 무렵의 어느 날 밤, 나는 몹시 초조해졌다. 연구 보조금은 갱신되지 않을 것이 분명해졌고 새로운 직업에 대한 계획도 아직 없었다. 그런 상황을 잊기 위해 술집에서 만난 잘 알지도 못하는 남자를 집으로 데려왔다. 그 남자가 떠나고 몇 시간이 지난 후, 나는 깨어 있었지만 여전히 술에 취한 상태였다. 멍청하고 무모한 짓이지만 트럭을 몰고 조수 웅덩이를 찾아가기로 했다. 살금살금 다가가 그곳에 살고 있는 모든 생명체를 놀래 주고 싶었다. 왜인지는 몰라도, 아무도 보는 사람이 없는 깊은 밤에는 조수 웅덩이가 다른 모습으로 변해 있을 거라는 생각이 머릿속에 들어앉았다. 한 가지 일에 너무 몰두하다 보면 이런 일이 생기곤 한다. 바다 말미잘을 서로 구별할 수 있다거나, 조수 웅덩이의 생물들을 일렬로 세워 놓고 그중에서 범인을 골라낼 수 있다는 착각에 빠지는 식이다.

그래서 트럭을 세우고, 열쇠고리에 달린 작은 손전등에 의지해 해변으로 이어진 바람 부는 길을 걸어갔다. 얕은 물을 첨벙거리며 건너서 바위 위로 올라갔다. 나 자신을 내려놓고 싶었다. 사람들은 날더러 모든 것을 지나치게 통제하려 든다고 말했지만, 절대 그렇지 않았다. 나는 그 무엇도 통제하고 싶어 한 적이 없었고, 진정으로 통제해 본 적도 없었다.

그날 밤, 나는 연구 중단에 대해 수많은 다른 사람들을 탓하면서도 실은 모든 것이 내 잘못이라는 사실을 알고 있었다. 보고서를 채우지 못했다. 과제에 집중하지 못했다. 주변부의 괴상한 데이터만 기록했다. 자금을 제공하는 기관이 만족하지 못하는 것도 당연했다. 나는 조수 웅덩이의 여왕이었고, 내 말이 곧 법이었다. 나는 내가 보고하고 싶은 내용만 보고했다. 객관성을 유지하며 나 자신을 연구 대상으로부터 **분리하고 거리를 두는** 대신, 주위 환경에 녹아 들어갔고 늘 그렇듯 옆길로 새어 버리고 말았다.

희미한 손전등 빛에 의지해 조수 웅덩이들 사이를 돌아다니는 동안, 대여섯 번은 중심을 잃고 넘어질 뻔했다. 만약 누군가 지켜보고 있었다면(아무도 없다고 누가 확언할 수 있을까?) 반쯤 취한 채 허공에 대고 욕설을 퍼붓는 정신 나간 생물학자를 목격했을 터였다. 비록 나 스스로 외로움을 느끼지 못한다고 말했지만, 2년 동안 허허벌판에서 지내느라 외롭고 약해진 상태였다. *사회는 내 말과 행동에 반사회적이거나 이기적이라는 낙인을 찍었다.* 조수 웅덩이에서 낮에 볼 수 있는 것들도 충분히 신비로웠지만, 그날 밤 나는 뭔가를 더 원하고 있었다. 세상에서 제일 좋은 신발을 신고 있기에 미끄러질 리가 없다는 듯, 바위 위로 넘어져 머리가 깨지고 삿갓조개와 따개비에 이마가 찢어질 리 없다는 듯, 고래고래 소리를 지르며 미끄러운 돌 위에서 빙빙 돌기까지 했다.

하지만 비록 그럴 만한 자격이 없었지만(아니, 있었을까? 그리고 정말로 내가 뭔가 익숙한 것을 찾고 있었을까?) 나는 뭔가 신비로운 것을, 그 자신의 빛으로 스스로를 드러내는 존재를 찾아냈다. 개중 규모가 큰 조수 웅덩이에서 빛이 일렁이며 반짝이는 조짐이 나를 멈추게 했다. 내가 정말로 어떤 징조를 원했던가? 내가 정말로 뭔가를 발견하고 싶었거나 혹은 이미 발견했다고 생각했던가? 글쎄, 나는 내가 뭔가를 발견하고 싶어 한다고 생각하기로 했다. 어느새 정신을 차리고 조수 웅덩이 안에 뭐가 있는지 보기도 전에 머리가 깨지는 일이 없도록 조심조심 다가가고 있었기 때문이다.

조수 웅덩이에 다가가 무릎을 구부렸을 때 발견한 것은 흔치 않은 종류의 거대한 불가사리였다. 여섯 개의 팔이 달린, 냄비보다 더 큰 불가사리가 마치 불이 붙은 듯 짙은 황금빛을 잔잔한 수면 위에 흩뿌리고 있었다. 전문가들은 이 불가사리를 학명보다는 '세상의 파괴자'라는 별명으로 부르곤 했다. 불가사리는 두꺼운 가시로 뒤덮여 있었고, 가장자리에는 먹이인 작은 불가사리를 찾아 이동하기 위한 아름다운 에메랄드빛 섬모 수천 개가 달렸다. 내가 세상의 파괴자를 실제로 본 건 그때가 처음이었다. 수족관에서도 본 적이 없었다. 전혀 기대하지 못했던 일이라, 하마터면 미끄러운 바위 위에서 몸의 균형을 잃을 뻔했다. 웅덩이 가장자리로 손을 뻗어 간신히 중심을 잡았다.

하지만 불가사리를 오래 바라볼수록, 그 생물을 더 이해할 수 없어졌다. 점점 더 이질적으로 느껴졌고, 내가 아무것도 모른다는 생각이 들었다. 자연에 대해, 생태계에 대해서. 뭔가 어둡고 이상한 기분이 들어서 눈앞의 불가사리를 학문적으로 분류하거나 설명하거나 연구할 수도 없었다. 이렇게 계속 보다 보면 결국 내가 그 무엇보다 나 자신에 대해 잘 모른다는 사실을 인정할 수밖에 없다는 사실을 알았다. 그게 진실이든 거짓이든.

불가사리에서 겨우 시선을 돌리고 일어섰을 때 나는 수평선이 어느 쪽인지, 내가 바다를 향해 있는지 아니면 해변을 향해 있는지도 알 수 없었다. 나는 완전히 표류하고 있었고, 고립된 상태였다. 내가 의지할 대상은 발아래에서 빛나고 있는 수신기뿐이었다.

그 모퉁이를 돌아서 기는 것과 대면하는 일은 그때와 유사했지만, 1000배는 더 강렬한 경험이었다. 몇 년 전 바위 위에서 바다와 해변을 구분할 수 없었던 것과 마찬가지로, 천장과 계단을 구분할 수 없었다. 벽을 향해 손을 뻗고 중심을 잡으려 했지만, 내 손이 닿기도 전에 벽이 무너지는 것처럼 보였고 나는 그 안으로 떨어지지 않기 위해 애써야 했다.

탑 안의 깊은 그곳에서 나는 내가 무엇을 보고 있는지 이해할 수 없었다. 그리고 지금까지 그 조각을 맞추기 위해 노력해야 했다. 내 머릿속의 어떤 공백을 채워야 그토록 많은 미지의 무게를 덜어 낼 수 있을지 알기 어려웠다.

내가 황금빛을 봤다고 말했던가? 모퉁이를 완전히 돌자마자 황금빛에 녹청색이 감돌았다. 내가 그때까지 경험해 보지 못한 색이었다. 사방으로 퍼져 나가는 빛은 눈부셨고, 강렬했고, 복잡하며 매혹적이었다. 나는 빛에 압도당한 나머지 그 안의 형체를 파악할 수 없었고, 다른 감각으로 받아들이는 정보에 집중하기 위해 억지로 눈을 돌려야만 했다.

윙윙거리는 잡음이라고 생각했던 소리는 이제 얼음이 차례로 깨지는 듯한 날카로운 리듬과 멜로디로 내 머릿속을 파고들었다. 나는 어딘가 멀리에서 벽에 적힌 글자들 또한 그 소리와 뒤섞이고 있으며, 이전에는 내가 그 사실을 인지할 능력이 없었을 뿐이라는 사실을 막연하게 깨달았다. 진동에서 뚜렷한 질감과 무게가 느껴졌고, 마치 늦가을 낙엽을 태울 때나 멀리서 거대한 엔진이 예열되고 있을 때와 비슷한 타는 냄새가 실려 있었다. 입안에서 불로 태운 소금의 쓴맛이 느껴졌다.

어떤 말로도…… 어떤 사진으로도……

내 눈이 빛에 적응하는 동안, 기는 것은 마치 자신을 이해해 보려는 내 능력을 비웃기라도 하듯 번개와 같은 속도로 계속 변해 갔다. 만화경 속의 형상 같았다. 아치 모양을 한 여러 개의 층이 겹쳐져 있었다. 거대한 민달팽이 같은 괴물이 더 괴상한 형상을 한 괴물들의 위성에 둘러싸여 있었다. 마치 번쩍이는 별이었다. 시신경의 한계인지 나는 그것을 제대로 쳐다볼 수가 없었다.

놈은 나를 향해 뛰어오르며 점점 더 커졌고, 시야에 다 담을 수 없을 만큼 **거대해졌다.** 형상이 **도저히 그럴 수 없을 정도**까지 늘어났다. 이제 놈은 일종의 벽이나 장애물 혹은 층계를 가로막는 거대하고 단단한 문처럼 보였다. 금빛, 푸른빛, 초록빛으로 이루어진 빛의 벽이 아니라 날카로운 곡선을 이루는 형태와 흐르는 물을 그대로 얼린 듯한 질감 때문에 마치 빛처럼 **보이는** 살덩이로 이루어진 벽이었다. 그 주위를 느리게 떠다니고 있는 생물들은 부드러운 올챙이 같은 인상이었다. 하지만 내 시야의 한계 때문에 그것들이 정말로 실재하는지 아니면 눈 가장자리에 떠오르곤 하는 검은 티끌에 불과한지 확신할 수가 없었다.

이 난장판 속에서, 그리고 기는 것으로부터 받는 다양한 인상 속에서(나는 반쯤 눈이 멀어 있었지만 여전히 다른 감각들로 놈을 관찰했다.) 나는 팔의 짙은 그림자 혹은 **잔영** 같은 무언가를 봤다고 생각했다. 그 팔이 끊임없이 왼쪽 벽을 향해 반복적으로 움직이며 무언가를 남기느라 놈의 움직임이 느려졌다. 그것은 놈의 메시지였고 변화와 재보정, 조절, 변형에 대한 암호였다. 그리고 그 팔 위로 어렴풋이 머리 모양을 한 또 다른 검은 그림자가 떠올랐지만, 마치 탁한 물속에 가득한 수초 너머로 어떤 물체를 볼 때처럼 불분명했다.

나는 몸을 돌려 계단을 다시 올라가려고 했다. 하지만 그럴 수가 없었다. 기는 것이 어떤 식으로든 나를 꼼짝 못 하게 만들었는지, 아니면 내 뇌가 나를 배신하고 있는지 도무지 움직일 수가 없었다.

기는 것이 변했거나 내가 계속해서 정신을 잃었다가 다시 깨어나기를 반복했는지도 모른다. 그 자리에 아무것도 없는데 글자들이 제 스스로 생겨나는 듯 보였다가, 기는 것이 허공 속에서 나타났다가 사라지기도 했다. 다만 그러는 동안 내내 흐릿한 팔 모양은 그대로 남아서 벽에 무언가를 쓰고 있었다.

오감만으로는 현상을 파악할 수 없을 때, 무엇을 할 수 있을까? 나는 현미경으로 놈의 세포를 관찰할 때와 마찬가지로 대상의 진정한 모습을 **보지** 못했고, 그 사실이 가장 무서웠다. 왜 **볼** 수 없는 걸까? 머릿속에서 나는 록 베이의 불가사리를 내려다보고 서 있었다. 불가사리는 점점 더 커져서 조수 웅덩이가 아니라 온 세상을 가득 채울 정도가 되었다. 나는 녀석의 거칠고 빛나는 살갗 위에 불안정하게 서서 밤하늘을 올려다보고 있었다. 불가사리가 발하는 빛이 나를 통과해 위쪽으로 흘러갔다.

X구역의 모든 무게가 여기에 집중되어 있는 듯한 빛의 끔찍한 압력에 맞서서 나는 전략을 바꿨다. 벽에 생겨나는 글자와 팔 위쪽에 떠오르는 머리 혹은 헬멧 혹은…… 무엇인지 모를 형상에만 집중하기로 한 것이다. 내가 살아 있는 유기체라는 사실을 알고 있는 빛의 폭포. 벽 위의 새로운 글자. 내 눈은 여전히 보이지 않았고, 내 안에 웅크린 빛은 마치 대성당에 들어설 때처럼 조용히 숨죽이고 있었다.

이 엄청난 경험이 심장 고동과 끊임없이 글자를 적는 소리와 결합해 더 이상 남은 공간이 없을 때까지 내 안을 채웠다. 이 순간, 내가 전혀 모르는 채로 평생을 기다려 왔으며 내가 경험한 가장 아름답고도 가장 끔찍한 것과 마주치는 이 순간은 내 이해를 넘어서 있었다. 내가 가져온 기록 장비들이 얼마나 쓸모없는 물건들이고, 또 내가 붙인 '기는 것'이라는 이름은 얼마나 부적절한지. 이 존재가 어떤 목적으로, 얼마나 오랜 세월 벽에 글자를 만들어 내고 있는지를 안다면 기나긴 시간은 단지 그 일을 위한 연료에 불과했다.

얼마나 오래 얼어붙은 채로 기는 것을 지켜보며 그 자리에 서 있었는지 알 수 없다. 어쩌면 영원이라고 할 만큼 오래였는지도, 단지 나만이 그 끔찍한 시간의 흐름을 자각하지 못하고 있었는지도 모른다.

하지만 그래서?

진실이 드러나고 온몸이 마비된 이후에 무슨 일이 벌어질까?

죽음 혹은 느리지만 피할 수 없는 융해일 터였다. 나는 현실 세계로 돌아왔다. 기는 것의 존재에 익숙해졌기 때문이 아니라, 어느 순간 문득 녀석 또한 유기체라는 사실을 다시 한 번 깨달았기 때문이다. 복잡하고, 독특하며, 경외심을 불러일으키는 동시에 위험한 유기체였다. 불가해한 존재일지도 모르고, 내 감각 혹은 나의 지성이나 과학으로도 인지할 수 없는 존재일지도 모른다. 하지만 나는 여전히 내가 마주하고 있는 대상이 어떤 종류의 살아 있는 생물이며, 내 머릿속의 생각을 읽어 내서 흉내 내는 중이라고 믿었다. 여기까지 와서도 놈이 내 머릿속에서 자신에 대한 인상을 끌어내 다시 내게 투사하는 식으로 위장하고 있다는 생각을 했다. 내 안의 생물학자를 좌절시키기 위해, 내게 남아 있는 논리를 무너뜨리기 위해.

나는 먼 쪽 벽의 차갑고 거친 표면에 달라붙었다. 그 간단하고 고통스러운 행동이 내게는 큰 위안이 되었다. 그리고 눈을 감고(제대로 보지도 못하면서 굳이 눈을 뜰 필요가 있을까?) 게걸음으로 길을 돌아가기 시작했다. 등 뒤에서 여전히 빛이 느껴졌다. 벽에 적힌 글자들은 노래를 불렀다. 까맣게 잊고 있던 총이 엉덩이를 찔렀다. 총은 글자의 표본만큼이나 한심하고 쓸모없는 생각처럼 느껴졌다. 둘 다 뭔가를 겨냥해야 의미가 있는 물건이었다. 하지만 대체 뭘 겨냥한단 말인가?

한두 걸음을 걸었을 때, 나는 열기와 무게 그리고 축축한 뭔가가 핥는 듯한 느낌을 받았다. 강렬한 빛이 바다 그 자체로 변해 가고 있는 듯했다. 나는 내가 빠져나가기 직전이라고 생각했지만, 사실은 그렇지 않았다. 겨우 한 걸음을 남겨 둔 채 숨이 가빠오기 시작했다. 나는 빛이 바다가 되어 있었다는 사실을 깨달았다.

어째서인지 나는 정말로 물속에 있는 것도 아니면서 가라앉고 있었다.

분수대에 빠진 어린아이가 생전 처음 폐에 물이 차오르는 경험을 할 때처럼 끔찍하고 이해할 수 없는 공포의 순간을 맞이했다. 끝도 없고 이겨 낼 방법도 없는 공포였다. 나는 청록색으로 불타는 바닷물에 휩싸였다. 아래로 가라앉으면서 필사적으로 발버둥을 치지만, 결국에는 내가 영원히 가라앉게 될 거라는 사실을 알고 있다. 내 몸이 바위에서 굴러 떨어져서 파도에 부딪히는 모습을 상상했다. 형체도 알아볼 수 없을 정도로 산산이 조각나, 수천 킬로미터 떨어진 곳의 해변으로 떠내려갈 터였다. 이 순간의 끔찍한 기억을 고스란히 간직한 채로.

그리고 등 뒤에서 수백 개의 눈들이 나를 지켜보는 듯한 느낌이 찾아왔다. 나는 괴물 같은 어린 소녀에게 관찰을 당하는 수영장 속의 생물이었다. 텅 빈 주차장에서 여우에게 쫓기는 작은 쥐였다. 불가사리가 조수 웅덩이 안쪽으로 끌고 들어가는 먹이였다.

내 안의 어딘가에 존재하는 빛은 내게 이 순간 살아남지 못한다는 사실을 인정하라고 권했다. 하지만 나는 살고 싶었다. 정말로 살고 싶었다. 하지만 더 이상 그럴 수가 없었다. 심지어 숨조차 쉴 수가 없었다. 나는 하는 수 없이 입을 벌리고 쏟아져 들어오는 물을 들이켰다. 다만 그건 물이 아니었다. 나를 바라보는 눈들도 눈이 아니었다. 나는 기는 것에게 완전히 제압당한 채 놈이 내 안으로 들어오게 내버려 둘 수밖에 없었다. 녀석은 이제 내게 완전히 주의를 집중했고, 나는 움직일 수도 생각할 수도 없는 무기력한 상태였다.

격렬하게 쏟아지는 폭포수가 내 정신을 두드렸다. 폭포는 100개의 손가락처럼 내 목의 피부를 더듬고 짓누르더니 두개골을 뚫고 들어와서 뇌에 이르렀다……. 그러자 비록 압도적인 힘은 조금도 약해졌다는 느낌이 없었지만 나를 가라앉게 만들던 압력이 한순간이나마 누그러졌다. 얼음 같은 고요가 나를 둘러쌌고, 그 고요함 속으로 장엄하게까지 느껴지는 청록색 빛이 드리웠다. 나는 내 머릿속이 불타는 냄새를 맡고 비명을 질렀다. 내 두개골은 먼지처럼 부서졌다가 한 조각 한 조각 다시 조립되고 있었다.

네 이름을 아는 불이 찾아오리라, 그리고 목 조르는 과실이 임하면 그 검은 불꽃이 네 전부를 앗아가리라.

누가 금속 막대기로 계속해서 쑤시는 듯한 한 번도 겪어 본 적 없는 고통이 찾아왔다. 고통은 내 온몸에 골고루 퍼져 나가 마치 피부 아래에 존재하는 또 하나의 피부처럼 느껴질 정도였다. 온 사방이 붉은색으로 물들었다. 나는 정신을 잃었다가 깨어났다. 그리고 다시 정신을 잃었다가, 또 다시 깨어났다가, 정신을 잃었다. 그러는 내내 숨을 쉬기 위해 헐떡였고, 무릎으로 기었고, 기댈 곳을 찾아 벽을 더듬었다. 입을 너무 크게 벌린 나머지 턱에서 뭔가 빠지는 소리가 났다. 나는 한동안 숨을 쉬지 않았지만 내 안에 존재하는 빛은 전혀 개의치 않았다. 빛은 계속해서 내 혈액에 산소를 공급했다.

마침내 끔찍한 침습이 끝났을 때, 나를 둘러싸고 있던 거대한 바다와 그 속으로 가라앉는 듯한 느낌도 사라졌다. 나는 뭔가에 **떠밀렸고**, 기는 것이 나를 받아 아래쪽을 향한 계단으로 굴렸다. 나는 뒤틀리고 상처 입은 채로 쓰러졌다. 마치 텅 빈 자루처럼, 나를 침습할 의도가 전혀 없었던 무언가의 곁에 널브러졌다. 그리고 온몸을 떨며 거칠게 숨을 들이켰다.

기는 것의 관심이 닿는 범위 안에 더 이상 머무를 수는 없었다. 이제 선택의 여지가 없었다. 나는 놈의 시야에서 벗어나고자 하는 맹목적인 충동에 이끌려 네 발로 기듯이 계단 아래의 더 크고 짙은 어둠을 향해 달아났다.

내 뒤를 비추던 빛이 사라지고 나서야 나는 안전하다고 느끼며 다시 바닥에 쓰러졌다. 그리고 그 자리에 한참 동안 누워 있었다. 분명히 기는 것은 나를 인지했다. 인류학자와 달리 나는 놈이 이해할 수 있는 대상이었다. 내 세포들이 이런 변화를 나 자신으로부터 얼마나 더 감출 수 있을지 궁금했다. 그리고 마지막 순간이 다가오고 있는지도. 하지만 어떻게든 놈의 손아귀에서 벗어났다는 사실에 다른 무엇보다 안도했다. 내 안 깊숙한 곳의 빛은 충격으로 몸을 웅크리고 있었다.

어쩌면 나의 진정한 전문 분야는 도저히 견딜 수 없는 상황조차 참아 내는 일일지도 모른다. 다리가 마치 고무처럼 느껴져서 언제 다시 일어나 걸을 수 있을지 확신할 수 없었다. 그리고 얼마나 시간이 걸렸는지 몰라도 나는 결국 몸을 일으켰다.

조금 더 내려가자 원형 계단이 직선으로 변했고, 습기가 가시면서 벽에 붙어 살던 미세한 생물들도 자취를 감췄다. 위쪽에서 기는 것이 내는 소리도 웅얼거리듯 희미해졌다. 나는 여전히 벽의 낙서로부터 과거의 유령을 보고 있었지만, 내 안의 빛은 이전과 달리 잠잠했다. 나는 벽의 글자들을 좇으면서 그것들이 기는 것처럼 실제로 나를 해칠지도 모른다는 두려움을 느꼈다. 하지만 그럼에도 불구하고 글자를 따라가자 마음이 편해졌다. 이곳의 글자들은 좀 더 읽기도 이해하기도 쉬웠다. *그리고 그것이 나를 찾아왔다. 그리고 다른 모든 것을 몰아냈다.* 이 문장이 계속해서 반복되고 있었다. 글자들이 여기서는 본 모습을 드러내는 걸까 아니면 이제 내가 더 많은 지식을 가지게 된 걸까?

나는 계단의 너비와 높이가 모두 등대의 층계와 거의 동일하다는 사실을 눈치챘다. 머리 위로는 매끈하던 천장의 모습이 변해, 수많은 균열이 어지럽게 자리 잡고 있었다.

잠시 멈춰 서서 물을 마시고 호흡을 가다듬었다. 기는 것과 마주한 충격이 여전히 파도처럼 밀려들고 있었다. 다시 걷기 시작하면서 아직 내가 마주치고 흡수해야 할 대상이 더 있으며 그래서 미리 준비해야 한다는 생각을 했다. 어째서 그런 생각이 드는지는 알 수 없었다.

몇 분 후, 멀리 아래쪽에서 작은 직사각형 모양의 하얀 빛 덩어리가 보였다. 내가 아래로 내려가는 동안 빛은 주저한다고밖에 표현할 수 없는 인상을 주며 조금씩 더 커져 갔다. 30분이 더 흐르자, 나는 그 빛의 형상이 일종의 문과도 같다는 점을 알아볼 수 있었다. 하지만 문은 여전히 스스로의 모습을 감추려는 듯 모호함을 간직하고 있었다.

아직도 문은 멀리 있었지만, 가까이 다가갈수록 그것이 내가 경계를 넘어선 직후 뒤를 돌아봤을 때 목격했던 문과 묘하게 닮았다는 사실을 깨달았다. 그 문 주위를 감도는 모호함이 내게 그런 생각이 들게 했다. 그 모호함이야말로 내가 경계의 문을 기억하는 특징이었기 때문이다.

그 이후 30분 동안, 나는 되돌아가야 한다는 본능적인 충동에 시달렸다. 하지만 아직은 다시 돌아가서 기는 것과 마주할 자신이 없었다. 나는 천장의 균열을 쳐다볼 엄두를 내지 못했다. 그 균열이 내 두개골까지 이어지고 있는 것 같았기 때문이다. 어떤 끔찍한 힘이 작용하는 선처럼 느껴졌다. 한 시간이 지나자 희미하게 빛나는 직사각형이 완연히 다가왔다. 나는 무언가 **잘못되었다**는 느낌을 받았고 속이 울렁거리기 시작했다. 문이 **덫**이라는 생각이 점점 더 커졌다. 어둠 속에 떠오른 저 빛은 결코 문이 아니라 어떤 괴물의 입이라는, 내가 문턱을 넘으려고 하면 그 괴물에게 잡아먹힌다는 두려움이 나를 사로잡았다.

마침내 나는 걸음을 멈췄다. 글자는 아래쪽으로 계속 이어졌고, 문은 지금 내 자리에서 500걸음 혹은 600걸음 정도 아래쪽에 있었다. 이제 빛은 거의 타오르는 것처럼 보였다. 쳐다보기만 해도 화상을 입을 듯이 눈부신 빛이었다. 계속 나아가고 싶었지만 그럴 수가 없었다. 내 다리는 말을 듣지 않았고, 내 정신은 공포와 불안감에 사로잡혀 있었다. 내 안의 빛조차 깊숙이 숨은 채 더 이상 가서는 안 된다고 조언했다.

그 자리에 남아 층계에 앉아서 한동안 문을 바라봤다. 이 감정이 최면의 잔재일지도 모른다는, 심리학자가 죽어서도 나를 조종하고 있는지도 모른다는 걱정이 들었다. 어쩌면 암호화된 명령이 여전히 나를 지배하고 있을지도 몰랐다. 내가 장기간에 걸친 소멸의 마지막 단계에 있는 걸까?

하지만 이유는 중요하지 않았다. 나는 내가 결코 문에 도달하지 못한다는 사실을 알고 있었다. 그러려고 하면 몸 상태가 너무 나빠져 움직이지 못하게 될 테고, 천장의 균열이 내 눈을 찌르고 멀게 만들어서, 다시는 지상으로 돌아갈 수 없을 터였다. 인류학자처럼 계단에 처박혀, 그녀와 심리학자가 불가능과 마주해 겪었던 실패를 반복하게 될 터였다. 그래서 나는 내 일부를 도려내는 듯한 엄청난 고통 속에서 마침내 몸을 돌렸다. 그리고 뿌옇게 빛나는 문이 기는 것만큼 거대해지는 상상을 하며 터벅터벅 계단을 걸어 올라갔다.

몸을 돌리던 순간, 문 너머에서 뭔가가 나를 훔쳐보고 있는 듯한 기분을 느꼈던 사실을 기억하고 있다. 하지만 내가 어깨 너머로 돌아봤을 때에는 어느새 익숙해진 빛의 문이 보일 뿐이었다.

되돌아오는 길은 기억이 흐릿하다고, 내가 정말로 심리학자가 봤다는 불꽃이라도 된 양 타오르는 불길 너머로 바깥세상을 바라보는 느낌이었다고 말할 수 있다면 좋겠다. 나는 지상을 비추는 햇빛을 맞이하고 싶었다. 하지만, 내게는 끝을 바랄 권리가 충분했지만……아직 끝이 아니었다.

돌아오는 길의 두렵고 고통스러웠던 한 걸음 한 걸음을, 그 모든 순간을 기억하고 있다. 기는 것이 지키고 있는 모퉁이를 돌기 전 잠시 멈춰 섰던 기억도 난다. 내 머릿속이 파헤쳐지는 경험을 다시 한번 견딜 수 있을지 확신이 들지 않았기 때문이다. 아무리 환각일 뿐이라고 나 자신을 설득해도, 또다시 예의 그 바닷물 속으로 가라앉는 느낌을 받는다면 미쳐 버리고 말 것만 같았다. 하지만 내가 더 약해질수록 내 정신이 나를 배신하기 쉽다는 사실 또한 알았다. 어둠 속으로 도망치는 쉬운 길을 택한다면 머지않아 아래쪽 계단을 떠도는 **껍데기**가 되어 버릴 터였다. 나는 내게 마지막으로 남아 있는 힘과 의지까지 짜내려 애썼다.

나는 록 베이를, 조수 웅덩이의 불가사리를 머릿속에서 몰아냈다. 대신에 내 남편의 일지를, 배를 타고 북쪽 바다 어딘가를 향해하고 있을 남편을 생각했다. 모든 것이 저 위쪽에 있고 아래에는 아무것도 없다는 생각에 집중했다.

그래서, 나는 다시 벽을 껴안았다. 그래서, 나는 다시 눈을 감았다. 그래서, 나는 빛을 다시 견뎌 냈고 온몸을 긴장하며 내 입을 통해 바닷물이 쏟아져 들어오고 두개골이 쪼개져 열리는 순간을 기다렸다……. 하지만 그런 일은 일어나지 않았다. 이유는 모르지만 아무 일도 없었다. 아마 한 차례 나를 조사하고 분석한 뒤로 기는 것이 내게 흥미를 잃어버렸기 때문인지도 모른다.

모퉁이를 돌아 기는 것이 보이지 않을 정도까지 멀어졌을 때, 내 안의 어떤 고집스러운 부분이 한 번만 뒤를 돌아보라고 부추겼다. 내가 절대로 이해하지 못할 무언가를 향해, 마지막으로 한 번만 경솔하고 도전적인 시선을 던지라고 시켰다.

기는 것이 만들어 내는 수많은 모습들 중 나를 바라보는 어떤 남자의 얼굴을 희미하게 알아볼 수 있었다. 반쯤 그림자로 가려진, 그를 가두고 있는 간수라고밖에 표현할 수 없는 존재들에 둘러싸인 얼굴이었다.

남자의 얼굴에 드러난 너무나 복잡하면서도 강렬한 감정이 나를 얼어붙게 했다. 그는 끝날 줄 모르는 고통과 슬픔을 견뎌 내고 있는 듯했지만, 동시에 일종의 우울한 만족감과 희열도 엿보였다. 나는 그런 표정을 한 번도 본 적이 없었지만, 그 표정을 띤 얼굴은 알아볼 수 있었다. 사진으로 본 얼굴이었다. *날카롭고 부리부리한 눈매에 왼쪽 눈을 살짝 찡그렸고, 단단한 턱이 무성한 수염 아래 가려져 있었다.*

기는 것 안에 갇힌 마지막 등대지기가 마치 건널 수 없는 광활한 바다 너머에서, 또한 수많은 세월 너머에서 바라보듯 나를 응시했다. 비록 이전보다 마르고 강퍅해 보이는 인상이긴 했지만, 30년 전 찍힌 사진 속의 모습보다 하루도 더 나이가 들어 보이지 않았다. 그는 이제 어느 누구도 이해할 수 없는 장소에 존재하고 있었다.

등대지기는 자신이 어떻게 변했는지 알고 있을까? 아니면 이미 오래전에 미쳐 버렸을까? 그가 정말로 날 볼 수 있기는 한 걸까?

내가 돌아서서 마주할 때까지 등대지기가 얼마나 오랫동안 나를 보고 있었는지 알 길이 없었다. 어쩌면 내가 보기 전에는 그가 존재하지 않았을 수도 있었다. 하지만 비록 나와 시선이 마주친 시간은 짧았지만, 너무도 짧아서 우리 사이에 뭔가가 오갔다고 할 수도 없었지만, 내게 그는 진짜였다. 얼마나 긴 시간이라야 충분할까? 내가 그를 위해 해 줄 수 있는 일은 **없었다**. 나 자신의 생존조차 장담할 수 없는 처지였다.

가라앉는 것보다 훨씬 더 나쁜 일이 있을 수도 있었다. 나는 지난

30년 동안 그가 무엇을 잃었고 또 무엇을 얻었는지 전혀 몰랐지만, 그 여정이 전혀 부럽지 않았다.

나는 X구역에 들어오기 전에 꿈을 꾼 적이 없었다. 사실은 한 번도 내가 꾼 꿈을 기억하지 못했다. 남편은 그게 이상했는지, 어쩌면 내가 결코 깨지 않는 꿈속에 살고 있는지도 모른다는 이야기를 하기도 했다. 어쩌면 그건 농담일 수도, 아닐 수도 있었다. 남편은 기나긴 세월 동안 껍데기만 남을 때까지 악몽에 시달린 결과로 만들어진 사람이었기 때문이다. *집과 지하실 그리고 거기서 벌어진 끔찍한 범죄에 대한 악몽.*

하지만 그날 나는 회사 일로 너무 지쳐 있었기 때문에 그 말을 심각하게 받아들였다. 하필 남편이 탐사를 떠나기 바로 전 주이기도 했다.

"우린 누구나 깨지 않는 꿈속을 살고 있어." 나는 남편에게 말했다. "우리가 깨는 건 어떤 사건이나 아니면 아주 사소하지만 거슬리는 뭔가가, 우리가 현실로 받아들이는 세계의 가장자리를 건드리기 때문이지."

"그럼 당신에게는 내가 바로 현실의 가장자리를 건드리는, 그 사소하지만 거슬리는 뭔가가 되는 거야, 유령새?"

남편이 물었고, 이번에는 나도 그의 우울한 기분을 눈치챘다.

"아, 또 그 유령새 운운할 때가 된 거야?"

내가 눈썹을 치켜세우며 말했다. 나는 마음이 불편했다. 뱃속이 울렁거렸지만 그에게는 평범하다는 점이 중요한 듯했다. 나중에 그가 돌아와서 평범한 일상이 얼마나 끔찍할 수 있는지 보여 줬을 때, 나는 차라리 내가 비정상적으로 굴 수 있기를 바랐다. 그에게 소리를 지르거나, 뭐든 뻔하지 않은 행동을 할 수 있기를 바랐다.

"어쩌면 나는 당신의 상상에 불과한지도 몰라." 그가 말했다. "어쩌면 당신 머릿속에서만 존재할지도 모르지."

"그럼 아주 형편없는 상상이네."

나는 부엌으로 가서 물 한 잔을 따르며 말했다. 남편은 이미 와인을 두 잔째 마시고 있었다.

"아니면 당신이 형편없는 나를 원했으니 사실은 아주 성공적인 상상인지도 모르지."

그렇게 말하면서도 남편은 웃고 있었다.

남편이 다가와 나를 뒤에서 끌어안았다. 그는 건장한 팔과 넓은 가슴을 지니고 있었다. 두 손은 아주 크고 두꺼워서 마치 우리 속에 가둬 놓아야 할 야수 같았다. 항해를 할 때면 이렇게 억센 손이 아주 유용했다. 반창고의 소독약 냄새가 독한 향수처럼 풍겼다. 남편은 상처에 붙이는 커다란 반창고 같은 사람이었다.

"유령새, 우리가 함께하지 못한다면 당신은 어디로 갈 거야?"

나는 아무 대답도 할 수 없었다. *여기는 아니야. 거기도 아니지. 어쩌면 아무 곳도 아닐 거야.*

"유령새?"

"응."

나는 포기하고 내 별명을 받아들였다.

"유령새, 난 겁이 나. 겁이 나서 이기적인 질문을 해야겠어. 내가 그런 질문을 할 권리는 없지만."

"물어보기나 해."

나는 여전히 화가 나 있었지만, 마지막 며칠 동안에는 남편이 떠난다는 사실을 받아들이고 그에 대한 애정을 숨기지 않기로 했다. 어느 정도는 내가 더 이상 현장 연구를 하지 못한다는 분노와 남편이 얻은 기회에 대한 부러움을 느낀 것도 사실이었다. 그래서 나는 텅 빈 주차장을 좋아했는데, 적어도 그 공터는 온전히 나만의 것이었기 때문이다.

"내가 돌아오지 않으면 날 찾으러 올 거야? 그럴 수 있다면?"

"당신은 돌아올 거야."

돌아와서 마치 인형처럼, 바로 이 자리에 앉겠지. 내가 전혀 모르는 사람처럼 변해서.

그때 내가 대답했다면, 아니라는 대답이라도 했다면 얼마나 좋았을까. 그리고 결코 그럴 리가 없었지만, 그래도 내가 정말로 그를 찾기 위해 X구역에 왔다면 얼마나 좋았을까.

수영장. 바위투성이 만. 텅 빈 주차장. 탑. 등대. 이것들은 진짜면서 진짜가 아니었다. 존재하지만 존재하지 않았다. 매번 새롭게 그것들을 머릿속에 떠올리면서 세부 사항을 기억하려 하지만 그때마다 조금씩 달랐다. 때로는 그것들이 위장이나 변장을 한다. 때로는 좀 더 진실한 모습을 드러낸다.

마침내 지상으로 돌아왔을 때는 움직일 수 없을 만큼 지쳐서 탑 위에 드러누웠다. 그리고 아침 햇살이 눈꺼풀 위를 어루만지는 단순하지만 예상치 못한 즐거움에 미소를 지었다. 내 머릿속은 그때까지도 등대지기가 지배하고 있었고, 나는 계속 세상을 다시 그리고 있었다. 그리고 주머니에서 사진을 꺼내 등대지기의 얼굴을 들여다보기를 반복했다. 마치 내가 아직 얻지 못한 어떤 답을 그가 쥐고 있는 것처럼.

나는 내가 정말로 그를 봤는지 아니면 그저 기는 것이 만들어 낸 유령에 불과한지 알고 싶었고, 알아야만 했다. 그리고 내가 본 남자가 등대지기라는 사실을 믿는 데 도움이 되는 것이라면 뭐든 매달렸다. 내게 가장 큰 확신을 주는 증거는 사진이 아니었다. 바로 인류학자가 기는 것의 몸에서 채집한 표본이었다. 그 표본은 분명히 인간의 뇌 조직이었다.

그래서 베이스캠프로 돌아오는 길에 나는 그 증거를 바탕으로 등대지기에 대해 그럴싸한 이야기를 만들어 내기 시작했다. 그의 인생에 대해 아는 바가 전혀 없었고, 상상력을 동원하려 해도 아무런 기준이 없어서 쉬운 일은 아니었다. 내가 가진 재료는 그저 사진 한 장, 그리고 탑에서 목격한 끔찍한 장면뿐이었다. 내가 생각해 낼 수 있는 이야기는 한때 그도 평범한 삶을 살았지만, 평범하다고 표현할 수 있는 그 친숙한 일상들 중 무엇도 계속되거나 그를 구하지 못했다는 정도였다. 그는 아직도 사그라질 줄 모르는 폭풍에 휘말려 들었다. 어쩌면 그는 등대의 꼭대기에서 그 폭풍이 내려앉는 광경을 보고 있었을지도 모른다. 파도처럼 밀려드는 변화를.

그리고 무엇이 나타났을까? 무엇이 나타났다고 난 믿었을까? 이 세상 구석에 깊숙이 묻힌 길고 거대한 가시가 있다고 생각해 보자. 세계를 파고드는 가시. 이 거대한 가시로부터는 발생한 것들은 아마 본능적으로 계속해서 대상을 모방하고 의태한다. 모방하는 존재와 모방의 대상은 글자들로 이루어진 문장을 촉매로 삼아 상호작용을 하며 변이를 겪는다. 어쩌면 다른 생물들을 숙주로 삼고 완벽하게 공생하는 생명체인지도 모른다. 어쩌면 '단지' 기계에 지나지 않을지도 모른다. 혹은 지성을 가지고 있더라도 우리와는 완전히 다른 형태일 것이다. 우리의 생태계로부터 새로운 세계를 만들어 내는데 그 과정과 목표가 너무도 낯설기 때문이다. 모방 외에도 다른 여러 가지 방식으로 자신을 숨기고, 마주친 대상을 의태하면서도 그 **이질성**을 잃지 않았다.

나는 이 가시가 어떻게 여기로 왔는지 혹은 얼마나 멀리서 왔는지 알 수 없었다. 하지만 우연이든 운명이든 혹은 어떤 식의 설계에 의해서든, 가시는 등대지기를 발견했고 놓아주지 않았다. 얼마나 오랜 시간에 걸쳐 그를 지금과 같은 형태로 바꿔 놓았는지는 미지수였다. 어떤 관찰자도, 아니, 단순한 목격자도 없었기 때문이다. 30년이 지난 후에 한 생물학자가 그를 어렴풋이 보고 과연 무엇이 되어 버린 걸까 고민하기 전까지는. 촉매. 불꽃. 동력. 진주로 변할 조약돌일까? 아니면 그저 의도치 않은 승객에 불과할까?

그리고 그의 운명이 결정된 후에…… 탐사대에 대해 생각해 보자. 열두 차례든 쉰 차례든 100여 차례든 중요하지 않다. 그들은 계속해서 개체 혹은 개체들과 마주쳐 먹이가 되거나 변이를 겪었다. 탐사대들은 (어쩌면) 탑의 가장 깊은 곳을 흉내 내고 있을지도 모르는 경계 부근의 신비로운 입구를 통해 X구역에 들어왔다. 이 탐사대가 자신들이 X구역 안에 어떤 형태로인가 여전히 존재한다는 사실은 인식하고 있다고 상상해 보자. 심지어 돌아온 자조차, 아니, 특히 돌아온 자들이 그들에게 가능한 수단을 통해 서로 의사소통을 한다고 말이다. 그리고 이런 의사소통 때문에 이곳의 풍경이 때로 인간의 자기중심적인 관점에는 기이하게 보이지만, 여기서는 다만 자연 그대로의 모습일 뿐이라고 말이다. 도플갱어 현상이 왜 일어나는지 정확히 알 수는 없지만, 원인은 별로 중요하지 않을지도 모른다.

또한 상상해 보자. 탑이 경계 안쪽의 세계를 만들고 고치는 동안 경계 너머로도 수많은 사자를 보냈다고. 그래서 그것들이 버려진 정원과 황량한 벌판에서 본연의 임무를 수행하는 중이라고. 놈들은 어떻게 이동하고 얼마나 멀리까지 갈 수 있을까? 어떤 기이한 것들이 뒤섞여 있을까? 언젠가는 그 침투가 멀리 떨어진 바위 해안까지 이르러, 내가 익히 알고 있는 조수 웅덩이에서 번식하게 될지도 모른다. 물론 내가 틀렸고 X구역은 그저 잠에서 깨어나 전과는 **다른** 모습으로 변해 가고 있을 뿐인지도 모른다.

정작 문제는 내가 지금까지 본 일들이 꼭 나쁘다고 확신하기 어렵다는 점이었다. X구역의 원시적인 생태계와 우리가 그토록 망쳐 버린 세계를 비교해 보면 그랬다. 심리학자는 죽기 전에 내가 변했다는 말을 했다. 어쩌면 내가 **편을 바꿨다**는 의미로 그렇게 말했다는 생각이 들었다. 하지만 그건 사실이 아니었다. 나는 여기에 편이 있기나 한지, 있다면 그 의미가 무엇인지 알 수 없었다. 하지만 다시 생각해 보면 심리학자가 옳은지도 몰랐다. 이제 나는 내가 설득될 수 있다는 사실을 알았다. 천사와 악마의 존재를 믿는 종교적이거나 미신적인 사람이라면 다를지도 몰랐다. 아니, 아마 거의 모든 사람들이 다를 것이다. 하지만 난 그런 사람들에 속하지 않았다. 난 다만 생물학자였고, 이면에 숨겨진 의미가 아닌 현상에 집중했다.

이런 모든 추측들이 불완전하고, 부정확하며, 무가치하다는 사실을 안다. 내가 진정한 답을 찾지 못하는 이유는 우리가 여전히 어떤 질문을 해야 하는지 모르기 때문일 것이다. 우리가 가진 도구는 무용지물이었고 방법론은 무너졌다. 그리고 각자의 동기마저 개인적이고 이기적이었다.

여기에 모든 내용을 다 적지는 않았지만, 그렇다고 이야기할 말이 그리 남지도 않았다. 어쨌든 내가 노력한 것만은 사실이다. 탑을 떠난 뒤, 나는 잠시 베이스캠프에 들렸다가 여기 등대의 꼭대기 층으로 돌아왔다. 그리고 중구난방이던 일지를 지금 당신이 읽고 있는 형태로 완성하기 위해 나흘이라는 시간을 소비했다. 또 다른 보고서에는 나와 다른 대원들이 채취한 표본에서 발견한 내용을 기록해 두었다. 마지막으로 부모님에게 전할 쪽지까지 남겼다.

나는 이 전부를 남편의 일지와 함께 묶어서 비밀 문 아래 쌓여 있는 보고서 더미의 가장 위쪽에 올려놓았다. 누구든 쉽게 문을 발견할 수 있도록 탁자와 양탄자는 한쪽으로 치웠다. 그리고 등대지기의 사진을 액자에 끼워 층계참 벽에 다시 걸었다. 등대지기의 얼굴에 두 번째 동그라미를 그렸다. 나도 어쩔 수 없는 충동 때문이었다.

앞선 탐사대가 남긴 일지들에 적힌 힌트가 정확하다면, 기는 것이 탑 안에서 마지막 주기를 마칠 때 X구역에 피비린내 나는 혼란의 시기가 도래할 터였다. 그건 일종의 격렬한 탈피라고 할 수도 있었다. 어쩌면 기는 것이 벽에 적는 글에서 터져 나오는 포자로부터 모든 일이 시작될지도 몰랐다. 지난 이틀 밤에 걸쳐 탑에서 빛나는 무언가가 고깔 모양으로 솟아올라 주변 황야로 퍼져 나가는 모습을 목격했다. 아직 바다 쪽에서는 아무것도 나타나지 않았지만, 폐허가 된 마을에서 어떤 형체가 일어나 탑으로 향했다. 베이스캠프에서는 생명체의 흔적이 보이지 않았다. 등대 아래쪽 해변의 심리학자는 모래 속으로 녹아 버린 것처럼, 신발 한 짝 남아 있지 않았다. 매일 밤, 신음하는 괴물이 여전히 자신의 갈대 왕국을 지배하고 있다는 사실을 내게 알렸다.

이런 현상들을 관찰하면서 내 안에서는 모든 것이…… 어떤 것이라도 알아내겠다며 불타던 충동의 마지막 재까지 사라졌다. 그리고 그 빈자리를 내 안의 빛이 아직 내게 하려는 일이 남았다는 깨달음이 차지했다. 아직도 시작에 불과했고, 인간으로 남기 위해 끊임없이 자해를 해야 한다는 생각은 안쓰럽기까지 했다. 13차 탐험대가 올 때쯤 나는 더 이상 여기에 없을 터였다.(그들은 이미 나를 목격했을까 아니면 할 예정일까? 나는 이 풍경 속으로 녹아들까 아니면 갈대 숲이나 운하의 물속에서 믿을 수 없다는 듯한 표정의 탐사대를 마주 보게 될까? 내가 뭔가 잘못됐거나 이상하다는 생각이나 할 수 있을까?)

너무 늦기 전에 X구역을 최대한 멀리까지 탐험하기로 했다. 남편을 따라 해안으로 갈 예정이었다. 어쩌면 섬 너머까지 가 볼 수도 있었다. 남편과 만나기를 기대하지는 않았고, 그럴 필요도 없었다. 다만 남편이 본 풍경을 나도 보면서 그를 가까이 느끼고 싶었다. 그리고 솔직히 남편이 여전히 **여기 어딘가에 있다**는 생각을 떨쳐 버릴 수가 없었다. 설사 다른 무언가로 완전히 변해 버렸다고 해도 말이다. 돌고래의 눈 속에, 피어나는 이끼의 감촉 속에, 어딘가에 그리고 모든 곳에. 어쩌면 해변에 버려진 배를 발견하고 그 안에서 단서를 찾을지도 모른다. 이미 너무 많은 것을 알고 있지만, 나는 **그 정도**로도 만족할 수 있었다.

이제 당신을 뒤에 남겨 두고 나 혼자 갈 것이다. 내 뒤를 따르지 않기를. 나는 이미 멀리 있고 아주 빠르게 여행하니까.

탐사대마다 나처럼, 다른 모든 대원들이 죽고 난 뒤 그 시신을 묻고 애도를 표한 다음 계속 나아가야 했던 사람이 언제나 한 명씩 있었을까?

나는 열한 번째 탐사대와 열두 번째 탐사대의 마지막 생존자다.

난 집으로 돌아가지 않는다.

감사의 말

여러 도움을 주고 이 소설을 멋지게 편집해 준 편집자 션 맥도널드. 그리고 이 책을 작업해 준 FSG 출판사의 대단하고 헌신적인 직원들. 이분들의 노력에 정말 감사할 따름이다. 또한 내 에이전트 샐리 하딩을 비롯한 쿡 에이전시의 모든 훌륭한 직원들에게도. 사랑하는 내 아내 앤은 집필 중에 작품에 대해 상의할 수 있던 유일한 사람이었고, 캐릭터와 장면에 많은 아이디어를 주었다. 나의 첫 독자들(누구인지는 대부분 스스로 알고 있으리라.)에게도 고맙다. 특히 그레고리 보서트, 테사 쿰, 애덤 밀스는 방대한 평을 남겨 주었다. 마지막으로 세인트 마크스 국립야생동물 보호구역에 감사의 마음을 전하고 싶다. 그곳에서 일하고 그곳을 사랑하는 모든 사람들에게.

해설 끝없이 확장되는 위어드 픽션의 영역

이동현

본작 『소멸의 땅(Annihilation)』에서 X구역의 여러 비밀들이 해소되었지만 한편으로 그만큼 많은 의문들이 새로 제시되었기 때문에, 지금까지 X구역에서 생물학자와 함께 기이한 사건들을 겪으며 여기에 다다른 독자들은 아마 여전히 찜찜한 기분을 느낄 것이다. 그렇지만 X구역에 대한 탐사를 계속해 나머지 수수께끼들을 해결할 것이라는 막연한 기대를 뒤엎고, 작가 제프 밴더미어는 속편 『경계 기관(Authority)』에서 X구역 탐사 중 실종된 전임자 대신 서던 리치의 국장으로 새로 부임한 컨트롤의 시점으로 서던 리치 그 자체에 대한 탐사에 나선다. 부지불식간에 조직 내로 스며든 X구역의 영향력을 확인하기 위해 독자들은 컨트롤과 함께 황량한 바닷가와 습지 대신 퇴락한 건물의 복도와 사무실, 창고를 샅샅이 살펴보게 될 것이고, 그러는 동안 전편에서 제기된 의문들에 대한 답을 얻게 될 것이다.(마찬가지로 『경계 기관』이 독자들의 머릿속에 심어 둘 새로운 의문에 대한 해답은 그 속편 『빛의 세계(Acceptance)』에서 찾게 될 테지만, 결국에 모든 의문에 대한 답을 찾을 수 있을 거라는 기대는 애당초 접는 것이 좋다.)

『경계 기관』으로 서둘러 달려가기 앞서, 일단 본작 『소멸의 땅』에 관해 조금 더 이야기해 보자. 일단 형식적인 면에서는 지금까지 밴더미어가 내놓은 작품들 상당수를 포괄하는 이른바 뉴위어드(New Weird) 스타일로부터 완전히 벗어나 상대적으로 조금 더 독자 대중에게 친숙한 장르인 환경 스릴러(eco-thriller)나 재난/종말 SF의 형식을 취한 것이 눈에 띈다. 기현상이 일어나는 지역의 출현, 수십 년에 걸친 정부의 출입 통제, 소통 불가능한 외계 방문자 등 몇 가지 설정은 스투르가츠끼 형제의 『노변의 피크닉(Пикник на обочине)』(1977)을 연상케 하는 한편, 언젠가 X구역이 다시 확장을 시작할 것이고 결국 전 세계를 집어 삼킬 것이라는 불길한 암시와 그 불가피성을 체념하고 받아들이는 데서 비롯되는 파멸의 미학은 J. G. 밸러드의 『크리스털 세계(The Crystal World)』(1966)와 무척 닮았다. 때문에 작중에서 정상적인 자연 환경으로 위장하고 있다가 외부에서 들어오는 자극(탐사대들)을 집어 삼켜 동화(변이)시키고 이화(복제 및 방출)하는 단일 유기체로 암시된 X구역은 마치 본작의 장르적 기법에 대한 아날로지[類似] 같은 인상을 준다.

하지만 이렇게 문학적인 의태(擬態)의 과정을 거치면서도, 토머스 리고티가 위어드 픽션*에서 가장 중요한 요소라 역설한 바 있는 특유의 불가해성(enigma)**은 손상되지 않고 고스란히 남았다. 이것이 가능했던 것은 밴더미어가 구상한 X구역이 영문학자 티모시 모튼이 제창한 이른바 '초과물(Hyperobjects)***'로 기능했기 때문이다.**** 무엇보다도 전통적으로 가장 영향력 강한 위어드 픽션의 상징이자 마찬가지로 일종의 '초과물'이라 할 수 있는 러브크래프트의 크툴루

---

* 위어드 픽션은 사변 소설의 한 형태로, 지금과 같이 엄격한 장르 구분(과학소설/판타지소설/공포소설)이 생기기 이전인 19세기 말~20세기 초에 등장했던, 비현실적인 배경과 사건을 다룬 소설들을 지칭하기 위해 사용된 표현이다. 따라서 이 시기 위어드 픽션으로 분류되는 소설들을 보면, 오늘날 과학소설/판타지소설/공포소설의 속성들이 한 작품 내에 혼재하는 것을 쉽게 확인할 수 있다. 그런 의미에서 J. R. R. 톨킨에 대한 차이나 미에빌의 비판에는 이런 경직된 장르의 구분과 클리셰 남용 이전의 상태로 사변소설을 되돌리자는 반동적 태도가 깔려 있으며, 과학소설과 판타지소설의 특성에 공포소설의 분위기를 결합했다는 뉴위어드는 이런 경향을 형상화한 것이라 할 수 있다.

** Ligotti, Thomas(2011, November 8). Exclusive Interview: Thomas Ligotti on Weird Fiction. Weird Fiction Review.

*** Morton, Timothy(2010). *The Ecological Thought*. Cambridge: Harvard University Press. 티모시 모튼(現 영국 라이스대학 영문학과 교수)은 시공간에 대단히 광범위하게 퍼져 있어서 인간의 지각으로는 그 정확한 실체조차 파악할 수 없는 물체를 초과물이라고 정의하고, 그 특성으로 점성(viscosity), 단계성(phasing), 시간적 파동성(temporally undulation), 비국지성(unlocality), 상호객관성(interobjectivity)을 들었다. 초과물은 천문학적 사물처럼 거대한 물체일 수도 있지만, 미세 플라스틱이나 스티로폼처럼 눈에 보이지 않지만 오랜 세월 분해되지 않고 특정 장소에 남아 광범위한 영향을 미치는 미세한 물질일 수도 있다.

**** Tompkins, David(2014, September 30). Weird Ecology: On The Southern Reach Trilogy. Los Angeles Review of Books.

신화*에 기대지 않고(작가 자신의 표현을 빌리자면 "러브크래프트를 제치고") 자신만의 위어드 픽션을 쓰는 방법을 제시했다는 점에서도 매우 고무적인 작품이라 할 수 있다.**

차이나 미에빌은 바스락 시리즈와 『이중 도시(The City and the City)』(2009)를 통해 정치와 규범의 문제를 다룬 데 이어 『Embassytown』(2011)에서 언어 분야로도 위어드 픽션의 영토를 확장시켰고, 마이클 시스코 역시 최근작인 『Animal Money』(2015)를 통해 화폐경제라는 다소 의외의 변방에 위어드 픽션의 깃발을 꽂았다. 마찬가지로 제프 밴더미어의 서던 리치 3부작은 위어드 픽션이라는 오래 묵었지만 여전히 생기 넘치는 이 장르의 경계를 생태와 환경의 문제에 이르기까지 밀어붙였다고 평가할 수 있다. 마치 X구역이 경계를 넘어 온 모든 것을 집어 삼키고 복제하여 외부로 방출하는 과정을 통해 끊임없이 자신을 확장시키는 것처럼.

---

* Morton, Timothy(2013) *Hyperobjects: Philosophy and Ecology after the End of the World*. Minneapolis: University of Minnesota Press. 모튼 자신이 러브크래프트의 크툴루 신화에 나오는 고대신들을 일종의 초과물로 보았다.

** VanderMeer, Jeff(2012, September 1). Moving Past Lovecraft. Weird Fiction Review. 당시 아프리카계 작가 은네디 오코라포어(Nnedi Okorafor)가 러브크래프트의 인종주의를 이유로 (러브크래프트의 흉상 모양 상패를 수여하는) 세계 환상 문학상 수상을 거부함으로써 촉발된 작가, 평론가 및 독자 간 대립의 와중에, 밴더미어는 더 이상 위어드 픽션이 인종주의나 성차별 등 낡은 사상에 전 러브크래프트의 유산을 재생산하는 일에만 매달릴 수 없으며 이를 제치고 앞서 나가야 한다고 역설했다.

제프리 스콧 밴더미어는 1968년 7월 7일 펜실베이니아 벨폰트에서 출생하여 미 평화봉사단에서 근무했던 부모를 따라 이주한 피지 섬에서 유년기의 대부분을 보냈고, 이후 아시아, 아프리카, 유럽 등지를 거쳐 다시 미국으로 돌아와 플로리다에 정착했다. 미국으로 돌아온 후 고교 재학 중인 1984년에 독립 출판사 미니스트리 오브 웜지 프레스를 설립하였고, 1985년부터 창작을 시작하여 1989년에는 자신의 첫 단편집 『The Book of Frog』를 자가 출판하였다.

1996년 챕북 형태로 발표한 중편 「Dradin, In Love」가 스터전 기념상 최종 후보에 지명되고 뒤이어 중편 「The Transformation of Martin Lake」가 세계 환상 문학상 중편 부문을 수상하면서 본격적으로 주목받기 시작했다. 상기 두 편을 비롯하여 가공의 도시 앰버그리스를 배경으로 한 일군의 단편들을 모은 『City of Saints and Madmen』(2001)이 세계환상문학상 단편집 부문에 후보로 지명되면서 거의 비슷한 시기에 등장한 『퍼디도 스트리트 정거장(Perdido Street Station)』(2000)의 차이나 미에빌과 『The Divinity Student』(1999)의 마이클 시스코와 함께 뉴위어드의 기린아로 촉망받게 된다.

『City of Saints and Madmen』은 역사 개론서를 비롯하여 정신과 의사의 서신에 첨부된 창작 노트, 연구 논문, 여행 가이드 등의 다양한 형식의 서사를 콜라주해 실재감을 더하면서도, 한편으로는 메타픽션(「The Strange Case of X」) 및 소설의 암호화(「The Man Who

Had No Eyes」) 같은 포스트모던한 서술 방식을 동원하여 현실/환상의 경계를 끊임없이 흐리고 뒤흔드는 파격을 보여 준다. 그 속편인 『Shriek: An Afterword』에서는 역사가 던컨 시릭과 그의 저술에 대해 예술 평론가(이자 누이인) 재니스 시릭이 쓴 평전이라는 액자 형식을 취해, 던컨이 집착하던 앰버그리스 지하의 불가사의한(그리고 기괴한 권능을 지닌) 버섯 종족 그레이캡의 음모를 파헤치며 도시의 앞날에 불길한 전망을 드리운다. 그리고 그 전망이 실현되기라도 하듯 이어지는 『Finch』에서는 20년간의 내전 끝에 그레이캡에 의해 점령당한 미래의 앰버그리스에서 그레이캡을 노린 살인 사건을 담당한 형사 존 핀치의 이야기를 통해 뉴위어드에 누아르 소설의 분위기와 작법을 엮어내며 앰버그리스 이야기의 대단원을 장식한다.

앰버그리스 시리즈 도중에는 뉴위어드로 분류할 수 있는 또 하나의 독립 장편 『Veniss Underground』를 내놓았다. 먼 미래 인류가 지표 아래로 굴착해 내려가면서 여러 층에 걸쳐 건설한 퇴폐적인 지하 도시 베니스를 배경으로 펼쳐지는, 오르페우스와 에우리디케의 명계 하강을 방불케 하는 신화적인 서사가 특징인 작품이다. 이상의 창작 활동이 일단락된 2000년대 말부터는 부인이자 편집자, 출판인인 앤 밴더미어와 호흡을 맞춰 한동안 앤솔러지들을 편집, 출판하는 일에 집중했다. 이 시기의 중요한 결과물을 들자면, 뉴위어드를 둘러싼 담론(논쟁?)을 결산하고 주요 작품들을 소개하는 『The New Weird』(2007), 위어드 픽션의 전 역사를 단편소설 110편(1152쪽)에 이르는 방대한 분량으로 집약한 『The Weird』(2012), 그리고 사변소설에서 여성 작가들의 역할과 기여를 페미니즘 시각에서 집중 조명한 『혁명하는 여자들(Sisters of the Revolution)』(2015)이 있다.

2014년 밴더미어는 다시 본령인 창작 활동으로 돌아와 본작 『소멸의 땅』 – 『경계 기관』 – 『빛의 세계』로 이어지는 소위 서던 리치 3부작을 발표하였고, 시리즈의 첫 권 『소멸의 땅』으로 2015년 네뷸러 상 장편 부문을 수상했다. 특이하게도 3부작이 한번에 집필되어 2014년 2월에서 11월 사이 순차적으로 출간되었으며, 출간되기도 전에 파라마운트 영화사와 영화화 옵션 계약을 체결하여 유명세를 타기도 했다. 영화 「엑스 마키나(Ex Machina)」(2015)로 주목받은 알렉스 갈런드 감독이 연출하고 나탈리 포트먼과 제니퍼 제이슨 리가 각각 생물학자와 심리학자 역을 맡는다고 하며, 2018년 개봉 예정이다.

2017년 5월에는 신작 『Borne』을 발표한다. 먼 미래 폐허가 된 이름 없는 도시에서 넝마주이로 연명하는 주인공이 생명공학 연구 기관에서 사육되다가 탈출한 모드(Mord)라는 하늘 나는 거대한 괴물 곰의 털이 뭉쳐져서 만들어진 생물을 습득하고 '본(Borne)'이라 이름 붙이면서 일어나는 사건을 다룬 이야기라고 하는데, 작가 자신의 요약에 따르자면 "고지라와 모스라 같은 두 마리 괴수가 맞붙어 싸우는 장면을 배경으로 삼은 체호프 희곡 같은 작품"이라고 한다. 이 작품 또한 파라마운트 영화사와 옵션 계약이 체결되어 영상화가 진행 중이다.

주요 작품 일람

City of Saints and Madmen : The Book of Ambergris (2001) - 단편집(앰버그리스 시리즈 1)

Veniss Underground (2003) - 장편

Shriek: An Afterword (2006) - 장편(앰버그리스 시리즈 2)

Secret Lives (2006) - 단편집

Predator: South China Sea (2008) - 영화 프레데터 프랜차이즈의 Tie-In

Finch (2009) - 장편(앰버그리스 시리즈 3)

The Third Bear (2010) - 단편집

Annihilation (2014) - 장편(서던 리치 시리즈 1 소멸의 땅)

Authority (2014) - 장편(서던 리치 시리즈 2 경계 기관)

Acceptance (2014) - 장편(서던 리치 시리즈 3 빛의 세계)

Borne (2017) - 장편

옮긴이 | 정대단

1980년 서울에서 태어났다. 서울대학교 법학과를 졸업하고, 네오위즈 게임즈에서 리드 디자이너로 일했다. 인터넷 쇼핑몰 마고진스(magojeans.com), 창작집단 '노가리' 대표로 재직 중이며 전문 번역가로 활동하고 있다. 옮긴 책으로 메리 도리아 러셀의 『스패로』, 마커스 세이키의 『브릴리언스』가 있다.

해설 | 이동현

SF/판타지/호러 번역가. 팀 파워스의 『아누비스의 문』, 차이나 미에빌의 『퍼디도 스트리트 정거장』, 『상흔』 번역.

서던 리치 시리즈 1
소멸의 땅

1판 1쇄 펴냄 2017년 6월 23일
1판 4쇄 펴냄 2022년 9월 8일

지은이 | 제프 밴더미어
옮긴이 | 정대단
발행인 | 박근섭
편집인 | 김준혁
책임편집 | 장은진
펴낸곳 | 황금가지

출판등록 | 2009. 10. 8 (제2009-000273호)
주소 | 06027 서울 강남구 도산대로 1길 62 강남출판문화센터 5층
전화 | 영업부 515-2000 **편집부** 3446-8774 **팩시밀리** 515-2007
홈페이지 | www.goldenbough.co.kr

도서 파본 등의 이유로 반송이 필요할 경우에는 구매처에서 교환하시고
출판사 교환이 필요할 경우에는 아래 주소로 반송 사유를 적어 도서와 함께 보내주세요.
06027 서울 강남구 도산대로 1길 62 강남출판문화센터 6층 민음인 마케팅부

한국어판 ⓒ ㈜민음인, 2017. Printed in Seoul, Korea

ISBN 979-11-5888-287-7 04840 (1권)
ISBN 979-11-5888-290-7 04840 (set)

㈜민음인은 민음사 출판 그룹의 자회사입니다.
황금가지는 ㈜민음인의 픽션 전문 출간 브랜드입니다.